U0330893

甘阳

著

将错就错

删订本

生活·读书·新知

三联书店

图书在版编目（CIP）数据

将错就错：删订本／甘阳著. —北京：生活·读书·
新知三联书店，2019.7
（三联精选）
ISBN 978 – 7 – 108 – 06563 – 6

Ⅰ. ①将⋯　Ⅱ. ①甘⋯　Ⅲ. ①随笔 – 作品集 – 中国 – 当代
Ⅳ. ① I267.1

中国版本图书馆 CIP 数据核字（2019）第 057737 号

责任编辑　杨　乐
装帧设计　薛　宇
责任印制　宋　家
出版发行　生活·讀書·新知 三联书店
　　　　　（北京市东城区美术馆东街 22 号 100010）
网　　址　www.sdxjpc.com
经　　销　新华书店
印　　刷　北京隆昌伟业印刷有限公司
版　　次　2019 年 7 月北京第 1 版
　　　　　2019 年 7 月北京第 1 次印刷
开　　本　880 毫米 × 1092 毫米　1/32　印张 13.25
字　　数　284 千字
印　　数　0,001 – 6,000 册
定　　价　45.00 元

（印装查询：01064002715；邮购查询：01084010542）

目录

1

刺猬与狐狸

芝加哥

东南西北

学术何为

美国世纪

太平洋

记念洪谦先生与北大外哲所

只是从最近刚接到的一本杂志上，我才知道洪谦教授已经去世的消息。先生忌日是哪月哪天，我甚至至今仍不知晓，只知道是今年的事。如此说来，洪先生在这世上共活了八十三年（1909—1992）。

人活八十而撒手人间，用中国的老话说，或可算是无疾而终了吧？但，无疾而终，是否就是无憾而终呢？先生临去之前，是否也有什么放不下的心思呢？我不知道。

作为 20 世纪中国思想学术界的重量级人物之一，洪谦教授有两点与众不同。

一、以一个中国人的身份，而成为西方 20 世纪哲学主流学派的核心成员之一，洪谦几乎是唯一的一人。尤其洪谦所参与推动的哲学学派，即日后发展成的所谓西方分析和科学哲学，可说是与中国文化传统相去最远、最不相干的思想流派，这就更让人不能不感到有几分"异数"。事实上，到七十年代末中国重新开放门户时，洪谦自己惊讶地发现，他已是"西方"声势浩大的分析哲学和科学哲学中资格最老的元老之一——当年有幸亲身参加"维也纳哲学小组"讨论的成员，实际上已只剩英国的艾耶尔（Ayer）、美国的奎因（Quine）及中国的洪谦等寥寥数人。而要"论资排辈"的话，洪谦还在艾耶尔之上（艾耶尔去维也纳时，洪谦已是"维也纳学派"祖师石里克的助教）。八十年代初，英国研究维特根斯坦的知名学者麦金纳斯，以及原属分析哲学后自立门户的美国哲学家罗蒂等人访问北京时，在洪先生面前恭敬而执弟子礼的情形，曾给笔者留下深刻印象。可以说，洪谦的去世，不仅是 20 世纪中国思想学术界的一个损失，同时也是西方哲学界的一个损失。

二、在 1949 年以后的中国大陆思想学术重镇中，没有接受"思想改造"的，洪谦或许是唯一的一人。如笔者 1988 年的一篇文章中曾指出的，1949 年以后中国文化重镇如冯友兰、金岳霖、贺麟、朱光潜、巴金等几乎都是"真心诚意"地接受了"思想改造"的，其原因极其复杂，绝不仅仅是政治压力所能奏效，更不是什么人格矮小这类肤浅说法所能解释，而必须从更深的精神与文化层面上去了解。事实上，这种现象一方面表明，马克思主义实有其内在的撼人力量（不妨看看今日西方著名学府中马克思主义占尽上风的状况），另一方面则也点出了马克思主义和社会主义与中国文化传统实有某种"内在亲和性"（参拙文《儒学与现代》）。正是从这种比较深层的意义上，洪谦自 1949 年以来一直没有接受思想改造这一特例，才格外显得意味深长。它使人们不能不问：究竟是什么样的内在信念，能使洪谦在极具魔力的思想改造运动面前独立不为所动？我以为，这里一个相当深刻的原因并不在于政治，而是在于学术，亦即洪先生的内在支持力并不来自某种独特的政治立场，而来自他的基本学术立场，确切地说，是来自于他早已形成的对英国经验论哲学传统及维也纳科学哲学精神的坚定信念。他之没有接受马克思主义，是因为马克思主义不能说服他放弃自己的这一基本哲学立场。

应当说明的是，在中国以及任何共产党国家，要坚持其他某种非马克思主义的哲学或尝试作一些调和的工作，都还不是完全不可能，但要坚持洪先生的这一套，则实有其太大的困难。因为洪先生所秉承的这套从贝克莱到马赫到石里克的所谓逻辑经验论哲学路线，恰恰是列宁在其名著《唯物论与经验批判论》重点摧毁的对象，而列宁的这本书，不仅是共产党国家任何哲学系的必读书，而且是任何科系（理工农医都在内）入学和毕业都必考的，其地位就如旧中国的四书五经，是断然不能有半点违背的。但洪谦之为洪谦的不同寻常之处就在于，他之坚持自己的学术立场不但是四十余年来一以贯之的，而且是公开的、坦诚相见的。他的这种立场之"顽固"，不但是哲学界中人所共知，而且是中共高层领导人从胡乔木一直到毛泽东本人都知道的。不过说来也是不可思议，似乎正是洪先生这种顽固的出名，"文化革命"后期毛泽东提议建立一个专门研究西方现代思想的机构时，竟点名非洪谦出任所长不可，并派胡乔木亲自登门拜访洪先生转达毛本人的邀请，因此有了中国大陆1949年以后第一个专门研究现代西方哲学的重要学术机构——北京大学外国哲学研究所。该所对于1980年后西方当代哲学和思想流派在中国大陆的迅速传播和研究实起了举足轻重的作用。

我于1981年考入北大外哲所，当时或正是该所最盛时期。除所长洪谦是"维也纳小组"成员外，副所长熊伟教授则是海德格尔三十年代的亲炙弟子。对于与西方隔绝数十年的中国大陆，这两位教授的存在，在我们这些青年学生的眼中几乎就是与西方联系的某种象征。当时所内的学术气氛是极其自由而又热烈的，我们可以阅读现代西方的任何著作，可以毫无顾忌地讨论任何问题，从未有过任何意识形态的干扰。该所的学风也与外界颇有不同，例如，就中国大陆整体而言，"文革"后最早引入并引起讨论的西方现代哲学很可理解地首先是新马克思主义，特别是法兰克福学派、阿尔都塞的结构马克思主义，以及意大利的葛兰西（其《狱中笔记》中译本成为大陆这方面的最早译作之一，似早在 1980 年前）等。但在北大外哲所，则迥异其趣。这里的主流，同样很可理解地，一是与洪先生有渊源的分析哲学与科学哲学，一是与熊先生有渊源的现象学和诠释学。法兰克福派等的东西当然也都读一些，但学生们谈起来似多少都有些轻视之意，似总觉得不够"纯哲学"，同时，对于我们一些早在下乡时期就已读完《资本论》和《德意志意识形态》的老知青学生，亦多少觉得"新马"终还是"马"，从而不大提得起劲头。现在回想起来，这当然都是一些偏见，但同时也可见北大外哲所学风之一斑，即具有相当强烈的"理论"关怀，而相对有些轻视"实践"。

我并不是洪先生的学生。我的气质、性情与取向实际上都使我不可能钟情于洪先生所钟情的那一路哲学，同时我所偏爱的黑格尔及海德格尔等哲学，可以说也正是洪先生最不喜欢的。但由于某些特殊的因缘，我与洪先生的来往却似比其他学生稍多一点。我所翻译的新康德学派卡西尔著《人论》一书，之所以会成为当时大陆最早出版的现代西方哲学译著之一，同时也是大陆哲学界年轻一辈最早独立承担的译著之一，事实上正是与洪先生的支持和推荐有关。我最初译出的该书一章，本是为洪师编选的一部集子所用的。洪先生亲自校看了部分译稿后觉得不错，于是请陈启伟教授审校全稿定用。不久后上海出版社方面来京找洪、陈等先生组稿，他们两人都建议可考虑起用一些年轻一辈的，并特别推荐可由我译《人论》全书。这大体就是我在学术界初步"出道"的背景。记得当时对卡西尔哲学感兴趣时，洪先生曾特别告诉我石里克对卡西尔论爱因斯坦相对论一书有很高的评价，并向我简略讲解了新康德派与逻辑经验论的一些渊源关系及分歧所在。以后我自己研读胡塞尔《逻辑研究》一书时，先生又特别向我指出该书第一卷与分析哲学早期工作的相关性和平行性，并推荐我读弗雷格论"涵义"与"指称"的文章，以助理解胡塞尔书第二卷的"第一研究"。先生心中或暗暗希望我能由卡西尔语言哲学步入分析的语言哲学，由胡塞尔的逻辑而引渡至逻辑经验论？不管怎样，竖子终不堪造就也！我很快就无可救药地将胡塞尔书的第一卷撇在一边，全神贯注于第二卷；同时在卡西尔方面，则由卡西尔当年与海德格尔那场著名辩论迅速"背叛"了卡西尔而一头栽入了海德格尔的"深渊"。

所有这些，洪先生都从来未曾说过什么。在这方面，先生是非常西方化的，他从不会建议你应该学什么，不应该学什么。在他看来，这些都是纯粹个人选择的事。但是有一次，先生却对我真正不高兴甚至几乎发火了。在我与洪先生的几年交往中，这是唯一一次先生对我给以颜色，同时也是我个人一生中至今难忘的一次教训。事之缘起，不是别的，正是关于马克思主义。那是一天傍晚在洪先生家里聊天，一直聊得很高兴，不知怎么聊到了恩格斯的《自然辩证法》一书，我脱口而出以极其不屑一顾的轻侮口气将此书直贬入"狗屁不通"一类。未料先生竟勃然变色，尽管他没有提高声音，但有几句话的语气却是非常重的："这不好，这很不好，年轻人不能这样，学术是学术！"我当时惊骇之下几有手足无措之感。因为我非常清楚地感到，事情并不关乎"禁忌"之类的事，而是关乎先生对学术的一种最基本立场，关乎年轻一辈治学基本态度是否严肃之事。而说到底，根本的问题正是在于对学术与政治之间是否有能力作某种适当分际之事。此事对我的震动实在是极大，而且使我对学术与政治之间的极其复杂关系开始有了一些更深层次的思考。以后我在北京主持"文化：中国与世界"编委会工作时，曾特别提倡"非政治化"方向，强调编委会工作的纯学术性，现在想来实都与北大外哲所那几年的熏陶有关，而洪先生的这次耳提面命尤是常在心头，尽管究竟如何把捉学术与政治之分际，至今对我仍是相当困惑之事。

洪谦之为洪谦似乎就在于他是这样一种非常纯粹型的学者：一方面，他之所以一直不接受马克思主义，是因为马克思主义哲学无法使他信服自己的哲学信念和方法是错的；但另一方面，他对马克思主义的态度又是非常严肃的，从不出以轻侮、谩骂之心，因为他同样是从学术的角度力图客观地了解它、认识它。正因为这样，当马克思主义在中国大行其道时，他并不因此就放弃自己的学术立场；但同样，到八十年代初，当年青一代都对马克思主义极不以为然之时，他也绝不就此标榜自己一贯抵制马克思主义来哗众取宠，抬高身价。我对先生最感佩、最心折的正是这一点。可以说，不论对于他自己的哲学信念，还是对于他从不信仰的马克思主义，先生几十年来的态度真正是一以贯之，始终严肃不二的。我深信，正是这样一种极其纯正厚实的基本学术态度和立场，才是洪谦能成为1949年后从未接受思想改造之罕见例证的最根本原因。先生最后遗作《卡尔纳普和他的哲学》结尾时对他最敬重的老师卡尔纳普的"科学人道主义"的描述，我以为也正是先生几十年如一日而秉承在胸、未敢稍有怠懈的基本人生态度和哲学立场：

> 卡尔纳普以为，哲学家应该不受任何政治目的左右，否则由于意识形态的关系，对事物进行观察时，就不能采取中立的、客观的立场，但这并不是说，他缺乏固有的政治立场。卡尔纳普与维也纳学派其他成员一样，都是社会主义者。卡尔纳普虽然批评唯物主义，认为是形而上学派别之一，但他从来没有攻击过马克思主义。

尽管从哲学的角度讲，所谓"科学与意识形态"的关系实比维也纳学派想象的复杂得多，而所谓"客观观察"的可能性也不那么容易论证，但恰恰因为如此，一个人如能几十年如一日力求凡事"采取中立的、客观的立场"，一个人如能时时把捏"批评"与"攻击"的差异，那么，我想他是可以当得起一个"独立的知识分子"之谓了。

十年忆断，先生已作仙鹤游！想起在他那幽静的书房中的多次谈话，想起他笑得高兴时竟像个儿童的模样，想起我出国后他还特地带话要我专心学术的吩咐，心头不禁有一种难言的感叹。突然又记起了那一年，他从维也纳出席维也纳大学为他取得博士学位五十周年而举行的隆重学术纪念会回来后，我去看他向他祝贺时，他一边给我看维也纳大学这次又颁给他的"特别荣誉博士"证书，一边却对我说了一句莫名其妙的话："甘阳，你知道吗，我在外国每天都可以洗一个热水澡，真妙啊！"我记得自己当时都傻了，脑中迅速闪过一位英语系好友告诉我的一件事：一次他去北大附近那家公共澡堂洗澡时，赤条条一个转身却发现迎面同样赤条条的竟是自己七十多岁的指导教授，大名鼎鼎的……（不说名字了罢！），我几乎恐惧地心中一个咯噔：莫非洪师平常也去那里？以后，我再也没去过那家澡堂。

但有一件事我却一直为先生感到遗憾：以先生自幼在梁启超家中长大（两家是世交），幼年启蒙由梁任公亲自督导，先生的国学根底本应相当深厚。但毋庸讳言的是，洪先生后来实际只能用英、德两种外国文字写作，却觉得难以驾驭那"过于抒情的中文"（这是他对我说过的原话），这不能不使我感到莫名的惆怅。所幸，洪先生与中国文化其实并没有完全隔缘。一般人不大知道的是，洪先生有一位最钟爱的中国现代作家，那是苏曼殊！他托我在我老家杭州看看能不能买到苏曼殊作品时所流露出来的急切，以及他说到苏曼殊时那股"崇拜"劲头，曾使我极为感动。不过我一般从不问他在这些方面的看法，因为我怕他会用逻辑经验论的公式搪塞我。但有一次，先生自己向我提了一个问题说：如果举出四个 20 世纪最伟大的哲学家，您心目中是哪四位？我想了一下说：罗素、维特根斯坦、胡塞尔、海德格尔。先生沉吟一下说：我会加上一个萨特。我不觉感到相当的诧异，这当然不是说萨特不伟大，而是一般而言说到"伟大"的哲学家时，我们常会倾向于那些特别"理论化"的大哲，而萨特我们常会把他归入较偏"实践"方面的那一类哲学家。洪先生接下去说的一句话几乎有点不大相干：维也纳学派认为"形而上学的命题是无意义的"。这个"无意义"也不是通常语言上说的无意义，而只是说这类命题无法有公共一致的意义。我心有所动，刚觉得有什么不大说得清楚的话想说，突然发现先生已明显把话题岔了开去。刹那间，我脑中嗡的一声只觉全身心都已被维特根斯坦那句令人颤抖不已的名言所震撼：

对不可言说的东西只能沉默！

1992年8月于芝加哥

〔附记〕我以这篇《记念洪谦先生与北大外哲所》作为这本随笔集的代序，一是因为此文是本文集中写得最早的文章之一，可以算是我为报刊写随笔的开端；二则自然是因为对自己在北大那几年的生活有点感情。我在北大毕业后不久即在北京创办"文化：中国与世界编委会"，其工作班底基本是我在北大时期所结识的同辈朋友，而在背后"撑腰"的则正是洪谦先生等我国西方哲学研究界的前辈学者。这些前辈大多都在近年陆续去世，除洪谦先生以外，尚有熊伟先生、贺麟先生、王玖兴先生、杨一之先生、王太庆先生以及其他很多前辈，都曾对我当年主编三联书店"现代西方学术文库"

给予过全力支持。惜乎！我去国十年，竟无缘在他们的灵前鞠躬致哀，心中何尝不觉得惆怅和罪过？

　　人生在世，唯人情债难偿。父母之情、师长之情、友朋之情、恋人之情，都是受之多而报之少，奈何，奈何？我唯希望，这里的短文随笔尚不算沉闷，或可博九泉之下的人一乐，亦助仍在人间打滚的人一笑！

2001 年 3 月记于香港

是
非
对
错

病中呓语

这半个多月来都在病中，心情像近日香港的天气一样，坏透了。我每当生病时，就会想到，这人世间实在只有一门行业当得上崇高二字，这就是当医生，病中因此总是后悔自己当年没有像我叔叔那样去学医，却与那不知所云的哲学人文社科纠缠到现在。我想如果以后有个儿子，一定要逼他去学医，不许学别的。

上世纪初的中国人如鲁迅等那么多人都弃医习文，而且还认为医生不足以救人，只有文学哲学才能救人，真是大错特错到了极点。哲学文学说到底都是扰乱世道人心的东西，哪里能救什么人。西哲苏格拉底自称是一只"牛虻"，可说一言道尽了哲学的本性，那就是要与人过不去，要让人不自在、不舒服。苏格拉底自己就是这样，到处与人过不去，弄得雅典城的人看到他都不自在，最后终于弄到全城的人都对他恨之入骨，举行公审，判他一个就地正法。因为大家都觉得只有让苏格拉底死，雅典人才能活。

思想大师列奥·施特劳斯（Leo Strauss）因此说，苏格拉底以后的西方哲学家都深以苏格拉底之死为戒，那就是必须千方百计隐藏起哲学的"牛虻"本性，不要弄得世人都觉得不自在，而要先给众生说一大套柏拉图所谓的"高贵的谎言"（noble lies），让大家觉得哲学是救人的不是伤人的。按照施特劳斯的说法，历代大哲学家那些"广为人知的教导"（exoteric teaching）都只是为了安慰世人而说的一些"高贵的谎言"，哲学家们对人生的真正看法都是在"字里行间"，是所谓"见不得人的教导"（esoteric teaching）。之所以见不得人，因为一旦说破，大家都会觉得活得很不自在了。

近世中国其实只有一个哲学家，那就是鲁迅，因为只有鲁迅让人觉得不自在，不舒服。我们今天都觉得鲁迅好，都说喜欢鲁迅，那是因为大家都觉得鲁迅骂的是别人，不是你自己；如果你把自己摆进去，知道鲁迅骂的不是别人，就是你，那你当然立即就会觉得浑身不自在起来，而且一定会觉得自己要是想活下去，非杀了这个鲁迅不可。

鲁迅说中国书的"字里行间"写得都是"吃人"二字，其实西洋书的"字里行间"又何尝不是如此？其实人就是吃人的动物，不过这话只能在"字里行间"讲，是"见不得人的教导"。我毫不怀疑孔子太明白这一点，只不过他有"不忍人之心"，不忍说破，因此只好用反话说人皆善，孔子的教导要反着读就都对了。

我真是病了，诸君当我是发高烧说胡话就是了。

2000 年 4 月 11 日

左 与 右

中国人似乎历来都很在意左与右的问题。但中国历代到底是尚左还是尚右呢？试说之。

先秦时代明显是尚左的。《老子》三十一章有言："吉事尚左，凶事尚右。"河上公注解释说："左，生位也；右，阴道也。"《老子》同章又云："君子居则贵左，用兵则贵右。兵者不祥之器，非君子之器，"因此好兵贵右者在老子看来是"乐杀人者"也。总之，左是生位阳位，右则是死位阴位。也因此，古人惟办丧礼时尚右。《礼记·檀弓》篇记孔子有姐之丧，郑注云："丧尚右，右，阴也；吉尚左，左，阳也。"由此可以看出当时人的观念大体是：左主吉，右主凶。

中国人以后的左右观或许可以从中国历代官制中略见一斑，因为中国的官制常常是同一官职却分左官与右官的。以此观之，唐代宋代都是左比右高一等的。唐宋时的左右仆射、左右丞相、左右丞，皆以左官为上。到了元代蒙古人统治时却反了过来，不但左右丞相和左右丞都是以右官居上，而且元代考科取士也分右榜、左榜，蒙古人列入右榜，汉人则在左榜，左榜自然低于右榜，因为在元代汉人是二等臣民。到了大明朝代，又回到了唐宋时代的尚左传统：明代六部的左右侍郎、左右都御史、左右给事中、左右布政使，都是以左官居上。

近世以来中国人的左右观是大家都知道的了。国民党时期是尚右的,那时以及在台湾解严前说某人思想左倾会有下狱坐牢之祸的。共产党毛泽东时期则是尚左反右的,右倾是要被戴上高帽子游街的。邓小平以后开始反左,知识分子尤其争相标榜自己"反左"最早或最力,到今天还有许多"打猫英雄"在那里大呼小叫的。不过尽管如此,反左的人通常仍然很少有人自称"右派",而是更愿意自称改革派或自由派。这与西方的情况正好相反。在西方特别是美国,左派与自由派基本是同义词,而右派则是保守派。

不过西方保守派通常也不愿意自称右派。英国保守派的格雷(John Gray)前几年发表《超越新右派》,强烈警告英国保守派变成了新右派是背叛保守主义,因为保守主义本应推行保守稳健的政治,新右派则是极端激进主义。英国左派思想主将吉登斯(Giddens)因此接过格雷的论证,发表《超越左与右》,说现在西方的左派与右派完全倒转了,即左派变成了保守派,而右派变成了激进派,云云。

其实左好还是右好,《诗经·小雅》说得最好:"左之左之,君子宜之,右之右之,君子有之。"换言之,该左就左,该右就右,君子无可无不可。

1999 年 3 月 1 日

将错就错

据说今年是公元第一千九百九十八年。这是什么意思呢？我们中国人从周厉王共和元年以下的准确纪年已有二千八百年以上，平常说法是"五千年中国文化"，怎么弄到现在反而不到两千年了？

当然有人立即会说，这公元是西元，即按照西方的历史纪年来算的。但这实际上同样不对。西方文明的三个历史源头无论是古希腊、古罗马，还是古犹太，都不是按现在这个纪年方法来计算的，而且它们每一个的历史到现在也都远不止一千九百九十八年。例如古罗马的历史纪年方法一向是以传说中的罗马建城那一年开始算起，按这个历法，则今天所谓的公元"元年"在罗马人是建国第七百五十四年。古希腊人的纪年方法则一向是以四年一次的奥林匹克运动会来计算的，我们说的"公元"第一年，他们已经开第一百九十五次奥林匹克了。至于古犹太人的历法就更复杂了，因为他们是从始祖亚当算起的，我们知道始祖亚当一个人就活了九百三十岁，这么算下来到现在总有好几万年了。

我们现在因此要问这所谓公元的"元年"到底是怎么弄出来的？博学先生们或许会告诉我们，"元年"就是基督教的耶稣生下来那一年。但这实际上又是错的。因为如果耶稣真有其人的话，其生年可考的史料迄今只有两条，一条见于《马太福音》，另一条见于《路加福音》，这两条史料恰恰又是不一致的。根据《马太福音》，耶稣出生在古犹太阿罗大王（King Herod the Great）死去那年，如此则耶稣应该出生在今天所谓"公元前"第四年，因为这位大王是在那年死的。而根据《路加福音》，则耶稣出生在罗马帝国人口普查那一年，这是公元第六年或第七年的事。总之，如果《马太福音》是对的，则我们今年不是什么1998年，而是应该还在1994年，而如果《路加福音》是对的话，则我们现在早已过了2000年！总之不管根据哪条史料，现在的所谓"元年"都是错的。今天全世界都沿用的这个纪年，实在都拜托一个名叫第欧尼修斯（Dionysius Exiguus）的希腊正教修道士，他在今天所谓公元六世纪初时，不知怎么算出来耶稣死于罗马建国第七百五十四年，因此称那一年为"我主之年"（anno Domini），而把这之前的时代统统都称为"基督之前"（ante Christum），于是罗马建国那年就成了"基督出生七百五十三年前"了。他这个把"元年"首先就弄错了的纪年居然后来在基督教世界流行了起来，逐渐真的成了基督教的纪年法，现在又以讹传讹地成了全世界的纪年。

我们人类实在历来就生活在以讹传讹之中，所谓真理大多是将错就错的结果罢了。史家们的诸多争论，例如曹雪芹到底死于公元1763年还是1764年，其实都可免了，因为"元年"都已经弄错了，其他的年头对不对还有什么要紧。

当年在北大读书时曾有一句口头语，现在看来仍是颠扑不破的唯一真理：天下本无对与错，权且是将错就错！

1998 年元旦

18

移　鼠

要是问中文中的"移鼠"是什么意思，只怕没有几个人答得上来。其实"移鼠"就是基督教的"耶稣"，亦即中国人在最初是用"移鼠"这两个字来翻译"耶稣"这个词的。

基督教的尼斯托利派（Nestorians）在我国唐代传入中土并曾一度流行于唐朝全境，在中国被称为"景教"。据说唐太宗曾特准建立景教寺，而唐明皇更格外宠幸过景教，直至武宗禁教后，景教逐渐衰亡。但唐代景教的流行留下了最早的中文基督教文本，即今日所谓景教文献。最近香港道风山出版的《汉语景教文典诠释》（北京三联书店随后亦出有简体字版），收入迄今发现的八篇景教文献。其中最早的《序听迷诗所经》将圣母马利亚译为"末艳"，将"耶稣"译为"移鼠"，因此就有这样的句子："末艳怀孕，后产一男，名为移鼠。"

将耶稣译为"移鼠"的人是信徒，当然并无恶意，只是纯粹取其译音而已。但近世研究景教的中国学者则颇感不快，觉得把耶稣和老鼠弄在一起不成体统。某位专家批评说：

> 耶稣这名词在基督教中是生命所寄托的名词，自当用上等些的汉字才好。可是在中国一千三百年来从未用过好看的字。就是"耶稣"两字也是不敬的。其不敬之尤者，要算《序听》

19

中所用的"移鼠"二字了。名字取音，原没多大关系，但在重视名教、重"正名"的古代中国人看来，总是不妥当的。

这段话实在妙不可言，因为它点出了汉语翻译文献中的音译常倾向于带有某种褒贬，即这位先生所谓有些地方应该用"上等些的汉字"（从而也就有"下等些的汉字"），或"好看的字"（从而也就有"难看的字"）。我们现在不妨问，现代中国人通常翻译时，碰到什么情况偏向用"上等些的汉字"和"好看的字"，什么情况下偏向用"下等些的汉字"和"难看的字"？

答案很简单，凡碰到洋人、西方的东西，现代中国人一定会精心挑选"上等些的汉字"或"好看的字"。只要看看国名的译法就知道了，例如美利坚、英格兰、法兰西、意大利、德意志等。如果把 America 译成阿糜傈伜，或把 England 译成阴格冷，那中国人肯定觉得有什么东西不对了，就像耶稣译成"移鼠"好像要给人吃耗子药一样。

但另一方面，只要碰到的是非洲和拉丁美洲等，那对不起，只好用"下等些的汉字"和"难看的字"了。例如，看看这些国名的译法：厄瓜多尔、尼加拉瓜、乌拉圭、巴拉圭、扎伊尔、突尼斯、毛里求斯、洪都拉斯、坦桑尼亚、危地马拉、加蓬、乍得、毛里塔尼亚，尽令人想起倭瓜或茹毛饮血什么的。

不久前北京知识界争论 Edward Said 等提出的所谓"东方主义"（Orientalism）问题。大多数人反对，认为"东方主义"是"反西方"的，不应在中国提倡。有高明者特别提出，目前把 Said 的名字译为"萨伊德"有美化之嫌，因为 Said 是阿拉伯姓名，应该"按照国内通行译法根据阿拉伯文译为'赛义德',就不难了解这位学者的族裔背景了"。这意思是说,Said 是阿拉伯人,不是西方人,而我们中国人应该听西方人的,不要听阿拉伯人胡说八道。

惜乎西方人似乎宁可听"反西方的赛义德"高谈阔论,弄得"亲西方的中国知识分子"在悻悻怏怏之余,也只好跟着大谈赛义德了。

1998 年 1 月 15 日

左宗棠鸡

我是到美国以后才知道中国菜里有一种叫"左宗棠鸡"，美国人叫"左将军鸡"。据说许多美国人其他中国菜都不知道，但说起"左将军鸡"往往知道。

但左宗棠鸡或至少美国的左将军鸡实在是不那么好吃，不过是把一块鸡肉放到油里滚一下再倒点酱油炒一下而已。美国人觉得它好吃吗？我常常怀疑。不过有一点可以肯定，许多美国人是为了想知道什么是"中国菜"的味道，才去吃"左将军鸡"，而且吃了"左将军鸡"就认为已经算吃过"中国菜"了。

在大洋的另一端，我们知道无数中国人在大嚼"肯德基鸡"，甚至为了吃那么一块肯德基鸡不惜排长队。真的是因为肯德基鸡"好吃"吗？还有那两片面包夹硬邦邦的一块肉的所谓"汉堡包"，真的那么对中国人的"口味"吗？我想中国人多半不是来吃鸡或包子，而是来吃"美国"的。假如肯德基鸡进入中国时标明是从"肯尼亚"进口的鸡，而不是"美国鸡"，只怕现在连一家店都没有了。汉堡包进入中国时如叫"韩国包"而不是什么美国肉包子，会有那么多人趋之若鹜吗？

好吃不好吃，是所谓口味、品味，甚或趣味。康德第三批判原拟题为《品味批判》，想弄清楚人的口味品味趣味或所谓审美是怎么回事，他以为可以从中发现某种超功利超社会纯审美的原则。当代法国社会学名家布迪欧（Bourdieu）则大不以为然，认为人的种种口味品味趣味说到底可以归结为一个字，这就是"别"（*La Distinction*），这个"别"实在也就是中国人所谓的"别苗头"，比高下。

不过"别"可以有"小别"和"大别"之分。例如，吃过左将军鸡的美国人有"别"于没吃过的美国人，但这个"别"是"小别"，因为没有吃过的人并不会觉得自己矮人三分，美国小孩更不会非要吃左将军鸡不可。说穿了，"左将军鸡"尚不足以成为美国人互相之间别苗头的东西，因此也就还没有成为美国人的"口味"。

但今天北京上海的一个小学生如果从来没有吃过肯德基鸡和汉堡包，则很可能在学校里觉得头都抬不起来，这个"别"是"大别"。一个母亲如果没有带儿子或女儿去吃过肯德基鸡汉堡包，会觉得自己对不起儿女。如此下去，自然所有中国小学生都说肯德基鸡汉堡包"确实好吃"，大人也跟着说"确实好吃"，但这个"新口味"实在与鸡没有关系，而是大家都不甘落后互相别苗头"别"出来的。换言之，所谓口味品味趣味这种看上去最无邪的东西往往是由人的势利心势利眼使然。

最多十年前，江南一带的人还认为"河鲜"当然比"海鲜"要"好吃"得多，"高档"得多。但今天到上海江浙去看看，那里所有的人都已经认为海鲜"当然"比河鲜"好吃"，因此"高档"了。缘何短短几年间人的"口味"会有如此大变？其实这与海鲜河鲜本身未必有太多关系，倒与香港有很大关系，因为港澳同胞向来是吃"海鲜"的！

四川人现在以吃辣出名。但读扬雄的《蜀都赋》和魏文帝的《诏群臣》，可知蜀人本以"味淡"并尚"甘甜"闻名。怎么从甜变成了辣？我想多半也要从中国人向来好"别苗头"去考证，未必关甜辣底事。

1997 年 10 月 26 日

长老，此是素的！

中国人好吃，而且似乎常以吃为天下第一大事。明朝人徐树丕《识小录》中有"居服食三等"之说，认为人应该"居中等屋，服下等衣，食上等食"。这意思就是说，住房只要过得去就可以了，衣服则不妨穿得差一点，"夏葛冬布，适寒暑足矣"；惟有"饮食，则当远求名胜之物、山珍海错，名茶法酒，色色俱备，庶不为凡流俗士"。

为什么吃对中国人那么要紧，实在不容易解释。但似乎自古以来就是这样，而且圣贤们也谆谆教导不但要吃，而且要善吃。例如儒家经典《中庸》就说："人，莫不饮食也，鲜能知味也"，似乎"不知味"就只能作"小人"而不是君子了。《礼记·内则》是讲持家之道的，其中长篇大论地谈豺狼野猫怎么吃法，什么"狼去肠，狗去肾，狸去正脊，兔去尻，狐去首，豚去脑"，等等；接下去还有据说是后世所谓"八珍"的做法：淳熬、淳母、炮豚、炮牂、捣珍，等等。《周礼·天官·冢宰》是讲天子的饮食的，那就更不得了，光是为天子准备饮食的人就分成二十种之多，有膳夫、庖人、内饔、外饔、亨人等各种名号，而且其中仅膳夫这一类就包括"上士二人，中士四人，下士八人，府二人，史二人，胥十有二人，徒百有二十人。"如此浩浩荡荡的厨子大军，只怕欧洲所有王室的御厨都加在一起也望尘莫及。

不过什么事情一到鲁迅先生那里，不免就有点煞风景了。他在《马上支日记》中说，每每听到西洋人东洋人都颂扬中国菜，他就觉得"实在不知道怎样的是中国菜"。因为他看到中国人或是"嚼葱蒜和杂合面饼"，或是"用醋、辣椒、腌菜下饭"，"还有许多人是只能舔黑盐，还有许多人是连黑盐也没得舔"。接下去他说他这个绍兴人最恨的就是绍兴的饭菜！这话说得我正是感同身受，因为我也祖籍绍兴，太知道绍兴人是不管什么食物都要晒干的，正如鲁迅所言："有菜，就晒干；有鱼，也晒干；有豆，又晒干；有笋，又晒得它不像样；菱角是以富于水分、肉嫩而脆为特色的，也还要将它风干"！鲁迅因此说他"很想查一查，究竟绍兴遇着过多少回大饥馑，竟这样地吓怕了居民，仿佛明天便要到世界末日似的，专喜欢储藏干物品。"

如此看来，中国人之好吃，只怕不是因为太富，而是因为太穷，平常没得吃的缘故。《周礼》的那些美食，因此也只让我们想起《西游记》里盘丝洞一节，那蜘蛛精"人油炒炼，人肉煎熬，熬得黑糊，充作面筋样子，剜的人脑，煎作豆腐块片"，拿给唐僧说："长老，此是素的！"

1999 年 3 月 5 日

是非凶吉

　　唐朝李林甫曾问大觉禅师："肉当食耶？不当食耶？"大觉禅师眼皮一抬，笑眯眯地说："食是相公的禄，不食是相公的福。"又有人问元圭太师，如果看到杀生的话，"救者是乎？不救者是乎？"元圭太师答得更加妙不可言："救者慈悲，不救者解脱！"

　　中国人说话的玲珑、圆滑，以致任何时候都可以左右逢源、两面讨好，实在是令人叹为观止。所谓一张嘴两片皮，向上翻可以这么说，向下翻可以那么说。当还是不当，是还是不是，对还是不对，好还是不好，全都看你怎么说了。例如明太祖杀人，太子救人，太祖问袁凯："朕与太子孰是孰非？"袁凯连眉头都不皱一下朗声便答："陛下法之正，太子心之慈。"答得真是滴水不漏，全无破绽。可到底那人该杀不该杀？答案大概是，杀了也就杀了，不杀也就不杀了。杀了是成全，不杀是慈悲。

　　说起来儒家传统是很讲道德原则，含糊不得的。孔老夫子说"道二，仁与不仁而已"，孟子更强调义利之辩。不过实际上总是打折扣的。因为仁还是不仁，义还是不义，也都看你怎么说了。《世说新语》里一个故事说，郭林宗与子许、文生同去市井，文生见什么就买什么，子许则什么也不买。有人因此问郭林宗，子许和文生两人哪个更贤，郭林宗答得又妙，说："子许少欲，文生多情。"其实我们也满可以说"文生多欲，子许吝啬"

27

的，不过那样说法大概就不那么与人为善，当不成郭林宗了。

去年是丁丑牛年，今年是戊寅虎年。到底虎年比牛年好还是不好？印象中以前不大听说虎年是凶年的。虎是王中之王，怎么能不好？当年亚洲经济崛起时，不成天都说亚洲经济小老虎纷纷出笼吗？今年如果不是亚洲金融危机，我们肯定早就听见"亚洲虎时代真正到来"的预告了。

惜乎金融风暴排山倒海冲击亚洲，连带着今年的老虎惨不堪言，所有的天灾人祸、倒闭失业，甚至鸡飞狗跳之类的倒霉事都推到了老虎头上。据说虎年是凶年，而且广东话说的"虎"年就是"苦"年。于是由"虎"联想到的就尽是"苛政猛于虎"或"伴君如伴虎"之类的凶相苦相，不大听人说龙腾虎跃、亚洲腾飞之类的吉祥话了。有人甚至告诉我说虎年不宜谈婚论嫁，不宜生儿育女。

我本想问个清楚所有这些到底是"什么"，突然刹住了，因为想起了鲁迅的一首诗：

一人说，过去好，

一人说，将来好，

一人说，什么？

过去好的，自己回去，

将来好的，跟我前去，

那说"什么"的，

我不和你说什么！

龙年伊始

龙年伊始，最活跃的自然是占星家、风水家、命理家、堪舆家，等等。他们似乎是上天的使者、人间的智者，所谓上知天文、下知地理，窥尽宇宙奥秘。

不过今天要当占星家、风水家、命理家、堪舆家，显然首先必须是经济学家。占星家看的是全球经济大势，风水先生说的是何处投资置产，真的是不可不听，不可不信。例如我们现在被告知说，今年龙年是庚辰年，庚辰年属土，土生金，所有"属金的"行业例如金饰、运输、电子网络等行业都有好转之兆；属"火性的"行业例如餐饮业、服装业等也一定会扭转颓风；但旅游业、水产业等"水性行业"却不太顺利，房地产则有蓬勃的迹象，等等。

有位开餐馆的老兄因此又高兴又担心，高兴的是他属的餐饮业是属"火性的"，命理该"发"；可是餐馆要上茶水、供饮料，似乎又是"水性行业"。他想来想去，觉得唯一的办法是从龙年开始，餐馆业不再供应茶水，也不卖酒水。可是烧菜做饭总还是要用这要命的"水"啊，怎么办呢？

其实，反过来说，今天许多经济学家的社会功能与占星家、风水家、命理家、堪舆家的社会功能也没有太大区别。他们都是要对百姓最关心的事情作出预言，只不过他们用的术语不同，所谓各用各的"专业语言"。预言的对错其实并不要紧，要紧的是社会上必须有这样那样的人可以作预言,否则就大家都人心惶惶,不可终日了。预言错了,没有人会怪你,因为说到底每个人都只能首先怪自己"命理"不好。前两年亚洲经济危机、香港金融风暴,好像没有什么占星大师和经济大师事先作过预言。但危机也好,风暴也好,来了就只好来了,不会有什么人抱怨占星大师和经济大师。因此经济学家们仍然个个心安理得,仍然坚信经济学是"最科学的科学";占星家、风水家、命理家、堪舆家们自然更有理由心安理得,因为他们本来就要信徒们对他们的预言不可不信,也不可全信的。

我现在自信也可以上察天文、下观地理,事先知道龙年的运程。且让我在龙年伊始作此预言:龙年与牛年、马年、猪年、猴年并无不同,可能有好事发生,也可能有坏事发生。好事发生是好事,坏事发生是坏事;每个人都可能会发财,也可能会破产,发财的人命好,破产的人命不好。总体来说,龙年有"否极泰来"之象,也有"泰极而否"之迹,各位小心就是了。

2000 年 2 月 7 日

死　法

　　不久前周遭世界都在谈黛安娜之死的时候，我脑子里不知为什么老是想起周作人在七十年前写的《死法》一文，似乎总觉得中外报刊谈黛安娜之死的文章虽然铺天盖地，却未见有人想过一个问题：像黛安娜这样的女人应该怎样"死法"才是最好？

　　按周作人的说法，世间的死法不外两大类，一曰"寿终正寝"，一曰"死于非命"。但在他看来寿终正寝这类死法是绝对不如死于非命的。因为寿终正寝者，或是因为活得太长，不免让许多人心里讨厌而暗咒其"老不死"；或者是慢性病缠身最后"病故"，虽然听上去死得平和，其实则简直是长期的拷打，"揆诸吾人避苦求乐之意实属大相径庭"。所以周作人觉得，"欲得好的死法，我们不得不离开了寿终正寝而求诸死于非命了。非命的好处便是在于它的突然，前一刻钟明明是还活着的，后一刻钟就直挺挺地死掉了，即使有苦痛也只有这一刻；这是它的独门的好处"。

　　按周作人的《死法》一文，与其兄鲁迅的《纪念刘和珍君》一文，本是写的同一件事，即当年北京青年女生被北洋政府枪杀那件惨案。不过周作人的脑筋大概一向有些乱七八糟，当别人纷纷痛惜这些女生的"死法"太惨时，他却有心思推敲还有什么别的"死法"比枪毙更好。推敲来推敲去觉得其他死法其实还都不如枪毙最符合"现代文明"，例如"吞金喝盐卤"不免太娘娘腔，缺乏新闻效应，而"怀沙自沉"虽然颇有英气的，"只恐怕泡得太久，像治咳嗽的胖大海似的，殊少风趣"，上不了镜头。因此大家为死者开追悼会泪飞已作倾盆雨时，他却跑去送上一副挽联，下联说的是：如此死法，抵得成仙！

按我现在的想法，黛安娜如此死法应该也是"抵得成仙"了，难道我们还能想得出她这样的人有其他更好的"死法"吗？她生是大众和媒体的情人，死是大众和媒体的情鬼。她爱大众，大众爱她，她爱媒体，媒体也爱她。如此两相爱慕，互不厌倦，也算得上是"现代文明"高度发达的结晶了。现在她为大众和媒体捐躯，明天大众和媒体为她送葬，两造之间能如此有始有终，有情有义，也足以惊天地而泣鬼神了。试想如若她不是现在这个"死法"，一旦人老珠黄，免不了有一天媒体会变心并始厌她，而大众自然也会跟着媒体变心而烦她。这于她未免太残酷，于媒体未免太无情，而于大众则也未免太无趣。我因此想到知堂老人的另一副挽联，对黛安娜的葬礼或许也是合适的：

死了也就罢了！

活着又怎么着？

1997 年 9 月 5 日

何不切腹

　　最近日本首相桥本龙太郎访问东北时，我曾忽发奇想，觉得如果桥本在"九·一八纪念馆"门前突然跪下，然后拔出军刀，来个标准的武士道式切腹自杀以担当"九·一八"侵华之罪，那么中日之间那场血海深仇或许也就真能化解了。中国人一向心软，有"不忍人之心"，目睹日本国首相以死请罪，定然会齐诵"罪过罪过"，恭祝桥本先生立地成佛。

　　然而什么也没有发生。相反，桥本只是像个无事人般地到"九·一八纪念馆"那里去"参观参观"而已。我不禁颇为失望，觉得这桥本只怕是没有什么武士道精神的。进而想想，这整个日本国现在只怕也早已没有什么武士道了，不然的话这么多年来我们至少总该听说有那么一两个人为此切腹的。

　　所谓武士道者，原本倒也像中国的侠道一样，表示武士应有武士之"道"即某种担当的勇气。古代日本的武士道似乎也多少还是有些动人故事的。例如日本元禄十五年有所谓赤穗四十七义士为其主人报私仇，报仇后四十七人全部切腹自杀以伏国法。又明治元年日本兵佐二十人群殴法国水兵，事后二十人亦都按军法切腹了断。但这些都是日本古代武士之"道"，近代以来不复闻也。1932 年日本少壮派军人为加速日本军国主义而扑杀当时的日本首相犬养毅，事后不但所有当事人都得到宽大处理，无一

33

判处死罪，而且更没有一人以武士道方式切腹表示担当。无怪乎人们当时就哀叹"日本的武士道真扫地以尽了"。因为按照真正的武士道，即使法律宽大处理，这些军人也都该个个切腹自杀才是。但他们却都没有，可见其都是懦夫。自那以后的日本国实在已只有懦夫，而谈不上有什么武士，更谈不上还有任何"道"了。不然的话桥本这回即使没有切腹的勇气，至少也得仿效日本黑社会之"道"留下个手指头什么的。

三十年前西德总理布兰特（Willy Brant）对波兰进行国事访问时，心情沉重地去华沙犹太人集中营纪念墓碑祭悼（不是"参观"！），在祭悼过程中他以总理之尊竟突然当众跪下，为德国的罪行向全世界请罪。此举当时出乎所有人的意料而震撼人心，尤其布兰特本人在"二战"期间乃是著名的反法西斯战士，他本人完全不必有任何良心自责，时人因此曾感叹地评说道，"他这个不必跪下的人跪下了，担当了所有那些真正应该跪下却没有跪下的人"（He who does not need to kneel knelt，on behaft of all who do need to kneel but do not）的责任。这样的人，这样的"道"，日本国过去没有，现在没有，将来大概也是不会有的。

1997 年 9 月 15 日

不要理他啦！

从前魏晋时代的名人王粲生前有一个怪癖，喜欢听驴叫。他死的时候魏文帝曹丕亲自带着文武百官去吊丧，鞠躬作揖一番后魏文帝回过头来对大家说，既然王粲生前最好听驴叫，不妨每人都学一声驴叫向他告别吧。于是乎满朝文武纷纷拉长脖子各来一声驴叫，一时驴鸣之声响彻郊野。

前几天在电视上看到李登辉下台，颇觉国民党这些中常委好没有礼数。说起来李登辉好歹也作了十二年的国民党主席，今天如此黯然地下台，大家多少得有点表示才对。从前李登辉每次把某某人清除出党后，最喜欢说的一句口头语就是"大家不要理他啦"！因此连战代主席实在应该对全体中常委建议说，登辉兄从前最喜欢说"大家不要理他啦!"，现在登辉兄自己下台，中常委应该列队向他告别，同时每人都高唱一声登辉兄最喜欢说的话：不要理他啦！

魏晋时代另一个叫殷浩的人，最初受晋简文帝重用官至中军将军统领天下军事，后又被简文帝废为庶人。他心里恨极，常说简文帝是先用梯子把他送到百尺高的楼上，却又突然抽掉了梯子（"上人着百尺楼上，儋梯将去"）。他被发配到扬州后，每天都不停地对着空中写字，引得扬州百姓大为好奇，纷纷偷看他到底在写什么，结果发现他写来写去只有四个字：咄咄怪事，咄咄怪事！

    台湾大选结束后，国民党从上到下说的其实也只有这四个字：咄咄怪事，咄咄怪事！马英九说国民党二百五十万党员，都到哪里去了？这自然是"咄咄怪事"。连战更痛心于党内如何会出现如此多"吃里爬外"的人？这自然又是咄咄怪事，连战因此现在发誓要清党。不过大家当然都心里有数，咄咄怪事中的咄咄怪事是国民党主席怎么会成了"民进党地下主席"？要"清党"，第一个对象自然应该是将李登辉清除出党。但我们只要看连战的那张脸，就知道他是既没有魄力，又没有手段的人。他到现在为止能够作的，无非是像殷浩抱怨简文帝那样，抱怨李登辉是"上人着百尺楼上，儋梯将去"！

    又假如连战马英九等现在真的学到了李登辉的一点蛮劲和几分权术，来个不管三七二十一先将登辉同志开除出国民党，那么很可能我们马上就会看到"台湾咄咄怪事"之最：因为李登辉说不定第二天就正式加入民进党，甚至从地下转为地上，堂而皇之地作起民进党主席来！

2000 年 3 月 27 日

牟宗三与林妹妹

已故新儒家思想家牟宗三一生著述等身，但他在北大毕业后不久分两次发表的《红楼梦悲剧之演成》（1936），却似乎历来较少为人提及。窃以为这篇早年文字实际颇透露出牟氏本人的某种性情取向，甚至在一定程度上也折射出他日后欲重振儒家思想的某种尴尬心境。

该文最有趣的一段文字是关于宝钗的看法，说：

> 宝钗的性格是，品格端方，容貌美丽，却又行为豁达，随分从时，不比黛玉孤高自许，目无下尘，故深得下人之心；而且有涵养、通人情，道中庸而极高明。这种人最容易被了解被同情，所以上上下下无不爱她。她活脱是一个女中的圣人，站在治家处世的立场上，如何不令人喜欢？如何不是个难得的主妇？所以贾母一眼看中了她。她专门作圣人，而宝玉却专门作异端。为人的路向上，先已格格不入了。

我们不妨说，熟读朱熹的薛宝钗实在是"道中庸而极高明"的儒家日常伦理的典型代表，她活脱是儒家理想中的"圣人"，是"治家处世"的楷模。如此说来，欲重振儒家理想的牟宗三似乎应该对宝钗有最大的同情？不然，他的最大同情，实与我们一样，乃在于黛玉，在于宝玉。在他看来，一部《红楼梦》，无非是两幕悲剧，第一幕是黛死钗嫁，第二幕则是宝玉出家。牟氏本人对这两幕悲剧的体会真是相当深刻：

> 有恶而可恕，哑巴吃黄连，有苦说不出，此大可悲，第一幕悲剧是也。欲恕而无所施其恕，其狠冷之情远胜于可恕，相对垂泪，各自无言，天地黯淡，草木动容，此天下之至悲也，第二幕悲剧是也。

但问题在于，无论黛玉之死，还是宝玉出家，说到底都是由宝钗造成的。这倒不是说宝钗是大奸大恶之人，恰恰相反，而是在于宝钗实在太"好"，好得无可挑剔，处处符合儒家日常伦理，以致几乎已达"圣人"境界！唯其如此，宝玉才会有"欲恕而无所施其恕"之绝望，连带着林黛玉更加是"哑巴吃黄连，有苦说不出"！

牟宗三日后强行将朱熹打入儒家的"外子别宗"，并反复申明他自己的中心关切并不在于儒家的日常伦理，而在于所谓"道德的形上学"，实在都已经非常接近贾宝玉之出"家"。对牟宗三，如果固守于儒家传统日常伦理之"家"，则必然被困死在宝钗式的"圣人"境界，断乎上升不到他所向往的"道德形上学"境界。但另一方面，对于这种使儒家无法上升到形上学境界的日常伦理，牟氏只怕也有宝玉面对宝钗那种"欲恕而无所施其恕"的绝望。我因此有时想，设若牟氏与朱子在九泉下相见，只怕也是"相对垂泪，各自无言"？而在我们旁人看来，又何尝不心生"天地黯淡，草木动容"之至悲？

　　潇湘妃子《问菊》诗中的两句，或亦道尽牟宗三的苦涩心境：

　　　　孤标傲世偕谁隐，

　　　　一样花开为底迟？

经典直解

有道是人生识字糊涂始，读书越多自然越糊涂。回想在芝加哥求学期间，社会思想委员会的师生读柏拉图一篇短短的《苏格拉底的申辩》要用一个学期的功夫，读希伯来圣经中一篇《创世记》更要连续三个学期，读的时候固然大家都刨根究底，不放一字一句，但事后心里何尝不暗自嘀咕：这短短一篇东西里面真有那么多微言大义吗？

我以后日益相信，经典作品的所谓"深刻意义"实在未必都是经典作家的本意，而多是后来的人一代一代自己"读出来"的。作品的年代愈久远，释家愈多，作品的"意思"也变得愈多，所谓变本者加厉，踵事者增华是也。再后来的读者其实无法绕过这些好事的释家，已经不大可能直面经典作家本人。芝大社会思想委员会因此要求读经典时不得参考二手解释书籍，但我后来很是怀疑这根本就是自欺欺人，因为蒙师们授课，本身就已经是解释，更何况专攻古希腊文古希伯来文的学生毕竟少而又少，大多数人都是通过英译本读经典，这译本当然已经是解释。社会思想委员会因此又有明文规定，不攻希腊文者读柏拉图至少要同时用两个译本，用四个更好。但这两个译本或四个译本之异，不是解释之异又是什么？

读经典，因此其实是"泡"在那层层叠叠的各家诠释中。

泡得愈久，就愈是摇头晃脑，觉得经典真经典也，绝对是一字不可易得。朱光潜从前因此说，《诗经》中"昔我往矣，杨柳依依；今我来思，雨雪霏霏"四句，要是翻译成白话文的"从前我去时，杨柳还在春风中摇曳；现在我回来，已是雨雪天气了"，只能是全然不知所谓，因为"译文把原文缠绵悱恻，感慨不尽的神情失去了"。换言之，那摇头晃脑的味道出不来了。

不知是否针对朱光潜，鲁迅曾有点挖苦地说，要是古人从前没有写过"关关雎鸠，在河之洲，窈窕淑女，君子好逑"，现在的诗人想用这意思做一篇白话诗，他该怎么作呢？不就是"漂亮的好小姐呀，是少爷的好一对儿"？不过这诗肯定要被编辑塞进字纸篓，而"关关雎鸠"因为"它是《诗经》里的头一篇，所以吓得我们磕头佩服"。

经典一说穿大概多半意思简单。清人陈皋谟《笑倒》中说经典"直解"的笑话，举"填然鼓之，兵刃既接，弃甲曳兵而走"三句，"直解"就是："咚、咚、咚！杀、杀、杀！跑、跑、跑！"

沉　默

港大同人徐咏璇女士本周一的《信报》专栏题为"不说"，我因此想到自己今天的专栏不妨题为"沉默"。

徐女士说她历来写专栏都是想说什么就说什么，但"这两个月校园里发生许多事，却发觉反而不好说了"，因此她现在"每天写一个不说话的专栏"。只是一边"写一个不说话的专栏"，一边不免思量，"我们不是应该说真话吗？真话，要说多少？部分？全部？对全世界公布还是对几个知己说？说了真话但没人信，被人怀疑别有用心，怎办？"

这番话很让我想起我在芝加哥大学攻读的施特劳斯政治哲学。因为施特劳斯大师最具原创性的见解，就在于教导学生如何把西方政治哲学传统作为一个"不说话的文本"来阅读，亦即认为经典著作中最要紧的不是其中"说"了什么，而是其中"不说"什么。其原因恰恰在于西方经典作家往往都有这同样的苦衷："真话，要说多少？部分？全部？对全世界公布还是对几个知己说？"

按施特劳斯的教导来读西方政治哲学经典因此好辛苦。他要求学生特别注意书中的"沉默"之处，因为他强调从前的西方大哲一般"不说"他最想说的话，或者说他们最想说的话往往通过有意的"沉默"来表达。举一个例子，英国大哲洛克的名著《政府论》是英国人最引以为豪的传世名著之一。但此书通篇"不说"

当时英国人最津津乐道的所谓"英国远古宪法",亦即洛克对英国人最相信最视为神圣的东西保持"沉默"。一旦注意到这个意味深长的"沉默",则自然立即明白,洛克对英国人最相信的这套东西恰恰大不以为然,因为他认为任何政治以世代相传的习俗为基础必然有问题,因为任何习俗即"公认的东西"往往都充满偏见。他的《政府论》主张政治的基础在"自然契约",正是要反驳传统主义的"古宪法说"。不过他不愿犯众怒,不敢明说,因此只能用"沉默"来表示他的异议。

"不说"是康德哲学的极致,因为康德说人不可以说假话,但有时却也无法说真话,这种时候只能"不说"。"沉默"则是柏拉图写对话的目的,柏拉图明言天下绝没有柏拉图的哲学这回事,因为他柏拉图只记录别人的对话,他自己在对话中永远保持沉默,什么都没有说过。我这篇专栏题为"沉默",亦即什么都没有说。

2000 年 9 月 4 日

说谎之道

伏尔泰曾有名言："为朋友而说谎乃是尽友道的首要责任。"
这道理其实我们凡夫俗子都很懂。例如，假如你的一个朋友告诉
你，他最近有婚外恋，你当然不便去告诉他的老婆，如果他老婆
来问你，你大概也只好对她说谎，否则就等于把你朋友卖了。

凡夫俗子懂的道理，哲学家们往往不大弄得懂，政治家们
则常常装不懂，因此哲学家和政治家总是唱高调，提出种种吓唬
凡夫俗子的道德标准。例如哲学家康德最喜欢强调"说出真话"
是人的绝对道德责任，而捷克总统哈维尔更喜欢标榜人要"生活
在真实中"。笔者将近十年前曾写过一篇《人有说谎的权利》，引
用法国自由思想家贡斯当（Benjamin Constant）二百年前对康德
道德理论的批评，指出把"永远说出真话"或"永远生活在真实
中"当作一种绝对道德原则，不但不能达到建立人际真实信任的
目的，反而恰恰有可能走向反面，因为不分青红皂白地"永远说
出真话"只能毁掉真正的人际信任关系。

贡斯当认为，诚实绝不是一种无条件的道德价值，相反，
在许多情况下"有选择地说谎"要比诚实更高贵。他挖苦康德说，
作一个"清白得像一个天使"的康德式道德主体，其实是太轻松
也太容易了，因为他只需永远遵守"说出真话"这种抽象道德原
则，却可以根本不管自己的行为是否会给他人以至社会带来灾难

性的后果。

贡斯当对康德的批判乃有感而发。当时正是法国雅各宾恐怖刚刚结束之时，贡斯当认为，雅各宾专政留下的一个社会后果就是："每个人在其邻居眼里都是有罪的，都作过帮凶"，在这种普遍的互不信任、彼此忌恨的社会氛围下，如果一味高唱"说出真话"的道德要求，实际也就意味着人人说过假话，人人都应该自我忏悔，深挖灵魂。这样一种巨大的道德精神压力，在贡斯当看来，不但丝毫无助于修复和重建社会的人际信任和相互尊重，反而适得其反，因为这种道德重整一方面引发新一轮的相互谴责和彼此指控，另一方面更导致新的道德优越感和道德歧视感。从政治的角度讲，这种"道德重整"事实上恰恰可能走向新的道德政治专政，并不是建立自由政治之道。

最近中国大陆冒出了一批新的自封"道德圣人"，高举哈维尔的大旗，要求中国人进行"全民忏悔"，尤其要求中国知识分子个个深挖灵魂，指控钱锺书等人在"文革"中"沉默"等于是帮凶，因为"沉默也是一种犯罪"。这些"道德圣人"似乎不明白，人们之反对旧的"思想改造"，并不是为了要欢迎另一种新的"思想改造"运动。

2000 年 10 月 24 日

狗而屁之

"狗屁"两字殊为不雅，却又最为文人学士喜用而常不离口。从前德高望重的文坛领袖梁启超，更曾专门讲过一个"狗屁分三等"的故事。说的是有一年某学政大人主持某地学子的考试，由于所有考生都太差，这学政大人只得勉强拔出前三名，批曰：第一名是"放狗屁"，第二名是"狗放屁"，第三名是"放屁狗"。

自然有人要问，这"放狗屁""狗放屁"和"放屁狗"，究竟区别何在？梁任公解释说，这第一名称为"放狗屁"，表明放屁者仍是人，"不过偶放一狗屁耳"；第二名"狗放屁"，表明放屁者是狗也，不过虽然是狗，这狗毕竟还有其他功能，"不过偶放一屁耳"；这第三名更等而下之，因为放屁者不但是狗，而且这狗"舍放屁外，无他长技矣"，因此称为"放屁狗"。

梁任公讲这个故事的具体背景今日已经无从考证，不过想来总是有感而发。以任公一生之思想多变，自然不知遭来多少人骂他，而他当然不屑理睬，只觉得这些骂他的人都在放狗屁罢了。有些人是偶尔骂他一次，不过为人尚算正派，因此他觉得这些人还是人，"不过偶放一狗屁耳"；另有些骂他的人则已经是人格低下之辈，在他眼里已经是狗不是人，因此骂他无非就是"狗放屁"，不足为奇；但还有更等而下之的，亦即专有一些什么都不干而专门钉住他骂的宵小之辈，这就是他所说的"放屁狗"了，这些狗

46

"舍放屁外，无他长技矣"。

梁任公如果活到今天，看到兴旺发达的网上文化，必然大开眼界，因为这网上文化实在把他说的所有三种狗屁都发展得淋漓尽致。前两天黄灿然专栏谈作家莫言的上网经验，妙不可言。莫言说："短短的上网经验使我体会到，人一上网，马上就变得厚颜无耻，马上就变得胆大包天。"因为上网写作的目的无非"就是要借助网络厚颜无耻地吹捧自己，就是要借助网络胆大包天地批评别人"，不过莫言又说，"当然我也知道，下了网后，这些吹捧和批评就会像屁一样消散——连屁都不如"。

其实应该说，虽然都是屁，也还是有等级的。例如那些偶尔上网厚颜无耻自我吹捧的人，大概相当于梁任公说的"放狗屁"，亦即到网上"偶放一狗屁耳"；另一类是不断上网胆大包天攻击别人的，这就是梁启超说的"狗放屁"一类了；最后一类则是天天上网散布流言蜚语、专事造谣中伤泼污水的家伙，这些大概就属于职业性的"网上放屁狗"了。

2000 年 9 月 18 日

狗而屁之续

上周写了《狗而屁之》后，颇得一些朋友来信凑趣，足证笔者上文所言"'狗屁'两字殊为不雅，却又最为文人学士喜用而常不离口"。例如有传说谓，从前钱锺书每发一文即对杨绛说"今天放了一个屁"，如是长文则谓之"长屁"，等等。其实写文章的人将他人或自己的文章称为"狗屁文章"乃常事，不过"狗而屁之"一语则是笔者在北大读书时的发明，那时太狂妄，每读一文，往往大摇其头，信笔批上"狗而屁之"。有位老友因此提起这往事，问我今日是否仍然如此，我说这话不便回答。

笔者少时的朋友，现任上海复旦大学教授的徐洪兴兄，来信告有一则关于"洋泾浜"的今人笔记，说的是从前上海圣约翰（St.Johns）校长卜舫济的笑话。据说这美国佬特别喜欢用上海话发表演讲，惜乎由于四声掌握不好，常常弄出许多笑话来。有一次这位校长大人发表演讲，开场白说："兄弟今朝有两只屁放，一只屁放在美国，一只屁放在中国"，引得台下哄堂大笑。他其实本来是要说"兄弟今朝有两只譬方"，一只"譬方"取自美国，一只"譬方"取自中国，但上海话的"譬方"二字发音实与"屁放"无大异，四声稍不对头，"譬方"可不就成"屁放"了。

另有朋友来信说，我那文章用梁启超的"放狗屁""狗放屁"和"放屁狗"挖苦网上文化，只怕得罪人太多。我作信回答

48

说，我其实历来都不太怕得罪人，可是写了这篇文章后却觉得很有点得罪狗。脑子里想起桑塔格（Susan Sontag）向癌道歉的故事。这位当年出尽风头的美国文坛女霸王，在六十年代最出名的一句话，是在一篇文章历数西方殖民主义罪恶后，痛下断语说："白种人就是人类历史的癌病"（the white race is the cancer of human history）。可是多年后她自己生了癌，因此声称这句话要修改，不过不是因为对白种人不公平，而是因为——对癌不公平（it was unfair to cancer）。

我说怕得罪狗，倒也不是因为现在狗有狗权。所谓"狗权"无非是人加于狗的一种暴力而已。狗权本应由狗自己制定，现在的狗权则完全是人将自己的喜好应用于狗类。人就是这样，总要把自己认为好的标准加之于万事万物。在美国，狗和猫似乎活得最好，但也活得最惨，因为狗和猫不但有权利，而且有意识形态属性，所谓左派不养狗，右派少养猫，因为狗代表男性主义，猫则代表女性主义，好像没有雌狗雄猫一样。尚记得 1992 年大选，克林顿显耀他家温柔的猫，老布什夸奖他家忠诚的狗，结果是猫赢了。

2000 年 9 月 25 日

刺猬与狐狸

沉重的昆德拉

昆德拉的新作《慢》（*La Lenteur*）不久前译成英文时，书刚刚上市，已经被文坛刀斧手送上了断头台。哈佛大学东欧文学专家巴冉扎克（Stanislaw Baranczak）在一篇毁灭性的书评中尤其将这部小说骂得狗血喷头，其用语之刻薄恶毒几乎令人瞠目结舌。例如说今日小说能写得既深刻又娱人的诚然已不可多得，但大多数作家总还希望勉强做到两者居一：或者写得沉闷乏味但多少有点深刻，或是虽然肤浅透顶但尚能逗人一乐，唯有昆德拉这部小说偏偏写得既乏味到不能再乏味，又肤浅得不能再肤浅，总之是味同嚼蜡，一钱不值，只能再次证明昆德拉的小说写得一部比一部差。

但书评常常误人，而专家更常常欺人。就小说而言，《慢》至多是把昆德拉以往小说中早就存在的种种毛病都加以放大而已。例如他那种"作者—叙述者—评论者三位一体"的写作方式日益让读者觉得难受，而他那过多的"警句"也不再让人觉得好笑，反有喋喋不休的说教之嫌。但巴冉扎克的主要攻击点却几乎完全不能成立，因为他认为昆德拉这部第一次用法语写作的小说实际表明他在自觉地告别自己的中东欧背景，从而选择了注定只能成为二流作家的写作方式，即不是法国人却偏偏"用法语为法国人写法国人"（writing in French for the French about the French）。但事实上只要浏览一下《慢》就不难发现，昆德拉的关切仍然是从中东欧的生存处境所发发。真正的问题毋宁是，今日中东欧的生存处境只怕已经既不再是西方的主要关切亦非西方人所能体会，而昆德拉这类东欧知识分子今日的切肤性感受和思考更已未必能再符合西方的口味。《慢》这部短短一百五十余页售价21美元的小说由两个爱情故事交织组成，一个发生在18世纪，另一个则发生在冷战结束后的现在，两者的交点是它们都发生在同一个城堡中。在前者中，一切都是"慢"的，恋爱者处在充分自我把握的状态中；而在后者即现代故事中，则一切都"快"得发疯，每个人都像一部大机器上的齿轮身不由己地跟着快速旋转。昆德拉的寓意其实不难明白：东欧在走出共产主义后，再没有功夫停下来想一想自己的历史、自己的传统，就被一头甩进了西方国际资本主义的运转中，以致像小说中人物那样，最后连做爱都不能收放自如。小说因此对西方的一切，从政治、媒体、科学以至援助非洲等都极尽嘲弄挖苦之词。巴冉扎克等的愤怒其实正是在这里，但他们似乎没有看出昆德拉这里用"快"所衬托的正是他的一贯主题即"遗忘"。

出版商的广告将《慢》称为昆德拉"最轻的小说"，作者自己更说"里面没有一个严肃的词"。巴冉扎克等则说它沉重沉闷，这倒或许不无道理。事实上昆德拉一向沉重，因为他总是把一个偌大的"中东欧"扛在自己肩上。不幸的是他想用"小说"来担当的这个"中东欧"实在已经面目模糊，以致人们认为他不过是又一个"用法语为法国人写法国人"的二流作家罢了。

1997年10月19日

女 作 家

昔约翰逊博士在其《信步者》(*Rambler*)中曾有名言曰:

> 由于舞文弄墨之司职历来操在男人手中，因此世有祸乱
> 则其罪必倾数扣在女人头上。
>
> As the faculty of writing has been chifely a masculine
> endowment, the reproach of making the world miserable has been
> always thrown upon the women.

今世女性主义论述之要义，实不外将约翰逊两百年前这番话推衍广大，昌言女性之历来被轻之贱之，盖因为"写作"和"论述"(discourse)这支配性权力一贯与男性权力中心通奸共谋。

台湾女作家李昂的《北港香炉人人插》究竟是尚未摆脱男性中心的写作，抑或是女性写作的最新策略，非此地敢论。不过观其故事，则似重翻"红颜祸水"之类。说的是一个叫林丽姿的女人睡遍反对党的领袖人物，"将是亡反对党的罪魁祸首"，而且由于睡得太滥，"搞不好还是艾滋病"，要是传染给执政党权贵，更要"亡执政党"。

对于我等与台湾无甚瓜葛的读者，此书是否影射陈文茜与施明德等台湾名角实无关紧要，只当它是女人写女人的小说读之。

55

事实上这小说写的是女人之为女人，或至少某一类女人，亦即小说中所谓"她们"："有时她们有机会成为国母，烈士之妻，甚至女烈士、女革命英雄。或者，当政权得以转移，她们有机会成为女阁员、女部长，甚至女总统"；"但有的时候，她们成为'公共汽车'，甚且'公共厕所'"。

小说中处处暗示的是，要有机会成为女阁员、女部长，甚至女总统，只怕先得有本事成为"公共汽车"甚且"公共厕所"。读者首先看到一群现代女性领袖聚会，"女学者、女律师、女民意代表、女性社团负责人等竞相发言"，纷纷"谴责父权社会、男性主控的政治，是国家败坏、贪污暴力的主因"，一致认为"女人要能确实掌握权力，才能参与改革，创造一个廉洁公正安定的社会"。小说的基本线索由此自然是：女性如何才能由男人那里取回更多权力？对此只有林丽姿给出了毫不含糊的回答："用女人的身体去颠覆男人啊！"

以色相换权力按说是人类自古以来司空见惯之事，林丽姿的不同无非在于她能宣称："是我睡了他们，不是他们睡了我。"不过《北港香炉人人插》的真正辣笔却在另一句话："肯陪人睡觉的女人很多，但不见得都睡成今天这个林丽姿！"这话可谓恶毒、刻毒而又阴损到了极点，但又何尝不道出诸多无奈、失落和嫉恨。换言之，小说中那些女学者、女律师、女民意代表、女性社团负责人，多半也都是"肯陪人睡觉的女人"，不过都未能睡出头罢了。也因此，《北港香炉人人插》全书只让一个人有名有姓，那就是林丽姿，其余的女人都只能是"无名氏"。

今天大概也只有女性作家敢这样写女人。但李昂笔头之狠辣也使我忽然想到，设若舞文弄墨之司职历来真操在女人手中，以往女性被轻之贱之的历史只怕未必就会改变，说不定还更有甚之？证之日常生活，当知女人之互骂"骚货"实不亚于男人之骂女人"贱货"。当然，不管骚货贱货，都与男人有关。

1997 年 10 月 5 日

作诗与做爱

诗人叶芝（W.B.Yeats，1865—1939）一直相信，至少对他自己而言，作诗与做爱（verse making and love making）实有太密切的关系。他觉得一旦自己有一天不再有能力做爱，那也就不可能再写得出新诗。

叶芝五十二岁第一次结婚时，自我感觉仍极为良好，深信他自己无论作诗、做爱都在最佳状态。但十六年后，当叶芝六十八岁（1934）时，他终于苦恼万分地对朋友承认，他的性能力已完全萎缩，因此已经有三年没有写出任何新作品了，事实上他已失去了灵感。当某位朋友对他开玩笑说，他为何不去试一下当时颇为流行的所谓"壮阳手术"（rejuvenation operation），他竟然像抓住了什么救命稻草一样，真的立即冲到图书馆去寻找有关资料，并在那里发现了伦敦著名性学专家海尔（Norman Haire）在1924年出版的《壮阳术》一书。据海尔说，他自己那时已经作过二十五次这种壮阳手术，效果甚好，等等。

海尔等人当时实施的这种所谓"壮阳手术"是由奥地利人欧根·斯旦纳赫（Eugen Steniach）在1918年"发明"的。这个手术只需要大约十五分钟，实际上只不过是今日所谓输精管切除术，即切开输精管，去掉一小片，再把两端连接起来。根据斯旦纳赫理论，这种手术有助于男性荷尔蒙的增生并使整个机体功能更有活力。尽管这一斯旦纳赫理论今天早已无人相信，但在二十年代的欧洲却曾风行一时，包括弗洛伊德等人都曾接受过这一壮阳手术。

叶芝在1934年春由海尔亲自主持做了这一壮阳手术。不久后他即写信给海尔，说自己已经写出了新诗，而且说许多朋友认为这些新诗属于他有史以来最好的诗。但海尔医生纳闷的是，叶芝又能写诗到底与手术有什么关系，因为他知道他为叶芝做的手术并没有改变叶芝的性能力，事实上手术后的叶芝仍然完全没有勃起的能力。

叶芝在做了壮阳手术后度过了他生命的最后五年，他自己常说这次壮阳手术带来了他生命中"奇怪的第二春"（the strange second puberty）。这第二春的"奇怪"之处或许就在于，他发现自己已无法再做爱，但同时却反而更加能作诗。事实上叶芝最后五年的写作灵感，恰恰来自于他对自己已不能再做爱的强烈体验。他说自己在这期间写的作品不同于以往，想要表达的是一种"老男人狂乱症"（an old man's frenzy），大概正是指这种无能再做爱的体验。

看来，作诗是作诗，做爱是做爱。不能做爱的叶芝仍然能作诗，而且似乎还越作越好。不过，在其最后诗作《那又怎样》（*What Then*），以及《人与回声》（*The Man and the Echo*）等中，这位只能作诗而不再能做爱的大诗人却似乎暗示人们，如果他自己有能力选择的话，他宁愿不能再作诗，却仍然能做爱！

闲话诗人

叶芝曾写过一首流传颇广的诗，题为《一件外套》(*A Coat*)，专门挖苦那些喜欢打着大诗人的旗号来谈论诗歌的小诗人。诗的大意是：他用自己的诗歌做了一件外套，从上到下都绣满了远古的神话；没想到一帮蠢蛋竟把这件外套拿去，披在身上招摇过市，好像是他们制成的外套一样 (But the fools caught it, / Wore it in the world's eves /As though they'd wrought it)。对此叶芝无可奈何地说：

> 诗歌啊，让这些蠢蛋拿走这件外套吧，
>
> 尚有更高的境界，
>
> 当赤身裸体地践行。
>
> Song，let them take it,
>
> For there's more enterprise
>
> In walking naked.

叶芝显然有先见之明，因为日后天下的诗人虽然越来越多，但能体会赤身裸体践行的境界者却越来越少。相反，他们大多往往像叶芝所讽刺的蠢蛋，以为只有成天把诗歌当成外套披在身上才能当诗人。今天许多诗人尤其如此，他们最怕的就是别人不知道他们是诗人，最爱的就是寻找一切机会来模仿雪莱当年"为诗一辩"的架势，动辄就捶胸顿足地为世人如何不重视诗歌而大哭大闹一番，似乎没有他们拼死捍卫诗歌的尊严，文化就将荡然无存，天下就会一片黑暗。我每看到这种文字都会想，如果叶芝还在世，只怕又得脱一件外套了。

我确实相信，今天早已不是诗歌的时代，诗歌兴盛与否也不是文化兴盛与否的标志。这么说倒不是对诗人有什么轻视，而只是说，今天要当诗人多少得有点耐得住寂寞的精神，否则成天为诗歌不再被社会青睐而大哭大闹，反显得其心原来并不在于诗歌本身，而是在于诗人的社会地位，岂不又俗了。

其实诗歌如此，哲学亦然。今天不是诗歌的时代，同样也不是哲学的时代。那么今天算是什么时代呢？我想就是"大家过平常日子的时代"，说得文绉绉一点是所谓"日常生活的时代"。这日常生活并不需要诗人把它提升到诗的境界，也不需要哲学家把它提升到理念的世界，倒是诗人哲学家需要明白自己过的也是"平常日子"，不必以为自己读点诗歌就比读武侠小说的人来得高雅，也不要以为自己读点哲学就比听流行音乐的更为深沉，无非都是打发时间、消磨日子，各有一套"过平常日子"的方式而已。其实从前最一本正经的道学家朱熹尚有"书册埋头无了日，不如抛却去寻春"之明达，韩愈更有"今者无端读书史，智慧只足劳精神"的了悟。今天的人想作诗人也好，想作哲学家也好，最要紧的是要有一副平常心，否则不免让人讨厌。

2000 年 3 月 6 日

是刺猬，不是狐狸

　　哲学家古德曼（Nelson Goodman）有一次曾经向思想史家伯林（Isaiah Berlin）提出一个极为刁钻的问题，说如果一个人一生研究一个大问题是一只刺猬，而另一个人一生知道许多不同事情是一条狐狸，那么我等一生只能了解一件小事的凡夫俗子（one who spends his life knowing one little thing），应该算是什么动物？据说一向以谈吐天下无对手闻名的伯林，当时竟张口结舌，无从应对，承认古德曼这问题确实问得妙。

　　古德曼之所以会有这一问，自然是因为伯林最有名的文章就是《刺猬与狐狸》。"刺猬与狐狸"的故事本来自于古希腊诗人阿奇娄库斯（Archilochus）的一句谚语，即"狐狸知道许多小巧，刺猬却知道一件大事"。原意大概是说狐狸虽然诡计百出，但想吃掉刺猬却总是无计可施，因为刺猬不管狐狸如何变换花招，都以不变应万变，即竖起它那满身的倒刺，吃亏的总是狐狸。

　　但伯林却把这句谚语发挥成关于两类思想家的绝妙比喻：一类是追求一元论的思想家，他们力图找出一个唯一性的绝对真理，并将之贯穿于万事万物，恰如刺猬凡事均以一招应对。另一类则是承认多元论的思想家，他们体察世间事之复杂微妙，万难以不变应万变，因此宁可自己思想矛盾，亦不强求圆融一统之理，恰如狐狸遇事之花巧多变。以此分类观西方思想史，伯林认为但丁可作为刺猬的样板，而莎士比亚就是狐狸的典型。进一步言之，柏拉图、黑格尔、陀思妥耶夫斯基、尼采和普鲁斯特等都是程度不同的刺猬，而亚里士多德、蒙田、歌德、普希金、巴尔扎克和乔伊斯则是狐狸。

伯林更以此进一步透析几位俄国大文豪的心态，指出知识分子由于不明此理，往往既误解了别人，又误解了自己。例如普希金明明是"19世纪头号大狐狸"，可是陀思妥耶夫斯基却以己心度人腹，把普希金当成了和他自己一样的刺猬；屠格涅夫最不愿意当刺猬，可是当时整个俄罗斯知识界却都硬要他当个好刺猬，弄得他一生苦恼不堪，只能远走他乡。

伯林之被尊为思想史大师，即在于他那体察入微的笔端极善于将知识分子内心种种微妙的感受、复杂的心理、莫名其妙的念头、不合时宜的想法、令人同情的弱点、可以理解的错误，都缓缓展现出来。不过"刺猬与狐狸"主要研究的是托尔斯泰，认为托尔斯泰是自我误解的典型，因为他就其本性而言完全是狐狸，却自以为是只大刺猬，从而导致无穷的自相矛盾和内心冲突。

伯林先生最近过世时，我突然想到，伯林本人到底是一只刺猬，还是一条狐狸？事实上他自己的所有思考也都归结为一个问题，即人类对一元论的追求为什么无可遏制。照此来看，伯林先生只怕也误解了自己，因为他以为自己是一条狐狸，实际也是一只刺猬。这大概才是为什么他回答不了古德曼问题的原因吧！

1997年11月16日

梁任公去世七十年

20世纪匆匆将过。回首这百年来中国的风云人物,看来看去觉得最有趣的大概还数梁启超(1873—1929)。他短短五十六年生涯,几乎无事不涉,却又几乎一事无成。他从事过一切政治活动,全都以失败告终;他提倡过种种"主义",而又一一加以否定;他差不多研究过所有学问,却又无所归属,自述曰:

> 启超以太无成见之故,往往循物而夺其所守;启超"学问欲"极炽,其所嗜之种类亦繁杂;每治一业则沉溺焉,集中精力,尽抛其他。历若干时日移于他业,则又抛其前所治者。以集中精力故,故常有所得;以移时而抛故,故入焉而不深。中间又屡为无聊的政治活动所牵率,耗其精而荒其业。

梁启超一生"立言"无数,但他却似乎恰恰不再像传统中国读书人那样把"立言"之事看得那么重,以为真有什么"一言兴邦,一言丧邦"之事。早在他刚刚扬名时,严复即曾写信规劝他文章不可乱写,话不能乱说。梁启超却回信说,他一向认为"天下古今之人之失言多矣,吾言虽过当,亦不过居无量数失言之人之一,故每妄发而不自择也"。接着说严复担心他的"毫厘之差"流入众生中"将成千里之谬",未免"视启超过重,而视众生太轻耶"。以后他老师康有为责备他不该公开与他唱反调，他又回信说："我不言，他人亦言之，岂能禁乎？"同信中更直截了当劝康有为不必以为写了《大同书》就当作什么了不起的宝贝，因为"大同之说，在中国固由先生精思独辟，而在泰西实已久为陈言"。

20世纪中国其他风云人物，往往过于执着，总以为可以找到什么"终结真理"，以致小有所得即抱定终身，反而陷入种种教条的"主义"。唯有梁启超天性最为敏感，无法安于任何一种成说，因为他太强烈地感觉到，"今日天下大局日接日急，如转危石于危岩，变迁之速，匪翼可喻，今日一年之变，率视前此一世纪犹或过之"，如此时代，哪里还有可能有任何一种学说可以成为万世不移之真理？他因此说：

> 今之为文，只能以被之报章，供一岁数月之遒绎而已，过其时，则以覆瓿焉可也。虽泰西鸿哲之著述，皆当以此法读之。

惜乎七十年后的今天，能领悟梁任公这番话的人还是不多，我们看到的，只不过是以新教条代替了旧教条罢了。

1999年12月20日

文　人

卡莱尔在《英雄和英雄崇拜》（1840）第五讲中曾将"文人"列为"最重要的现代英雄"。但就美国而言，在六十年代以前能当得上欧洲意义上的"文人"之称的大概只有一个人，这就是埃德蒙·威尔逊（Edmund Wilson，1895—1972）。

威尔逊从二十年代开始在《新共和》《名利场》和《纽约客》等周刊和杂志上发表的大量书评和评论堪称美国一绝。特别是 1943 年起他应聘出任发行量甚大的《纽约客》周刊书评编辑后，使并非书评专刊的《纽约客》事实上成了美国最有影响的书评园地。他的专栏被人戏称为"单枪匹马的大学"（one-man university），因为他确实是那种无所不读，无所不评，而且每评必有己见的大文人。

但尽管上自总统肯尼迪下至所谓纽约知识分子圈都对威尔逊推崇备至，他那种鄙视专业而无视领域之分的治学著述方式（人称"一切领域的评论家，所有朝代的史学家"）在专业化氛围压倒一切的美国却仍不免被讥刺为"不够学术化"。与此形成对照的是，他在英国的牛津等学府却被人交口称赞。以博学著称的英国学界领袖伯林自承当世他最佩服的人就是威尔逊；《泰晤士报文学增刊》在威尔逊去世时的评语是："他的学识没有一个现代人能够望肩，只有以往欧洲全才型学者（panoptic scholars）

才能差强与之匹敌"。英、美两国文化氛围之差异于此可见一斑。

严格说来，在相当长时期美国实际并不存在一个像英国和欧洲那样的文人阶层，美国的教育更过分地强调专业化。因此美国要说有所谓知识分子也主要是各领域的专家学者，而非"文人"。

诚然，今天人们常常说及"纽约知识分子群"，但事实上在五十年代以前，所谓的"纽约知识分子"在美国的影响非常之小，这首先是因为所谓"纽约知识分子群"主要是一个犹太人群体，只有在五十年代以后他们才逐渐被纳入到美国主流社会；同时他们在五十年代以前的意识形态立场基本上是托洛茨基左派，同样与美国主流意识形态格格不入。

英国和许多欧洲国家大多都有较长的人文教育传统，这种教育的培养目标如当年布克哈特（J.Burckhardt）所言，并不在于造就某一特殊领域的专门家（a specialist），而在于所谓"兴趣尽可能广泛的业余爱好者"（an amateur at as many points as possible）。欧洲 19 世纪所谓的"文人"（Man of letters）正是这种人文氛围下的产物，其历史虽然比我们中国历来的"文人"传统短得多，但在许多方面确是比较相近的。

韦伯（Max Weber）对西方和中国的文人传统都嗤之以鼻，认为现代社会只需要专业化，但他自己当年在被问及他的专业领域是什么时，他却发怒地回答："我又不是驴子，哪有固定的领域！"

缘何喧哗与骚动

福克纳如果活到今天，就是一百岁了。这一百年来的世界，也多少有点像他那本成名作的书名所示，充满了"喧哗与骚动"。

福克纳的 *The Sound and the Fury* 这部小说的书名本取自莎士比亚名剧《麦克白斯》第五幕第五场。剧中麦克白斯在欲望和野心的驱动下干出一件又一件罪行后，在灭顶前终于觉得这人间的种种欲望和野心实在只是毫无意义的瞎折腾，因此有这著名的独白：

> 人生不过是一个走来走去的影子，就像一个可怜的戏子，弓架十足地跑到台上伸拳弄腿一番，然后就消失得无声无息。这就像个白痴讲的故事，充满喧哗与骚动，却什么含义也没有。
>
> Life's but a walking shadow, a poor player
>
> That structs and frets his hour upon the stage
>
> And then is heard no more. It is a tale
>
> Told by an idiot, full of sound and fury,
>
> Signifying nothing.

不过福克纳本人的人生体验，与其说是由于厌倦了欲望与野心，不如说是正好相反，乃是欲望和野心无法实现的失落感。

第一次世界大战爆发他报名参加美国空军，满心以为是一个"英雄时代"到来而为他提供了扬名立万的大好机会，未料却被人家以他长得矮小而拒之门外。他愤怒之下跑到加拿大冒充英国人报名参加英国皇家空军，并为此把自己的美国姓名 Falkner 加上一个 u 改成了 Faulkner。好不容易混进了皇家空军开始受训，大战却结束了。失望透顶的福克纳觉得如此回去实在无颜见江东父老，只好装腔作势地穿上一套英国军官制服回家，逢人就以一口模仿的英国口音胡吹乱编自己的英雄故事。同一个故事今天这么说，明天又那么讲，于是人人知道他是天字第一号的吹牛大王。

岂料他这份吹牛的天才却成了他日后写小说编故事的最大本钱。事实上他的小说大多有他吹牛的同样特点，即喜欢把同一个故事一遍又一遍地讲，不过在小说中他让不同的人物各自来讲这同样的故事，无意中倒突破了小说叙述如何不被时间顺序局限的难题。

不管是吹牛还是编故事，福克纳心里挥之不去的实在首先是那股恨自己生错了时代的失意感和不知自己生来何为的寂寞感。由此而言，当初更使他触心境的只怕是《麦克白斯》里的另一段台词：

> 人间无事可再认真，一切都已是鸡毛蒜皮；荣誉和神宠都已死绝，人生美酒点滴无剩，这整个世界只留下了酒糟供人夸耀。
>
> There's nothing serious in mortality.
>
> All is but toys ; renown and grace is dead ;

The wine of life is drawn，and the mere less

Is left this vault to brag of.

在 1950 年获得诺贝尔文学奖后，福克纳显然有点困惑于他这么一个本来与当世格格不入的人，怎么会在当世取得这种成就而且为世人所欣赏。在 1953 年给朋友的一封信中他曾说：像我这样一个从未受过任何正规教育，甚至连文学也没有学过，更没有文学同伴的人，怎么写出了这些作品。我不知道我这才能是从哪里来的，更不明白上帝或诸神或任何创世者为什么会选中了我。他说他这既不是谦卑也不是虚心，只是觉得这一切实在都太不可思议。

1997 年 9 月 27 日

这个那个

　　我读到的董桥文章，多是东一篇西一篇由朋友转给我的。不久前因此想在芝加哥大学东亚图书馆找找有没有董桥的文集，结果发现只有一本，而且还是二十年前的老集子，叫作《双城杂笔》。董桥自己又称其为《这个那个集》，因为里面的文章如他所说不过是把个人一些感觉和感想，这个写写，那个写写，因此把这些东西合为一集也就不必题一个太有道理的书名，老老实实地就叫《这个那个集》。

　　这使人想起从前英国文章名家贝洛克（Hilarie Belloc）也把自己的一个文集题为《这个那个集》（*This and That and the Others*）。不但如此，这位仁兄的其他文集大多也都冠有类似的书名，例如《谈点什么集》（*On Something*），《什么都谈谈集》（*On Anything*），《什么都不谈集》（*On Nothing*），《无所不谈集》（*On Everything*），最后有一集大概实在想不出其他名字了，干脆就用一个字作书名，叫《谈》（*On*）。

　　林语堂也有一本《无所不谈》集。但林语堂的文章虽然人人都说好，我总觉得不大有让人拍案叫绝的东西。林语堂让人倾倒的地方似乎还是在他将汉语译为英文的功夫。例如他能将李清照的"寻寻觅觅，冷冷清清，凄凄惨惨戚戚"这十四个字同样用十四个英文词有板有眼地译出：so dim, so dark, so dense, so

71

dull，so damp，so dank，so dead，这是不能不让人叫绝的。

　　文章写得东拉西扯而仍然偶尔能让读者拍案者，主要是因为作者与读者之间已经先有了某种声息相通的关系。本雅明（Walter Benjamin）曾言，现代文人与城市的街头巷尾有一种文化共谋的关系，"一个文人必须随时准备好迎接城市生活中的下一个传闻、下一句俏皮话或下一个意想不到的事件"。因为唯其如此，他才能将许多人的共同感觉率先形诸于文，从而为新话题推波助澜。

　　例如最近英文中又多了一个新词，Bimbroglio，估计是由 bimbo 和 imbroglio 这两个词合成的。bimbo 的意思是"一个头脑简单只会做爱的女人"，imbroglio 则是意大利语中"一团糟"的意思。Bimbroglio 因此就相当于"一个头脑简单只会做爱的女人弄得所有事情都一团糟"，用来指克林顿性丑闻案，自然妙极。现在凡谈及这丑闻的文章没有不用这个词的，但如要问谁最先用，则大家都会猜想十有八九是《纽约时报》专栏作家 William Safire 的发明，因为此公最善为街谈巷议添油加醋。

　　董桥文章中我印象最深的，是在香港回归前夕董建华向彭定康提辞职信时，董桥评董建华辞职信英文措辞之得体圆通以及香港中文媒体在翻译此信时之懵然不识个中关节。此文不仅在中文和英文的把捏上处处让人拍案叫绝，而且在将官场英文与媒体中文作比较时，更隐隐地提醒人们，殖民时代香港的两个社会——讲英文的香港上层社会，与讲中文的香港中下层社会，原本是何等互不相干，互不相通的两个世界！

1998 年 10 月 11 日

闻一多在芝加哥

我刚到芝加哥时，当时还在芝加哥大学的李欧梵教授接我到他家里住并带我熟悉芝加哥。有时走过什么地方的时候，欧梵会开玩笑地说，这地方说不定是当年闻一多常来散步的地方呢。

闻一多是1922年到芝加哥的，进的是芝加哥的美术学院，不是芝加哥大学。当时芝加哥是美国第二大城市，不过我们知道闻一多到了以后就给朋友写信说："啊！我到芝加哥才一个星期，我已厌恶这里的生活了！"

据梁实秋说，事实上闻一多从一开始就不想到美国留学，在赴美的轮船上他给梁实秋等写信，说还有三天就要上岸了，他不知怎么是好，因为他相信到了芝加哥后一定比轮船上还要烦闷。到了芝加哥后，他在给吴景超的信上更是大叹"不出国不知道想家的滋味"，并说"我想你当不致误会以为我想的是狭义的家。不是！我所想的是中国的山川，中国的草木，中国的鸟兽，中国的屋宇—中国的人"。正是这种情绪使他到芝加哥不久就写了那首《忆菊》：

啊！东方底花，骚人逸士底花呀！……
你不像这里的热欲的蔷薇，
那微贱的紫罗兰更比不上你。

73

你是有历史，有风范的花。

四千年华胄底名花呀！

你有高超的历史，你有逸雅的风格！

不难想见，对这位东方的骚人逸士，典型的工业城市芝加哥以及工业美国实在非其所喜。名诗《孤雁》道尽其彷徨：

流落的孤禽啊！

到底飞往哪里去呢？

那太平洋底彼岸，

可知道究竟有些什么？

呵！那里是苍鹰底领土——

那鸷悍的霸王

那里只有铜筋铁骨的机械，

喝醉了弱者底鲜血，

吐出些罪恶底黑烟，

涂污我太空，闭熄了日月，

教你飞来不知方向，

息去又没地藏身呵！

他因此在到美第一年就从芝加哥写信给父母，说他一心只想尽早提前回国，因为"美利加非我能久留之地也。一个有思想之中国青年留居美国之滋味，非笔墨所能形容。我乃有国之民，我有五千年历史与文化，我有何不若美人者？"

闻一多因此在美三年就提前回国了。临行前给梁实秋的信中慷慨激昂地说：

> 我国前途之危险不独政治、经济有被人征服之虑，且有文化被人征服之祸患。文化之征服甚于他方面之征服百千倍之。杜渐防微之责，舍我辈其谁堪任之！

还对梁实秋说："蛰居异域，何殊谪戍？能早归国，实为上策。"

不过我们知道，回国第二年，闻一多就发表了他那有名的长诗《死水》：

> 我来了，我喊一声，迸着血泪：
>
> "这不是我的中华，不对，不对！"

再说说闻一多

　　我既不研究闻一多也不研究闻一多研究的东西如神话和诗歌等,但手头有一套不知为何从图书馆借来而且长存未还的四卷本的《闻一多全集》,有时无事时会翻上一篇半篇的。闻一多的许多文章,如《说鱼》《七十二》,以及《唐诗杂论》等,都写得很好看,只要有点文史兴趣的都可以读,不必非要专门家才行。我一向觉得学问真正大的人,文章一定写得好懂,顶头疼的是那些才学三年的人,写出来的都是夹生饭。

　　明年就是闻一多诞生一百周年了。大概会有些学术纪念活动吧? 我这么想。不过感觉上近年来虽然许多老辈学者都被挖出来捧得高高的,但闻一多却似乎不大有人提及。我曾偶然读到过香港中文大学陈炳良先生的一本《神话、礼仪、文学》,其中有一篇即提到闻一多和法国汉学名家葛兰言(Marcel Granet)从礼仪角度来研究上古《诗经》的路向,不大为其他中外专家们采纳。陈先生自己是很推崇闻一多的,这使我觉得有一种无名的高兴,因为从最早读闻一多的诗集《死水》开始我就崇拜他,读他的文章虽然和我研究的领域毫不相关,也莫名其妙地觉得有一种亲近感。

　　但闻一多的文章也有写得莫名其妙的,有些文章是不可当真的。例如他有一篇常常被人引用的文章叫《关于儒、道、土匪》，说儒家是小偷，道家是骗子，墨家则是土匪，还说"讲起穷凶极恶的程度来，土匪不如偷儿，偷儿不如骗子"，这是说天下最坏的是道家了。这篇文章还说，什么是道家呢？回答是"一个儒家作了几任官，捞得肥肥的，然后撒开腿就跑，跑到一所别墅或山庄里，变成一个什么居士，便是道家了"。但事实上我们知道，他在别的地方恰恰又把道家特别是庄子捧到了天上去，例如在他写的《庄子》一文中，他对庄子的崇拜真是溢于言表：

> 《三百篇》是劳人思妇的情；屈宋是仁人志士的情；庄子的情可难说了，只超人才载得住他那种神圣的客愁。所以庄子是开辟以来最古怪最伟大的一个精神。

我们自然相信这后面说的才是他对道家的真正看法。

只有郭沫若傻乎乎地说闻一多从最初高捧庄子到后来大骂道家是闻一多思想的变化和发展。其实这里有什么变化发展呢？近代中国知识分子对中国文化传统说到底就是"又恨又爱"四个字，既不可能变化，也不可能发展，只可能一会儿恨，一会儿爱罢了。

闻一多和研究优生学的潘光旦是好朋友。据说闻一多曾对潘光旦说，假如你研究优生学的结果是说中国人的人种不如白人，那我只好拿手枪打死你了。但我私心猜度，潘光旦当年去研究这优生学，只怕正是先已经觉得中国人这人种是不行的。

1998 年 11 月 6 日

看新编越剧《孔乙己》

早在一个多月前我刚到香港不久，老友就为我预订了新编越剧《孔乙己》的门票。当时从广告上看到孔乙己这个角色由茅威涛扮演时，我实在有些惊讶，很难相信扮相俊美之极的茅威涛如何演得出孔乙己的穷愁潦倒？

可是上周六在香港文化中心看完《孔乙己》的演出后，我却几乎觉得茅威涛扮演的孔乙己简直比鲁迅的孔乙己还要孔乙己。更确切点说，我觉得人们以往对《孔乙己》的读解似乎都一味突出了鲁迅对中国文化传统"怒其不争"的一面，却往往忽视了鲁迅对这个传统更有"哀其不幸"的一面。而茅威涛扮演的这个孔乙己却似乎更多地让人"哀其不幸"，至少，大概正因为茅威涛的扮相仍是那么俊美，他使人们对孔乙己的感觉更多是一种同情和感叹，而不是嘲笑。

这当然很可能只是我自己的感觉或错觉，而未必是编剧和导演的意图。但不管怎样，这个新编越剧以孔乙己的一把纸扇和一件长衫作为贯穿全剧的线索，确实意味深长，容易让人胡思乱想，生出各种解释。我自己的歪解是，纸扇和长衫或分别象征中国文化的"灵魂"和"外表"，纸扇和长衫在剧终时彻底分离意味着灵魂与外表的分离：中国文化的灵魂无处安顿，最后已不知

78

去向了，而穿长衫摆弄中国文化的人虽然到处都有，其实就像孔乙己之津津乐道"回"字有四种写法，不过是徒有中国文化的外表罢了。

全剧第一场孔乙己把纸扇和长衫赠送给小寡妇让其自行逃命去，到第二场时小寡妇摇身一变已经是从东洋回来的革命党了，手中纸扇仍在，长衫却已无影无踪，大概革命党人都自认秉承了"救国救民"的中国文化传统，却十分不屑中国文化的斯文外表；随后这个女革命党人被砍了脑壳，临死前却让人又把这纸扇送还给孔乙己，可是这纸扇现在似乎已经有千钧之重，哪里是孔乙己这孔门最后的"一己"能够担当？因此第三场孔乙己身穿长衫，手拿纸扇，在破庙中对着孔圣人像涕泪四流，哀号孔子孟子诸大圣人即使集体复活，只怕也已担不动这纸扇！这一场茅威涛上场时那一声"好凉的一个秋，好破的一座庙啊！"，直叫得全场阴森森地发冷。

最后一场孔乙己莫名其妙地把纸扇给了一个女戏子，虽然明显所托非人，但孔乙己却如释重负，毕竟，这东西已经交了出去，再不管他这孔门传人之事。但尽管"斯文"已去，他却仍然要穿着那件长衫。

1999 年 8 月 23 日

中国的后现代

关于中国的所谓"毛泽东热"现象——高歌《红太阳》、遍挂主席像等等,海外报刊早已充斥洋洋洒洒的高头评论。总的来看,海外评论家的论调基本上大同小异,即认为,第一,这股"毛泽东热"表明,"在毛泽东死后十八年,他的阴影仍牢牢笼罩在这个悲剧性的中国大陆上";第二,"它反映了相当广泛阶层对目前改革的不满和怀旧心理",以致许多人觉得"还是毛主席好";第三,它更表明"东方文化缺乏民主传统,中国的老百姓太愚昧,没有皇帝也要搬出个皇帝来";最后,也有一些稍微"深刻"些的观众家认为,这更多具有一种讽刺的意义,是打擦边球,等等。

所有这些评论或许都有点道理,但又全都不是那么回事。换言之,"不满"自然是有的,"怀旧"或许也是有的,打个擦边球之类的心理无疑也是有的,但是,所有这些只怕都不是主要的,都不是支配性的情绪或动机,亦即人们不是"专为"打擦边球而去灌这些歌曲,不是"专为"表达不满或怀旧而大唱特唱,所有这些都是附带的,次要的,甚至可有可无的,真正重要的其实是一种普遍的意识:我得弄点什么有趣的东西来唱唱、玩玩,管它是什么。

正是这种看似十分寻常的"我得唱唱、玩玩"的意识,在我看来是当代中国社会心理中发生的最深刻变化,因为它实际上指示出了当代中国正在形成中的一种时代性的（epochal）新的感觉方式和表达结构。这种新的感觉方式和表达结构的基本特征或可表述为：漫不经心、玩个轻松（insouciance and playfulness）。正是这种"漫不经心、玩个轻松"的态度贯穿于革命歌曲大联唱如《红太阳》等，正是这种"漫不经心、玩个轻松"贯穿于电视连续剧如《编辑部的故事》等，也正是在这种"漫不经心、玩个轻松"的新的感觉方式和表达结构中，一切神圣的、庄严的、崇高的、深沉的、严肃的东西突然都变形了、重构了；神圣的变成世俗的、庄严的变成逗笑的、崇高的变成平淡的、深沉的变成表面的、严肃的变得轻松了。

　　只要稍微听一下那令人叫绝的革命歌曲大联唱《红太阳》，你就会发现，演员们唱得是何等漫不经心，这里没有激情也没有忧郁、没有愤怒也没有悲伤、没有痛苦也没有欢笑，甚至没有讽刺也没有挖苦，一切都只是那么平平板板而来，空空如也而去。演员们仿佛一边唱着一边在想着其他什么全不相干的事，就像在梦游中一般。语词在他们口中漫不经心地吐出，又漫不经心地在空中排列成句，却似乎根本没有组成什么有意义的语句或歌词，只是这么平排滑动着、消逝掉。然而听众们则哄然而起，大呼"棒、太棒"！确实，谁会想得到，这些多年前唱得熟透烂透的陈腔老调，今日居然还能唱出如此新鲜的味道来？真正是化腐朽为神奇，何乐而不为，何乐而不唱？于是你听见全城都充满了那漫不经心的平板"北京的金山上……"，突然都又转成了"花篮的花儿香……"

　　诚然，歌还是那些革命老歌，当年正是这些歌起过巨大的革命传统再教育的作用。但是，同样的这些革命老歌，在今日

"漫不经心"的唱法下，变得如何地与万事不相干！这里的根本不同莫过于，当年的情况是："你"（歌—党—主席）让我怎么唱我就怎么唱，我跟着"你"走；今日的情况则是：我爱怎么唱"你"就怎么唱"你"，"你"必须跟着我的感觉走。在前一种情况下，唱的过程是唱者随着歌词符号而同化于符号所指示的意义秩序的过程，在这过程中，唱者不断认同于这意义秩序，而这意义秩序也得以不断内化于唱者和听者的感觉方式和表达结构中。在后一种"漫不经心"的唱法下则不同，唱的过程乃是唱者不断使歌词符号"漫不经心化"，从而也就是使符号与原有意义秩序不断分离的过程。由此，在这过程中，原有意义秩序由于无法粘着于特定表达符号而被不断"空洞化"、无意义化，而歌词符号由于不再指示原有意义秩序也就成了无所依附的"虚衍物"（simulacrum）——例如不管今日如何高歌《北京的金山上》，谁都知道，毛主席他老人家好好地躺在纪念堂里，与金山上的太阳红不红浑不相关。正是在这意义秩序不断空洞化、意指符号不断虚衍化的过程中，唱者和听者的感觉方式和表达结构从意义形态的重负下解放了出来，变得日益"轻松化""愉悦化"，无拘无束化。

总之，尽管歌是同样的歌，今日之唱大不同于以往之唱，以往之唱是一个不断编织、复制意识形态整体结构的过程，今日之唱恰是一个不断颠覆、瓦解意识形态整体网络的过程。如果说，编织意识形态的秘密在于"整体化"，亦即使唱者和听者个体、歌词符号、意义秩序三者结成不可分割的三位一体整体结构，那么，瓦解意识形态的秘密则在于"断片化"（fragmentation），亦即它先将这三位一体结构打碎成各不相干的断片，而又煞有其事地以任意拼接、重组这些碎片为乐事。这，不能不说是一种相当地道的"后现代"游戏方式。岂不闻鲍德里亚（J.Baudrillard）的名言："与断片玩耍，这就是后现代"（Playing with the pieces—that is postmodern）！

海外评论总是不由自主地用一套相当肤浅的政治意识形态公式来裁量大陆的一切。例如，在许多海外评论家的心目中，对毛泽东，只可能有两种态度，或是歌功颂德、顶礼膜拜，或是口诛笔伐、批倒批臭。殊不知无论歌功颂德还是口诛笔伐，都实在太正经，都让人累得慌，绝非今日大陆民众所愿奉陪。大陆普通民众今日的"口味"（taste）在我看来只怕远远高于海外诸公。对于那些听见几首歌会联想到"老毛阴魂不散""民主意识太差"，甚至"中国文化传统"的高明评论家，大陆喜欢"唱唱、玩玩"的民众多半会哄堂大笑，答曰：

甭再跟咱玩儿深沉！

1992 年 7 月 2 日芝加哥

《纽约时报书评》一百年

　　《纽约时报书评》每期都作为《纽约时报》星期日版的一部分送到读者手中。今年 10 月 6 日的《书评》部分拿到手时竟达 120 页，比平常厚出好几倍。一看之下方知是《纽约时报书评》创刊一百周年，编辑们不惜费数月之功从一百年来发表的书评中精选出 70 篇编成一期洋洋大观的专号而炫耀其百年成就，确也算得上别出心裁。

　　一份以社会大众为读者对象的大众性报纸要办一份书评专刊并非易事。报纸一方面固然具有其他书评刊物难以企及的优点即其广大的读者量，但也因此，报纸的书评专刊往往又比其他书评刊物更头痛于雅俗之间如何取舍，如何才能办得不流于等而下之的问题。《纽约时报书评》长期以来在美国知识界中的口碑相当低，如果有人说你是"《纽约时报书评》的水准"，那就是在损你，意思是说你这个人的读书格调也不怎么样了。1962 年底《纽约时报》包括其《书评》因纽约市报业大罢工停刊 114 天（从当年 12 月 8 日起），美国最有影响的文化评论家威尔逊（Edmund Wilson）却冷嘲热讽地说，这份《书评》停刊再久也不相干，因为它反正本来就没有存在过。换言之，在威尔逊眼里，《纽约时报书评》所发表的书评都只不过是文字垃圾而已。不过值得一提的是，《纽约时报书评》的这次停刊事实上恰恰促成了一份新的书评专刊于1963年应运而生，这就是日后声名颇隆的《纽约书评》。

笔者一向希望尽早看到中文大报也逐渐发展出各具特色的星期日书评专刊。以下不妨就从《纽约时报书评》的创刊及其编辑方针说起，兼及它与其他类似书评刊物如伦敦《泰晤士报文学增刊》以及《纽约书评》等的差异，聊为中文书评刊物作些参考。

《纽约时报书评》的源起

《纽约时报》书评版是报业巨子欧克斯（Adolph Ochs）于1896年接管该报（本身创刊于1851年）后决定上马的第一件事。而欧克斯的目的非常明确，即以此提高《时报》的声望，显示该报对时代的文化发展同样有重大责任感，从而凸显其不同于其他报纸。而欧克斯此举事实上标明这位报业巨子的生意眼光确实不凡，因为历史学家们今日认为，1895年前后正是美国出版业与所谓新生"阅读公众"（the reading public）同步发展的历史转折点。根据美国学者欧曼（Richard Ohmann）在其近著《卖文化》（*Selling Culture*，1996）中的观察，在1885年以前美国尚谈不上存在大众发行的杂志，而从1890年至1905年，各种月刊的发行量从一千八百万份暴增到六千四百万份，日报和周刊的发行量增长虽然不如月刊那么大，但同期内同样从三千六百万份扩大到五千七百万份。1896年尤其是书籍出版破纪录的一年（当年共出版新书5703种）。而欧克斯开创以日报附加周末书评专刊的新路，一方面增加了该报对新生"阅读公众"的吸引力，另一方面更吸引了出版家们将出版广告逐渐转移到这份新的专门书评增刊，一时颇有名利双收的效果。

《书评》创刊号问世于 1896 年 10 月 10 日，当时是作为星期六版的增刊而非像现在这样是作为星期天版的增刊，因此最早的名字是《星期六书评增刊》。篇幅最初只有 8 页，后来增到 16 页。1911 年 1 月 29 日起《书评》作重大改革，首先是出版时间改为星期天版的增刊，名字也改为现在的《纽约时报书评》，篇幅更增加到了 32 页，有时甚至出到 56 页。1920 年 6 月起《书评》曾一度与《纽约时报杂志》（周刊）合并为一，但两年后就又各自为政至今。从 1942 年 8 月 9 日这一期开始《书评》增设每周"畅销书榜"（1977 年 9 月 11 日开始小说与非小说两类都增加到每周 15 本的形式）。但它成为目前这种像份小报的形式则是从 1984 年 1 月 1 日才开始的，封面套彩更是迟至 1993 年 6 月 6 日以后的事，可是其"现代化"的步子要比中文报刊的印刷现代化速度慢得多！

《纽约时报书评》与《泰晤士报文学增刊》

《纽约时报》初办这份书评时面临的第一个头痛问题是书评版与报纸到底应该是什么关系，或如时报书评版最早的编辑们自己所问，"书与新闻"究竟是什么关系？我们知道报纸乃以报道新闻为主，由此产生的一个问题就是，报纸的书评版是否意味着

"书也是新闻"而书评也就是关于书的"新闻报道"？正是在这一问题上，我们可以看到《纽约时报书评》与常被人视为其姐妹刊的《泰晤士报文学增刊》（*The Times Literary supplement*）在编辑方针上的截然不同（此地所谓《泰晤士报》乃从旧译，实际可与《纽约时报》对应译为《伦敦时报》)。《纽约时报书评》从其第一任主编海塞（Francis W.Halsey）时代开始，就明确主张"书也是新闻"（books are news）这一方针。事实上海塞常被称为历史上第一个把书也当成新闻看待而且从办报人角度处理书的人。而稍晚（1902 年）同样为适应出版业扩张而创办的《泰晤士报文学增刊》则从一开始就把书与新闻分开处理，它似乎更有意识地将自己定位为属于文化评论的范畴，从而区别于报纸的新闻报道范畴。

这一"书也是新闻"与"书不是新闻"的分别，实际上导致这两份刊物的一系列其他不同，把它们看成是姐妹刊物纯属想当然的错误，因为事实上它们是性质完全不同的两种书评刊物。首先，《纽约时报书评》坚持"书也是新闻"这一方针，因此它历来是报纸的一部分，只要订《纽约时报》星期日版的人不管看不看书评都会每周收到一份；而《泰晤士报》的做法则是一方面将新闻报道式的简短书评发在报纸的星期日版上，另一方面则将《泰晤士报文学增刊》从一开始就与报纸完全分开，其订阅与发行都与报纸没有必然联系。严格说来《增刊》这个名字本身多少有点误导，因为这份所谓的《增刊》事实上并不构成《泰晤士报》的一部分，而是自成一体、完全独立的一份文化评论周刊。这一差别实际意味着这两家刊物的读者对象大不相同。确切地说，《纽约时报书评》尽管也力图吸引知识界，但其主要面向的首先仍然是报纸的读者大众，而《泰晤士报文学增刊》则事实上主要是面向伦敦和英国知识界的刊物。后者的发行量因此自然大大低于前者，但反过来其读者群的水准不消说也就高于前者的读者群。从一定的意义上可以说，《增刊》与所谓"大社会"（society at large）之间相对比较有距离，受其影响也比较间接，而《书评》则有如处身于车水马龙的闹市之中，与美国社会政治的相互关系在各方面都更密切也更直接。因此，相对而言，《纽约时报书评》看上去似乎更多地具有社会性以至大众化，而《泰晤士报文学增刊》相比之下就显得多少有点超然于社会之上的味道。

以上这种差别带来的另一个不同就是两家刊物在选择其主编和编辑时的着眼点也颇有不同。《纽约时报书评》主张"书也是新闻"这一方针，因此其主编和编辑是属于报纸编辑部的一部分从而首先是新闻界的人，这些人即使原先与知识界有关系亦不一定有自己很强的学术倾向或特别的文学趣味（这一点在七十年代后有所改变），毕竟，报纸对他们的要求是把书当作新闻看而且从办报的角度而选书评书。反之，《泰晤士报文学增刊》的主编和编辑们历来大多本身就是伦敦知识界的圈内人而与新闻界则多半毫无关系，这些人一般都有自己的学术倾向或文学趣味，因此在办刊时的主动性较强；诗人艾略特在纪念《增刊》第一任主编黎希蒙德（Bruce Richmond，1902—1937年为主编）的文章中，即曾回忆自己当年为《增刊》所写文章的题目都是首先由黎希蒙德建议的（艾文收入《泰晤士报文学增刊》创刊九十周年时所编的一本选辑，*The Modern Movement*，1992，pp.163-165）。1964

年 10 月黎希蒙德以 93 岁高龄去世时，《泰晤士报文学增刊》的讣告只有一句话："他在身后留下了一条首要编辑方针：以适当的人评适当的书（the right man for the right book）"。此地所谓"以适当的人评适当的书"尽管泛泛而言是任何书评编辑都会同意的方针，但对黎希蒙德与《增刊》编辑部而言，其真正意思实际是，什么书是应评之书以及什么人适合评什么书，乃是编辑部特别是主编本身必须心中有数的。这一点《纽约时报书评》事实上在很长时期就做不到，因为该刊如上所言，其早期的主编和编辑大多首先是新闻界的人，这实际上导致该刊的办刊方针多少有点受局限，即往往过分依赖编辑部外所谓各领域的专家，从而显得比较缺乏自己的倾向性和独立判断力。

专家书评与文人书评

以上这些不同性隐含的一个更深刻差异是，两刊的作者队伍事实上也不尽相同。

《纽约时报书评》正因为比较缺乏自己的独立判断力而过分依赖以至迷信各学科专家，因此其书评大抵不出什么专业的人评什么专业的书这种死板方针。该刊五十年代时的主编布朗（Francis Brown）在一次被记者问及该刊是否会让诗人来评历史书，或一个数学家来谈与数学无关之事时，曾很干脆地回答不会，因为他说他相信"一个领域就是一个领域（a field is a field）"。这种立场看上去似乎很有道理，实际上却隐含着对所谓"领域"的某种肤浅认识，更是对书评本身作为一个领域的很大误解。首先，我们可以说任何领域都必然大于该领域本身，因为任何领域都只是为研究方便而人为切割出来的，并非该领域就真的与领域之外的事没有联系；现代学术的领域划分越来越专固然有利于对某些问题作局部研究，但同时也造成只见树木不见森林的现象日益严重。也因此，一份面向社会和一般知识界的书评刊物之不同于专业刊物的书评栏目，恰恰就在于它的书评应当力求勾勒出某本书的"超领域"含义即该书的更一般文化含义，而不能像专业杂志上的专业书评那样局限于该书在某一特定领域内的意义。真正有见地的书评由此恰恰就在于，它能把由于领域划分过细所人为切断的联系再度揭示出来，这正是社会文化书评本身作为一个领域的真正功能所在，但同时这种书评往往是大多数专家未必胜任的，因为事实上大多数专家的最大盲点恰恰就在于他们习惯于坐井观天而不知天下之大！这也是为什么一个适合给专业杂志写专业书评的专家未必一定适合给社会文化书评刊物写书评的原因，同时某个领域内人人认为最重要的新书也完全可能在该领域以外并没有那么重要。在所有这些问题上，书评编辑恰恰不能过分依赖专家。

《泰晤士报文学增刊》在这点上与《纽约时报书评》就恰形成对比，因为该刊常被称为较好地保持了欧洲 19 世纪以来的所谓非专家书评（non expert reviewing）的传统，而非像《纽约时报书评》那样完全依赖专家的书评。比如该刊最早评论乔伊斯小说《都柏林人》的人并不是什么大学文学院的文学教授，而是一位常年为报纸写网球评论的人；同样，诗人艾略特本人为《增刊》所写的文章远超出诗或文学的范围，而宽泛到包括关于马基雅维利的讨论，以及关于英国历史的书评，等等。我们在这里实际也可看出，所谓"以适当的人评适当的书"对该刊而言并非必然等于什么专业的人评什么专业的书。不过这里涉及的实际已不仅仅是这两家杂志之间的差异，而毋宁与英、美两国在一般文化氛围以至教育培养目的等方面的更深刻差异有关。

英国和许多欧洲国家大多都有较悠久的人文教育传统，这种教育的培养目标如当年布克哈特所言，并不在于造就某一特殊领域的专门家（a specialist），而在于所谓"兴趣尽可能广泛的业余爱好者"（an amateur at as many points as possible）。欧洲 19 世纪所谓的"文人"（Man of letters）正是这种人文氛围下的产物，其历史虽然比我们中国历来的"文人"传统短得多，但在许多方面确是比较相近的，亦即他们都不是也不屑于作"专家"，而但求视野开阔、兴趣广博。人们所谓《泰晤士报文学增刊》较多地保留了"非专家书评"的传统，实际也就是指该刊的许多书评仍是由这类"文人"而写。他们不同于"专家"之处就在于他们写书评并不是单靠某个狭窄领域的专门知识，而是以其一般文化修养的厚度加本身的"才性"纵横议论，其着眼点自然也总在某狭窄领域以外而擅长于让读者看到一个更大的文化世界（卡莱尔在 1840 年的《英雄和英雄崇拜》第五讲中因此将"文人"列为"最重要的现代英雄"）。同时，文人的书评不消说多比专家的书评更有文采和风格。《泰晤士报文学增刊》之所以经常（并非总是）为文化人称道，其原因就在于它曾一度有"文人书评"的招牌，尽管实质上也只不过是还有点遗风而已。

《纽约时报书评》长期来主要依赖专家的书评在一定程度上

讲也是出于某种不得已，因为在相当长时期，美国实际并不存在一个像英国和欧洲那样的文人阶层，美国的教育更过分地强调专业化，因此美国要说有所谓知识分子也主要是各领域的专家学者而非"文人"。诚然，今日人们常常会说美国有"纽约知识分子"，但事实上在五十年代以前，所谓的"纽约知识分子"在美国的影响非常之小，这首先是因为所谓"纽约知识分子群"主要是一个犹太人群体，只有在五十年代以后他们才逐渐被纳入到美国主流社会（可参 Alexander Bloom, *Prodigal Sons*, 1986），同时他们在五十年代以前的意识形态立场基本上是托洛茨基左派，同样与美国主流意识形态格格不入（可参 Alan Wald, *The New York Intellectuals*, 1987），他们的主要刊物《党派评论》发行量一向很有限（在 1945 年以前从未达到过五千份）。而另一方面，美国学院派主流知识分子的评论杂志如"新批评"重镇《肯雍评论》（*Kenyon Review*）等则完全是象牙塔的东西，并不及于社会。这两类知识分子自然都视《纽约时报书评》为下里巴人而不屑一顾。

从《纽约时报书评》到《纽约书评》

我们前面曾说《纽约时报书评》更多地具有社会性，而《泰晤士报文学增刊》相比之下则多少有点超然于社会之上。但我们现在却不如反过来说，美国由于比较缺乏文人型知识分子的传统，知识界与大社会之间的沟通在很长时期反而较差。因为一方面，《纽约时报书评》尽管发行量大却多被知识界看成下里巴人而不屑一顾；另一方面，《党派评论》这类杂志尽管自视阳春白雪但其社会影响则微乎其微。与此相比，《泰晤士报文学增刊》反而显得有点雅俗共赏的味道了，因为尽管它的发行量不如《纽约时报书评》，但比起《党派评论》和《肯雍评论》这些美国的知识界杂志来，《增刊》的发行量和社会影响就不知要大多少了。同样，与《党派评论》和《肯雍评论》这些基本上是纯粹的同人刊物相比，《增刊》更足以称得上是一份面向社会广大读者的文化周刊了。因此，就沟通知识界与大社会的关联而言，《泰晤士报文学增刊》的功能反而较强，而《纽约时报书评》在形塑社会的一般文化氛围方面反而有所不逮。

《纽约时报书评》与《泰晤士报文学增刊》的这种差异，自然常常使许多美国知识界人心中快快。他们每比较这两份刊物总不免大为光火，不断抨击为什么《书评》总那么"俗"，而不如《增刊》来得"雅"，却不知这两份刊物本来就不是同一种类型。大约到五十年代随着美国成为西方世界盟主，美国知识界的自我意识也日益强烈，从而对《纽约时报书评》的不满更加到了忍无可忍的地步。1959年著名纽约女文人哈得维克（Elizabeth Hardwick）在《哈泼斯》杂志上发表《书评的凋零》一文，尖锐抨击当时书评全是不关痛痒的捧场文章，很少有真刀真枪的"批评"。而事实上《纽约时报书评》到那时为止确实一直很忌讳发表否定性书评。哈得维克挖苦这种状况的名言"一本书出来就被泡到一潭糖浆中"（A book is born into a puddle of treacle）尤风行一世，以至《时报书评》在知识分子中被提起也就常常成了"那潭糖浆"。1963年另一著名文人麦克唐奈德（Dwight MacDonald）在《老爷》

杂志的专栏上又发表传播极广的《呜呼！纽约时报》一文，将《时报》书评版贬得更加一钱不值。

我们因此也就可以理解，为什么这份书评因报业大罢工停刊数月时美国知识界中人不忧反喜，因为事实上许多人早就希望能创办一份能与《泰晤士报文学增刊》比肩并立的新的美国书评刊物，而《纽约时报书评》的被迫停刊恰恰给了他们"趁火打劫"的难得机会。因此，报业大罢工尚未结束，一份阵容空前强大的崭新书评刊物已经以令人难以置信的速度在1963年2月推出了创刊号，这就是《纽约书评》。创刊号在事先没有广告宣传的情况下马上卖出四万三千份，在美国知识分子中引起的几乎是人们奔走相告的狂热反应。

《纽约书评》在最初创办时的目的非常明确，这就是要办成美国的《泰晤士报文学增刊》。而且事实上在1967年以前，该刊曾一度被人称为"伦敦的书评"，这是因为大约从第五期开始，该刊以远高于英国水准的美国稿费延揽了几乎所有英国文化名流为之撰稿，例如伯林，克摩德（Frank Kermode），奥登（W.H.Auden），斯班德（Stenphen Spender），豪布斯邦（E.J.Hobsbawn），普林卜（J.H.Plumb），泰勒（A.J.P.Taylor），等等。参与创办《纽约书评》并任该刊顾问至今的哈得维克女士甚至公开说，英国人就是写得比我们美国人好，他们远比我们美国的专家学者更沉浸于文字生涯。但不管怎样，《纽约书评》创刊后，美国知识界的心态似乎多少平衡了一些，因为就作为一份知识界杂志这一点而言，《纽约书评》几乎比伦敦的《增刊》还要有过之而无不及。这从它现在极其古怪的出刊周期都可看出，亦即这份刊物虽然最初的设计是双周刊，但最后办成的却既不是双周刊也不是月刊，而是七个月出双周刊，五个月出月刊，出月刊的五个月分别是暑假的7、8、9三个月以及跨寒假的12月和1月。换言之，《纽约书评》的出版周期事实上是以大学的开学放假周期为着眼点的。

但是，纽约毕竟就是纽约，不是伦敦。《纽约书评》虽然一开始有意以《泰晤士报文学增刊》为自己的样板，但它最后成形的风格、趣味和取向却大不同于伦敦的《增刊》。直截了当地说，《纽约书评》的真正兴趣事实上是在政治，不但其火药味从一开始就要比伦敦的《增刊》强得多，而且从1967年开始，它更被普遍视为美国左派知识分子的前卫刊物，当年2月书刊发表乔姆斯基的《知识分子的责任》，4月发表该刊灵魂人物爱泼斯坦（Jason Epstein，时为兰登书屋副总裁，其妻芭芭拉·爱泼斯坦则为《纽约书评》双主编之一至今）的《中央情报局与知识分子》，引发美国知识界大论争，刚刚获得一点社会地位的所谓"纽约知识分子"群体从此彻底解体而分裂为两大阵营，左翼以《纽约书评》为重镇，右翼知识分子则自此与《纽约书评》划清界限，转以《评论》杂志为据点（1970年该刊发表清算性的长文《纽约书评案件》，直称《纽约书评》为美国的《新左派评论》）。不过所有这些都已应是另一章的内容了，这里想要指出的仅仅是，《纽约书评》不但未能办成像早年《泰晤士报文学增刊》那样相对比较超然于社会政治的纯文化刊物，而且事实上远比任何书评杂志都更直接甚至更自觉地介入和干预美国社会政治的方方面面。

不过这事实上已不仅仅是因为美国与英国的差异使然了，倒不如说更是时代差异使然。六十年代毕竟已不是世纪初，社会结构的巨大变化，教育体制的深刻变革，事实上都已使想再造一个当年欧洲那样的文人阶层就像今日中国还想重造士大夫阶层一样不再可能。如萨伊德（E.Said）在 1975 年出版的《开端》一书中所指出，今日再喊文化保守主义事实上也只可能是伪文化保守主义，伪复古主义，因为提倡者本身就没有那份文化资本。不要说美国，就是英国和欧洲，造就当年文人的古典语文训练早已不再是一个人文教育的基础，而是成了只有少数人啃一辈子的"专业"，试想一般人读着平装版的书却想象自己仍是文化贵族，岂不本身就已让人啼笑皆非？就此而言，《纽约书评》采取走向社会政治评论与文化评论相辅相成的方针，而非走向超然于社会政治的纯文化刊物，大概更代表现代书评刊物的方向，不但更晚出的《伦敦书评》在这方面完全模仿《纽约书评》，而且事实上连名牌的《泰晤士报文学增刊》在风格上现在也更多向《纽约书评》看齐。

《纽约书评》的办刊方针

这就把我们再度带回到《纽约时报书评》最早提出的"书也是新闻"这一办刊方针。许多人常认为《纽约时报书评》以往办得不够理想在很大程度上与这一方针有关。但事实上真正的问题恐怕并不在于这一方针本身，而是在于创刊早期对所谓"书是新闻"的理解不免过于狭隘了一点。因为它那时似乎以为，由于"新闻"无非是要报道"事实"，如果"书也是新闻"，那么书评无非也就是要"据实报道"出关于书的新闻（news about books）。《纽约时报书评》创刊二十周年（1916）时编辑部曾发表一篇洋洋洒洒的高论，大意是说该刊宗旨在于不偏不倚地向读者报道书的内容，书评的目的不是要推销"花里胡哨的文学见解"（faddism in literary opinion），而只是给读者提出有关书的"材料"，以便每个读者可以根据这些材料作出自己个人的评价。此番议论看上去无可厚非，实际却不免实证主义到了有点失真的地步。因为它似乎以为一本书的"内容"就像一块石头那样是明明白白就摆在那里的，不管谁"报道"都是同一块石头，不同的最多是可能有人喜欢这块石头有人不喜欢而已。但我们当然知道事情不是那么简单，一本书的"内容"到底是什么往往是人言言殊之事，比如陈寅恪的《柳如是别传》，其"内容"究竟是什么？余英时看到的是一种"内容"，冯衣北看到的则是完全不同的"内容"，而陆键东看到的又是一种"内容"，问谁看到的内容更符合"事实"？谁的"报道"更不偏不倚？

这里涉及的实际是编辑部本身的取舍标准问题。《书评》编辑部当年的这种办刊方针意味着其取舍标准是书评的所谓中立性、客观性，而其依赖的作者标准则是所谓专家性。但所谓中立性和客观性实际往往也意味着书评的平庸性，无锋芒性。《纽约时报书评》之所以长期不为美国知识界所喜，原因之一也就在这种"报道事实"般的书评往往一是大多缺乏书评作者本身的见解，其次则文章多半是四平八稳的温吞水而无关痛痒，同时，编辑部本身力图保持中立性的倾向实际上也往往变成其无判断性，亦即它差不多总是以同样的有限篇幅处理每一本被评的书，以致在一期杂志上所有被评之书似乎都是同等重要的或不如说都同等不重要，因为看不出哪本被评的书是特别值得注意的。哈得维克在上面已提到的《书评的凋零》中即挖苦地说这种书评基本都像是一个套式出来的，即首先称著作"填补了空白"，然后说作者"功德无量"，最后则是"惜乎"尚有某些缺点，不然的话就更完善等等。

哈得维克因此提出其日后为《纽约书评》所标榜的书评标准，即所谓好的书评是"有新意、有难度、有长度、有立场，但首先能吸引人"。《纽约书评》以后办得特别成功的一个重要原因首先就在于它的书评往往洋洋洒洒长篇大论，对于特别重要的新书更是不惜篇幅，而有所谓"要多长就多长"（All the space you want）的政策。这种办刊方针确实使它特别善于以重头文章造势，从而能推出和引导知识界潮流。比如 1971 年罗尔斯《正义论》出版，该刊即以特大篇幅评价，使该书的影响很快就超出哲学界而成为知识界的一个普遍性"事件"。而《纽约时报书评》在七十年代以前则是再重要的书也只是以寻常篇幅"报道"，当然也就几乎从来不可能起到这种引导思想潮流的作用。就此而言，我们完全可以说，《纽约书评》事实上恰恰是把所谓"书是新闻"的方针发挥到了一个新的极致，亦即它不是仅仅简单地"报道"有关书的新闻，而是以重头文章和各种烘托积极主动地"制造"关于书的新闻，以引起各界的特别关注。这当然与该刊强烈关注社会政治性不甘屈于象牙塔中的办刊方针有关。但以这种方式，它确实较好地起到了一家社会文化书评刊物的真正功能，即把知识界的成果强势地迅速推向社会公众的讨论。不消说，这不但需要编辑部的主动精神，而且更需要编辑的眼光、见地，特别是对知识界动向和社会发展两方面的高度敏感性，从而才能及时地或煽风点火或推波助澜，促成知识界与大社会之间的互动。

七十年代后的《纽约时报书评》

《纽约书评》的出现及其办刊方针不消说对当时的书评界是极大的冲击，《纽约时报书评》更是首当其冲而不能不思考改革之道。一般公认，自从1971年《纽约时报书评》破格聘用31岁的李欧纳德（John Leonard）为主编后，该刊已"脱胎换骨"，与以往不可同日而语。李欧纳德本人坦承他和他的同人都是读《纽约书评》出身并且受其崭新风格强烈震撼而思考《时报书评》的改革方向。这些改革因此在许多方面明显受《纽约书评》的影响，首先就是编辑部的主导性日益突出，在主动"制造"新闻方面不遑多让《纽约书评》，在评论重要新书时有时甚至同样刊出篇幅几乎不下于《纽约书评》的重头文章，从而左右知识界风气。李欧纳德本人一度曾使《纽约书评》颇感快快而使《时报书评》大为得意的杰作是"发现"了社会学家戈夫曼（Erving Goffman），而在《时报书评》率先以重头文章评介，使戈夫曼的著作风行一时。其次，该刊发表的书评也已再不是当年的"那潭糖浆"，而常常锋芒毕露，同样指点江山。事实上在七十年代以后，《时报书评》与《纽约书评》的作者队伍已常有交叉，包括哈得维克本人甚至都开始为《时报书评》写稿，这可以被看成《纽约时报书评》已逐渐为美国知识界所认可。从许多方面来看，这两家书评刊物近年来可说有相当的"趋同性"，亦即一是所评的书时有重叠，二是作者常有交叉，三是两家刊物的大致关注范围和主要着眼点也相去不是很远。随便还可一说的是，近年来《纽约时报书评》与《泰晤士报文学增刊》之间甚至真的有点变成了像姐妹刊物似的，两刊的主编有时都有交叉，比如牛津出身的格罗斯（John Gross）先是担任《增刊》的主编（1974—1981），后又转为《时报书评》的主编（1983—1988）。

但与此同时，改革后的《纽约时报书评》的一点可贵自知之明恰在于，它绝无意就把自己办成另一份《纽约书评》，而是注意到《纽约书评》的某些软档而充分发挥自己的某些特有优点。目前这两份美国刊物的最明显区别似在于：第一，《纽约书评》评论小说等当代文学作品的篇幅历来极少，《时报书评》则每期必有相当篇幅于此领域。这一差异在很大程度是两家刊物的广告来源大不相同所致：《纽约书评》的广告来源主要是大学出版社，很少有书业出版社的广告，而大学出版社一般不出版当代小说等作品；《时报书评》则恰恰相反，即其广告主要来自于书业出版社，只有很少的大学出版社广告。这实际上已间接说明两家刊物的读者对象仍不尽相同，即《纽约书评》的主要读者仍更多是大学的师生，而《时报书评》则仍更面向社会大众。第二，《纽约书评》正因为文章往往长篇大论，因此经常采取一篇文章评数本书的方式，《时报书评》因此采取在大多数情况下都坚持一文评一书的方式，这样，尽管《纽约书评》的有关评论由于篇幅大总会比较充分，但就落实到每本书的分析评介而言，《时报书评》的文章虽然篇幅较小却未必就更不充分。第三，《纽约书评》如前所言乃是七个月出双周刊五个月出月刊，《时报书评》则是定期的周刊。因此，《时报书评》在评介新书的时间性方面有时往往可以比《纽约书评》更快。

从以上这些比较来看，我们可以说，《纽约时报书评》改革的最可取之处就在于它一方面赢得了知识界的认同，但同时并未就此放弃自己面向社会大众的传统。就此而言，《时报书评》的成就实绝不在《纽约书评》之下，后者影响虽大毕竟仍主要只限于知识界，而不像前者那样能及于更广大的读者群。尤其应该指出的是，《纽约时报书评》在改革前的书评质量尽管可圈可点，但该刊自创刊以来一直是一家严肃书评刊物。本文由于偏重于比较它和其他类似刊物的办刊方针，对该刊改革前的评介不免过于苛刻，这是在这里必须说明的。但事实上，从其"百年纪念专号"所精选的 70 篇书评可以看出，一百年来它在向社会广大读者及时介绍严肃作品方面其实已可说得上是功德无量了。尤令我惊讶的是，当我将该刊这期"百年专号"与《泰晤士报文学增刊》创刊九十周年的纪念文集（前引 *The Modern Movement*，1992）相对比时，发现《时报书评》常有发《增刊》所未发之处。比如，1922 年乔伊斯的《尤里西斯》在巴黎第一次出版时（当时在英美都遭禁)，《增刊》毫无反应，而《时报书评》则在当年 5 月就有评介很高的介绍；又如，艾略特按理与《增刊》关系非同一般，但他的《四个四重奏》出版时，《增刊》奇怪地竟未理会，而《时报书评》则同样在当年就及时发表了书评。由此来看，尽管一般而言《增刊》质量似可说比《时报书评》略胜一筹，但《时报书评》即使在改革前也并非就像美国知识界当年抨击的那么糟。不管怎样，作为历史上最早开创大众报纸书评专刊的先驱，《纽约时报书评》一百年来能始终坚持面向社会大众而又不以低级趣味取向，这是不能不让人肃然起敬的！

1996 年 10 月于风城

西方文化五百年史

　　余英时先生在《明报月刊》7月号特别推荐了文化史大家巴森（Jacques Barzun）的巨著《从黎明到衰落：西方文化生活五百年——从1500年到现在》(*From Dawn to Decadence：500 Years of Western Cultural Life，1500 to the Present*)。《明报月刊》希望我对此书作些进一步的介绍，我欣然答应，不仅因为编辑朋友特意邮购了此书给我而难以推辞，而且也是因为巴森早年的经典著作《古典的、浪漫的、现代的》曾对我个人产生过一定影响。我想不妨从他这本早年著作谈起。

　　现年九十三岁、曾任美国人文学院（American Academy of Arts and Letters）主席的巴森对于中国读者或许有点陌生，但我们实际可以很容易地建立起他与中国学界的某种联系，因为巴森早年的主要批评对象恰恰是中国学界相当熟悉的，这就是当年吴宓等"学衡派"人物大力推崇的白璧德（Irving Babbitt，1865—1933）。近年来"学衡派"得到中国学界的重新重视，因此白璧德的名字也再度为人津津乐道。形成对照的是，在美国和西方，白璧德早已被彻底遗忘。这里的原因当然很多，例如白璧德把墨索里尼的意大利法西斯主义看成西方文明的救星无疑是一大污点；但从学术上讲，葬送白璧德的主要人物之一就是巴森。

　　巴森的成名作《浪漫主义与现代自我》(1943；第二版易名

为《古典的、浪漫的、现代的》），是对白璧德代表作《卢梭与浪漫主义》（1919）的全面批判。白璧德把卢梭和浪漫主义看成法国革命以来西方世界的所有失序和罪恶的根源，巴森针锋相对，高扬卢梭，全力为浪漫主义正名。巴森强调卢梭和浪漫主义的精神乃是在于自我解放与社会秩序的均衡，而绝非一味放纵自我。在巴森看来，近代西方的种种失序与黑暗面与其说来自卢梭和浪漫主义，不如说更多来自于启蒙运动的狭隘理性主义世界观。他特别论证，马克思等实际是"伪浪漫派"，因为他们并不是浪漫主义的后裔，而是启蒙运动狭隘理性主义的传人（参见巴森另一著作《达尔文、马克思、瓦格纳》）。反过来，柏克（Edmund Burke）虽曾批判卢梭，但把卢梭与柏克对立起来乃完全错误，因为事实上卢梭与柏克恰恰是浪漫主义滥觞期的两大代表，柏克在《论崇高与优美》中的两个基本概念即"自保"与"社会"，正对应于卢梭的两个基本概念即"自爱"与"同情"。巴森同时毫不客气地指出，白璧德心仪墨索里尼绝非一时失足，而是其思想的逻辑结果，亦即根源于白璧德从反对浪漫主义出发而一味强调秩序、规范和权威。

巴森的最新巨著《从黎明到衰落》完全延续并发展了他的早年思路。例如新著中论卢梭的部分几乎完全是复述旧著，全书四大部分的第三部分则集中讨论浪漫主义。事实上巴森的基本论点之一就是要强调，把西方现代性简单归结为"启蒙运动的后裔"乃是非常片面的，因为西方现代性同时更包含矫正和批判启蒙运动的强劲传统，这就是广义的浪漫主义——其源头始于蒙田和帕斯卡，大成于卢梭，而畅行于 18 世纪末到 19 世纪上半叶的艺术、宗教、政治、哲学等一切文化领域。可以说，巴森实际是把启蒙运动和浪漫运动的双峰对峙看成西方现代文化发展的基本线索之一（在这点上巴森与伯林的看法颇可比较，可参 Isaiah Berlin, *The Roots of Romanticism*，1999）。用巴森的话说，18 世纪启蒙运动把一切都信托给"知性"，热爱的是抽象的大写的"人"；而浪漫主义则注重感官和情感，拥抱的是现实可见的小写的人，这种具体的人乃形形色色，神秘莫测，而又变化无常，绝不可能用僵硬的"知性"加以度量。他特别指出，启蒙运动领袖狄德罗事实上已经开始怀疑"知性"不能把握人的丰富性和具体性，从而已经预示了浪漫主义。

巴森因此认为，严格说来启蒙运动其实不应称为"理性"（Reason）的时代，而应该称为"知性"（Intellect）的时代，亦即把自然科学技术世界观无限制地扩张为规范全部人类生活的狭隘理性主义（其典型表述为拉美特里的《人是机器》）。浪漫主义反对的并不是"理性"，而是"知性"即狭隘理性主义。事实上浪漫主义是要超越"知性"而走向更高的"理性"或所谓"有感情的知性"（the feeling Intellect）。巴森因此将浪漫主义的基本精神概括为"心智与心灵的统一"（Mind-and-Heart）。我们其实不难看出，巴森这里的思路显然深受我们中国人从前非常熟悉的德国古典哲学的影响（巴森早年曾敌视黑格尔，但在《浪漫主义与现代自我》中他就已经纠正自己，强调黑格尔属于自由主义传统）。所谓"知性"与"理性"的区别本是德国古典哲学的精华所在，而巴森引用的英国浪漫诗人华兹华斯所谓的"有感情的知性"，与康德和黑格尔所谓"直观的知性"（intuitive Intellect），都意指包含知性又高于知性的最高理性。事实上巴森将卢梭、柏克、康德、歌德、黑格尔作为浪漫主义的主要思想代表。他同时强调法国大革命无论如何都必须被视为"自由的革命",其直接遗产是民族主义与自由主义的交织。

不过最有意思的是,巴森在新著中指出,浪漫主义的真精神即"心智与心灵的统一"在中国文字中用一个单字就可以表达,亦即中文的"心"字,而在西方语言中却只能别扭地用两个词即 Mind-and-Heart 拼在一起,才能表达出"知性"不能分离于内心世界的种种柔性细微感受,而反过来内心世界的精微感受并不必然是"反智"的这层意思。他不无遗憾地说,如果西方语言中存在一个相应于中文"心"的意思的单词,许多无谓的争论或许都可以避免了。但我们其实何尝不可以认为,西方语言中之所以找不到一个对应于中文"心"的单词,而必须要用 Mind-and-Heart来拼接出这层意思,不恰恰表明西方文化传统确实很早就有把 Mind 和 Heart 分离开的倾向? 而中文之所以会有"心"这样的概念,不也同样暗示了中国传统历来比较强调"心智"与"心灵"不可分割的独特文化取向? 我们实在很可以从这里出发重新检讨中国现代文化如何对待西方浪漫主义以及西方启蒙运动。这里应该顺便指出,在后现代论述的笼罩下,人们现在似乎越来越不敢谈各种文化的特质及其相互差异,生怕这会落入"本质主义"或"宏大叙事"的陷阱,但这种不必要的担心恰恰表明后现代论述的流俗化已经日益成为一种文化桎梏。巴森这本《从黎明到衰落》不消说正是一种力图勾勒西方现代文化独特性的宏大叙事,这种叙事本身就是对目前后现代论述的一种强劲反动。

巴森这本新著厚达八百多页，内容极端丰富，用此地的篇幅即使要稍加介绍其实都不可能。这里仅指出，《从黎明到衰落》不是单纯的思想史或观念史，也不是单纯的社会史，而是将西方1500年以来的政治、经济、社会、思想、科学、技术、艺术、音乐等各方面都真正熔于一炉的广义文化史。其基本线索是，从16世纪开始，西方中古的基督教世界从外在秩序到内心秩序都寸寸断裂，直至全面崩溃（全书开篇题为"分崩离析的西方"），因此近代西方的历程就是全面重建新的外在秩序和内心秩序的过程。全书四大部分对应于这一历程的四个分期，即第一期1500—1600；第二期1661—1789；第三期1789—1920；第四期1920至今。简略而言，16世纪开始的"新教革命"是这一历程的开端，即书名中所谓的"黎明"，但第一次世界大战结束或1920年后则标志着这一西方现代文化形态开始没落，亦即书名中所谓"衰落"的开始。而到世纪末的今天，在作者看来西方世界在各方面都已经与中古末期相似，亦即同样面临外在秩序和内心秩序都已在寸寸断裂。那么是否有新的"黎明"即将出现呢？作者说现在只看到与中古末期太相似，看不到"黎明"。

这里最可注意的是，按照巴森这种分期，实际上整个20世纪都只表明西方文化的"衰落"。而如果20世纪后半期被人称为"美国世纪"，则这"美国世纪"恰代表西方文明的没落。我们从这里可以看出，巴森堪称真正的"欧洲中心主义者"，亦即他实际是把第一次世界大战导致的欧洲的没落看成西方文化的没落，而"美国世纪"的兴起对他而言并不具有重振西方文化的意义。这种看法本是从前抱有"老欧洲"观念的欧洲文化人的典型看法，在 20 世纪初期最为流行，即所谓"世纪末意识"。巴森一生的全部努力，其实就是致力于通过推行大学的"通识教育"而把欧洲博雅文化传统引入美国，对推动美国现代的"通识教育"贡献极大。但到了晚年，他似乎多少觉得所有的努力都无济于事，因此情不自禁地又大发起"世纪末"的感叹来。可以想见，巴森的这种看法以及他对 20 世纪的处理是绝大多数美国人无法接受的。目前对该书的批评几乎全都集中在其第四部分即关于 20 世纪部分，自然是很可以理解的。

不过我们不妨指出，巴森这本巨著对于那些满脑子"政治正确"意识的人来说是没有意义的。事实上不管从哪一种"政治正确"标准来判断，巴森此书都只能是"政治不正确"的。例如对于"反西方中心论"的人来说，此书当然是不折不扣的"西方中心主义"论述；但对于那些一力维护西方文明的"正统派"而言，巴森将西方文化全盛期的 20 世纪视为西方文化的"衰落"而大唱挽歌，简直是荒唐透顶。尤其巴森在书中随手破除种种西方神话，例如他开篇就论述新教革命，却寥寥几笔就打发了韦伯的"新教伦理"命题，因为他认为基督新教与资本主义乃风马牛不相及，韦伯命题根本没有史实根据，其流行一时只不过是满足了人们的某种心理需要。此类例子在书中比比皆是。

我以为只有对历史文化本身有浓厚兴趣而鄙视任何"政治正确"意识形态的文化人才能真正欣赏这本文化史巨著。余英时先生说他推荐此书是"因为它可以让我们窥测西方人文修养深厚的学人究竟是什么样子"，大概也是指此而言。事实上，此书的精彩之处其实都在细节中，唯有能欣赏这些细节的人才能读得津津有味，也才会叹服巴森学问的广博和见识之不凡。例如他指出，"我们现在顶礼膜拜的莎士比亚乃是德国人创造出来的"，因为莎士比亚死后两百年内在本国饱受奚落和批评，只有到德国浪漫主义高峰期由歌德、席勒、赫尔德等大力推崇，从而影响英国浪漫派文人柯勒律治、哈兹利特和兰姆等重新认识莎士比亚而确立为英国文化巨人。换言之，莎士比亚虽然是 16 世纪诗人，但他成为西方文化巨人恰恰只有在浪漫主义时代才有可能，是浪漫主义运动的产物。又如巴森认为，人们现在常把达·芬奇（Leonardo da Vince）看成所谓"文艺复兴人的典型"乃是不知所云，因为如果"文艺复兴人"指的是当时的人文理想即人的全面发展和多才多艺，那么达·芬奇恰恰是其反面：他除了绘画是天才以及对机械有兴趣以外，对诗歌、音乐、语言、哲学、神学、历史和政治都完全缺乏知识和兴趣，因此恰恰是"文艺复兴人"的例外，而不是什么典型。

巴森本人无疑是以"文艺复兴人"为自己人生目标的。像他这样学识渊博的人在今天的西方也已经是硕果仅存。以他的学识来看现在的西方文化，他当然只能哀叹"衰落"。但我们中国人如果回观自己，只怕连"衰落"的感叹都发不出来！试问我们中国现在除了为各种"政治正确"在斗争的斗士以外，还有心仪"文化"的"文化人"吗？

2000 年 7 月 12—13 日于香港薄扶林

文化泛滥

年来稿债累累，早已到了债多反不愁的地步。心里觉得最有愧疚的是对《明报月刊》，因为曾无数次地应承了交稿，却无数次地食言。最近《明月》命题作文，要我向读者介绍巴森的文化史巨著《从黎明到衰落》，总算这次不负成命，急就了约四千字交稿供《明月》这期刊出，略释对《明月》的愧疚之心。但巴森这本新著厚达八百多页，我的介绍只能是挂一漏万，这里想再做些补充。

这本书的副标题是"西方文化生活五百年——从1500年到现在"。试问这里的"文化"二字是什么意思？巴森在书中挖苦地说，从前大家都知道"文化"是什么意思，现在已经谁也说不清到底什么是"文化"了。因为一切都成了文化，例如餐馆的文化、厕所的文化、警察局的文化、办公室的文化，更不消说男人的文化、女人的文化、同志的文化、童子的文化、壮年的文化、老年的文化，总之都是各不相同的文化，不但男人的文化绝不同于女人的文化，而且坐汽车的文化绝不同于坐飞机的文化。

巴森说"文化"这词用的越是泛滥成灾，整个社会就越没有文化。因为文化现在不是学习获得的，而几乎是生理性的了：你生来是女人，自然就有女人文化，生来是男人就有男人文化；小时候是童子文化，到老了自然有老年文化，这都不用学的。

巴森的恼火当然是有感而发。今日西方时髦的所谓"文化研究"（Cultural Studies）第一条宗旨就是"一切都是文化"。不过"一切都是文化"的意思其实是说"一切都是权力关系"，因为所谓"文化"无非是隐蔽的权力关系，亦即隐蔽的人压迫人的关系。今日"文化研究"的基本旨趣因此其实是要揭示种种压迫：性别压迫、种族压迫、阶级压迫（所谓"文化研究铁三角"）。这种"文化研究"当然有其正当性。只是凡事泛滥成灾都不免索然无味。按照这种逻辑的极端，女人如果认为与男人有共同文化，那就是自愿受男性中心统治，子女如果不揭发"父亲"的威权统治，那就是文化觉悟不够。

巴森的文化史可以说是对"文化研究"的一种反动。他想说的其实卑之无甚高论：天下有一种东西叫作"五百年来的西方文化"（不同于五百年前），这"文化"是西方的男人女人小人老人左派右派都共同参与其中的。不管他们之间如何不同、不和、窝里斗，仍然是在这共同的"西方文化"里面斗。

2000 年 7 月 24 日

"政治的"自由主义

就政治哲学和道德哲学领域而言，晚近二十年来的所有主要辩论几乎无一不与多元论问题有关。例如罗尔斯的《正义论》（1971）一方面被公认为"二战"后政治道德哲学的里程碑，但另一方面，对《正义论》的所有主要批评实际都可归结为一个基本问题，即罗尔斯所构想的这种普遍主义的"正义"原则是否能与彻底的价值多元论和文化多元论相容？

罗尔斯本人在其呕心沥血的晚年著作《政治的自由主义》（*Political Liberalism*，1993）中也坦承，《正义论》的基本阙失就在于未能充分体认多元论的真正深刻性，尤其是伯林强调的多元论的关键在于不可通约性和不可兼容性，在罗尔斯看来是自由主义政治哲学目前面临的最大挑战。晚年罗尔斯因此将今日政治哲学的中心问题表述如下：当一个社会的公民们各自秉持"同样有道理但互不相容"（reasonable yet incompatible）的宗教、哲学、道德学说时，如何可能使他们全都接受一个共同的"政治的正义观念"？

从这一中心问题出发，则以往《正义论》的问题在罗尔斯自己看来就在于，该书对正义问题及其制度安排的讨论实际预设了一整套道德理念（《正义论》第三部分），这自然立即引出一个严重问题，即接受其正义原则意味着接受这套道德理念，反过来，也只有接受这套道德理念的公民才会接受其正义观。这实际是预设正义社会的公民们都接受共同的道德理念。但一旦正视一个社会不但有多元的道德文化价值，而且这些价值不可通约不相兼容，则这种实际预设了某种道德一元论的正义论立即陷入困境。用罗尔斯自己的话说，正义论成了"不现实的理念"（unrealistic idea）。

罗尔斯《政治的自由主义》的全部目的，就是要使正义论摆脱这种困境，使正义观念成为一个严格限定的"政治"观念，不依凭于任何道德哲学宗教文化，同时又能使"互不相容但各有道理的"道德哲学宗教文化都能一致支持这个"政治的正义观"，并由此而形成所谓"交叠共识"（overlapping consensus）。

罗尔斯的新努力无疑值得高度重视，但其困难也是可以想见的，因为罗尔斯强调的是，自由主义只能是窄义的"政治的"自由主义，不是一种道德理念，不是一整套人生哲学，更不是要完成哈贝马斯的什么"启蒙的未竟计划"。罗尔斯的这一自由主义，在理论上意味着使政治哲学与道德哲学彻底分家，在实践上则明确放弃《正义论》的一个基本预设，即正义社会的"稳定性"有赖于道德文化的整合（这是《正义论》需要一个道德哲学的根本原因），亦即不需要美国传统所谓的"熔炉政策"。

但罗尔斯的解决毋宁提出了更多的复杂问题，例如他所谓"政治"的界限和范围究竟何在，他所谓"有道理的"道德宗教与"无道理的"（unreasonable）道德宗教的区别标准又何在，以及"家庭"这一社会最基本单位是在政治正义的范围之内还是之外，所有这些要害问题在书中都相当含混而且常常自相矛盾。我们在体会罗尔斯的苦心之余，已有必要从更宽阔的历史和理论视野来思考"后自由主义"问题。

1997 年

爱奥尼亚谬误

伯林在去世前接受的一次采访中曾被问及，冷战结束后国际贸易和国际性通俗文化是否最终将导致一个"人类普世文化"（a universal world culture），他极为挖苦地回答说，人类普世文化就是"文化死亡"，我高兴的是我马上要死了，不会看到那一天！

伯林一生的所有论述事实上都可以归结为一点，即不懈地批判各种形式的价值一元论和文化一元论，不懈地论证今日被称为"伯林自由主义"的核心观念，即：价值的多元性及其不可通约性，不同文化与文明的多样性及其不可通约性（the multiplicity and the incommensurability of different cultures and civilizations）。

伯林认为，对价值一元论和文化一元论的强烈诉求乃根深蒂固地贯穿于两千年来的西方思想传统，其思想根源则在于他所谓"爱奥尼亚谬误"（Ionian Fallacy），即古希腊哲学的谬误。这就是力图为千差万别的事物找到统一性的基础，发现出所谓"始基"或所有事物的最后根据和共同基础。

这一"爱奥尼亚谬误"一脉相承地贯穿于中古基督教传统、文艺复兴运动和启蒙运动直至现代。其实质是对多元的恐惧、对差异的恐惧、对不确定性的恐惧、对不和谐的恐惧。这种恐惧反过来也就表现为对一元的寻求、对同一性的寻求、对确定性的寻求、对最后和谐的寻求，从而形成西方思想传统的一套核心观念。

伯林指出，自毕达哥拉斯和柏拉图以来，西方这套核心观念一直由三个基本预设构成：

> 第一个预设是：所有问题都必然有一个正确的答案（真理），而且只能有一个正确答案，所有其他答案必然都是谬误。即所谓"真理只有一个"；
>
> 第二个预设是：这些正确答案原则上是可以认识的，即真理与谬误的区别原则上是清楚可知的；
>
> 第三个预设是：真理与真理之间必然都是相容的，不可能相互排斥相互冲突，因此所有真理的总和一定是一个和谐的整体。由此，真排斥的一定是假，善的对立面必然是恶。

这三个预设说到底都以一元论为指归，而在伯林看来都是武断而且危害无穷的预设。因为在人类意见最分歧的道德、政治、宗教、文化及其终极价值这些重大问题上，恰恰不存在一个唯一正确的答案，硬要在不同答案之间裁判真理与谬误，实际只能是"强权即真理"，而把人类在价值观上的分歧和冲突看成真理与谬误或善与恶的斗争，正是人间血流成河的根源。

伯林遗憾地指出，维柯和赫尔德等在18世纪对差异性和多样性的积极阐发，却在19世纪以后被西方最新形式的价值文化一元论所取代。这种最新形式的一元论就是所谓"历史发展阶段论"，亦即把所有的差异都归结为历史发展阶段的差异，人类文化与文明的多元性和多样性被以"历史的统一性"为名再度纳入了一种更为粗暴的价值一元论和文化一元论。因此黑格尔宣称文明的统一性表现为从"初级阶段"的中国文明到"最高阶段"的欧洲文明的"历史发展",马克思更提出所有民族都是从原始社会到共产主义。伯林认为,这里的一个重要原因是,西方自然科学的发展极大地强化了西方传统的价值一元论和文化一元论。

1997 年

芝
加
哥

芝大的酒吧

芝加哥大学校园内近来传得纷纷扬扬的一个谣言是，陪伴芝大已经整整五十年的吉弥思酒吧（Jimmy's）就要倒闭了。后经证实方知不是永远关门，而只是从5月下旬起要关门六个星期以上。虽然是一场虚惊，但由于关门时间正好赶上学期末，仍然引起许多人的不满，因为芝大的人在学期末照例是非去吉弥思酒吧聚会不可的。

所谓吉弥思实在是一个很不起眼而且非常简陋的酒吧。它孤零零地坐落在一个街角，不知道的人很少会注意到这是一个酒吧。推门进去，光线灰暗，烟雾腾腾，十足下等酒吧的模样。尽管如此，它不但是芝大学生的最爱，而且许多名流教授也常常光顾。例如大名鼎鼎的诺贝尔文学奖得主索尔·贝娄（Saul Bellow），在还没有离开芝加哥时就常常到这里来。不过教授们一般都是在下午来，那时比较安静，一到晚上，那就完全是学生的天下，整个酒吧沸沸扬扬，一片喧嚣之声。而且里面除了最小的一个房间以外，其他都是抽烟区，奇怪的是许多人平常一点儿烟都受不了，在吉弥思的烟雾笼罩下却个个神色自若！

这么一个下等酒吧居然成为芝大生活不可或缺的一部分，其原因盖在于芝加哥大学的校区乃是出名的沉闷、无聊、枯燥，几乎谈不上有什么娱乐场所，就是饭店也没一家好的，都只是随便吃吃的那类。也是为此，芝大曾多次有迁移校址之议，因为许多人担心校区如此 boring，很难吸引到学生来就学。但芝大历史上最有名的校长哈钦斯（Robert Hutchings）却有一套奇怪的理论，他的传世名言之一是不止一次地说过：你们知道芝大为什么学术第一流吗？就是因为大家都没有别的地方可去，因此只能再回图书馆！

这话大家都只当是笑话，但对哈校长却似乎不然。他是美国高等教育史上最有名的大学校长之一，三十岁不到就出掌芝加哥大学长达二十余年（1929—1951），有他自己非常独特的一套大学理念。例如芝大从前本来是全美橄榄球的常年冠军，哈校长上台后却说大学搞什么体育，解散了橄榄球队，从此芝大的体育一蹶不振。直到今天，从哈佛等外校转过来的人想要游泳都会苦笑，因为两个游泳池没有一个是标准的。

芝大的人往往觉得芝大其他不行，但学术天下第一。常举的理由有两点，一是芝大获得诺贝尔奖的人数绝对压倒世界上任何其他大学；二是就美国而言，名校虽多，一般都形不成学派，只有芝加哥大学历来出学派，较早的有芝加哥社会学派，后有芝加哥经济学派，政治哲学有独树一帜的施特劳斯学派，芝大法学院则是今日所谓"法学与经济学运动"的发源地，此外还有哈校长留下的怪物：全美独一无二的"社会思想委员会"（Committee on Social Thought）。

芝大的书店

至今尚记得，我刚到芝加哥大学时，第一次见到我的老师爱德华·席尔斯（Edward Shils），他就带我去芝加哥大学有名的"合作书店"（Seminary Co-operative Book Store）。以后席尔斯先生曾不止一次说过，他去过世界各地无数的书店，但都不如芝大的这个书店那么方便，那么实用。

我去过的书店肯定不到席先生去过的百分之一，但我也同样深信不疑，芝大的这个书店可能是天下最好的书店。这个书店的最大特点在于其经理人员对当代学术发展的了解非常内行，对学术著作有很强的判断力。总经理 Jack 本身是芝大的博士，他和席尔斯先生是邻居，也是知交，席先生常常开玩笑说芝大应该授予 Jack 五个博士学位才对得起他，因为 Jack 几乎对所有学科都有相当广泛的了解，在他的领导下，这个书店进书的眼光确实绝对一流。尤其新书陈列部，虽然面积很小，却几乎可以说是当代学术发展的一个缩影，如果你常年每周或每两周去逛一次"合作书店"，保证会逐渐丰富你对当代学术大势的基本了解。

所谓"合作书店"是名副其实的集体合作社。它基本上是六十年代学生运动民主实验的产物，其所有制不是私人拥有，而是合作社成员集体所有的，其经营也不是以盈利为目标，而是以方便所有会员的购书需要为目的。目前有会员四万多人，其中芝加哥大学的每个教师和学生大概都是会员。每个学期前夕，书店的一项业务是把芝大每个教授开课所用的教科书和参考书按教授姓名字母排列专栏陈列，极为方便学生们一次找到所有需用的书籍。

"合作书店"实际上非常简陋，整个书店都在一个地下室。进去不但感到面积不大，甚至通风都不是太好，尤其所有过道的空间都非常局促，有些地方需要侧身才能通过。一般来说，像我这样的老顾客会避免在每个学期的第一个星期去光顾，因为那时不但因为人太多而使你不可能有"逛书店"的闲适心境，而且买一本书都要排很长的队等待付款，非常破坏买到一本好书的心情。

席尔斯先生在世时，通常喜欢在上完课以后回家的路上顺便去这个书店。我有时陪他一起去，但我的印象中，至少在他和我一起逛书店时，他似乎从来没有买过一本书。唯一的例外是他第一次带我去时，说要买一本书送我，买的是奈特（Frank Knight）的《自由与改革》（*Freedom and Reform*）。他好像并没有特别解释为什么买这本给我，只说奈特是他的老师，而且也是"社会思想委员会"的创办人。

即将离开芝大了，我发现自己最恋恋不舍的就是这个我曾消磨过不知多少时光的小小"合作书店"。

1999 年 6 月 6 日

社会思想委员会

我的生日碰巧是每年的最后一天，12 月 31 日。这一偶然的生辰常常使我在岁末无法不开心。尤记上大学期间，每年最后一天照例是全班聚会痛饮，结果像是每年全班为我过生日聚会一般。

然而三年前的 12 月 31 日，却使我蓦地平添一番人生无常的感叹，因为就在这一天的中午时分，我在芝加哥大学过从甚密的老师爱德华·席尔斯教授竟然神志非常清醒地说：他相信自己在十二小时内就会死去，看不见 1995 年了！眼看着他如此平静地预报自己的归期，心里真有一种说不出的惊骇。虽然席尔斯教授事实上还是看见了 1995 年，他老先生最终去世是该年的 1 月 23 日。

回想起来，我所就学的芝加哥大学"社会思想委员会"，近年来可说是晦气不断。先是在几年前，突然死了曾以《闭塞的美国心智》（ *The Closing of the American Mind* ）一书而搅得全美一片风波的本系政治哲学教授爱兰·布鲁姆（Allan Bloom）；紧接着，印度文学名家拉马钮伽（A.K.Ramanujan）竟因手术事故而不明不白地死在本校医院；再往后，曾获诺贝尔文学奖的本系文学教授索·贝娄终因老友布鲁姆之死，不忍再淹留芝加哥而去了波士顿，用他的话说，芝加哥的一草一木都使他触景生情，难忘爱兰。而在此之前，法国诠释哲学家保尔·利科（Paul Ricoeur）因夫人卧床不起，已数年未曾驻足芝加哥，另一位哲学教授、以《马克思主义主流》三卷名世的柯拉柯夫斯基（L.Kolakowski）又因腿疾加剧，不堪承受每年往返于英国与美国之间的旅途折腾，也宣布解甲归田；差不多与此同时，以色列比较社会学家艾森斯达特（S.N.Eisenstadt）同样也因某种原因宣布不再来此执教。一时间，"社会思想委员会"真有菁华尽谢，人去楼空之感。

但最令人匪夷所思的是，就在不久前，曾多年任系主任的法国史学名家弗雷（Francis Furet）竟因打网球摔倒跌伤头部，两天后就猝然而亡。弗雷师一向与我交情笃厚，尤其在席尔斯先生去世后，他更是我的主要学业指导人。本来他今年刚刚当选为举世闻名的法兰西学院院士，正在意气风发的学术巅峰期，哪里会想到就这么去了！

说起来，芝大"社会思想委员会"这样的学术机构实在是很有点不伦不类，因为这是一个既没有明确专业、又无法归入任何学科的机构。席尔斯先生有时候会开玩笑说，其培养目标是当年布克哈特所谓"兴趣尽可能广泛的业余爱好者"。不管怎样，学生们在这里皓首穷经，一待十年以上是家常便饭，十五年以上的都大有人在。今年圣诞前聚会，看看同年入学的一个个都还没有毕业而且似乎都心定气闲的，我却突然第一次感到有点不可思议，大家都在这里干什么呢？

1998 年元旦

席尔斯的图书馆

　　我的老师席尔斯曾不止一次和我说过，他在二十岁以前一直相信天下的书是看得完的。他老先生是 1911 年出生的，他二十岁以前也就是大约 1930 年以前。那时的书那么少吗？我有时常常疑惑。不过我告诉他，我小学四年级时曾觉得当地少年图书馆的所有藏书我都读完了，因此开始偷看我父亲不许我那时读的书。席尔斯大感兴趣地问，那时你偷看了什么，是你们中国的《金瓶梅》吗？我说那倒好像还没有，印象最深的是阿拉伯的《一千零一夜》，他立即说这书当然 fascinating，并马上去把他的版本拿出来让我瞧。

　　在席师家聊天往往都是这样，聊来聊去最后总是又会聊到什么书，然后他就会在自己的私人图书馆把谈到的书找出来，好像这样可以再过一次什么瘾一样。他的图书馆事实上也就是他全部的家，他的家也就是他的图书馆，没有什么分别。从开门进去的过道开始就是书架，所有房间除了厨房以外，没有一面墙壁不是由书架围起来的。他这个个人图书馆在老辈学者中可说远近闻名，席师最得意的也是他这个图书馆，虽然连他自己都说不清总数到底有多少册。但奇怪的是，他那么多的书架那么多的书，我印象中每次他要找什么书都是一次到位就能找到，从来没有找错的时候。我有一次因此对他说，他这个图书馆的最大好处是虽然书多得惊人，但给人的感觉是这么多书还是能读得完的，不像学校的图书馆，那一排排的书架有时会让人觉得透不过气来的压抑，甚至沮丧，觉得不但书永远读不完，而且著书立说又能怎么样，不就是湮没在这些书架中。没想到他听后说，他二十岁后第一次感到天下书是不可能读完的时候，就曾有过这种很沮丧的感觉。

许多人都说席尔斯的书不肯外借，但我在他那里借过不少次似乎并无问题。不过后来我终于碰了一次壁。记得那次是我问他为什么现在很少有人读德国的 Otto Gierke 和英国的 William Maitland 这些人的书，他说因为现在很少有人再知道他们，接着就把 Gierke 和 Maitland 的书都拿了出来。但当我顺口说想借其中两本时，却听他说了一个毫不含糊的 No! 我当时大为惊讶，心想这两本书虽然早已绝版，但也还不是什么孤本秘籍，为何这么宝贝。未料他开口又说"我二十岁以前"，但这次他接下去说，你现在看书好像还是我二十岁以前那样，似乎天下书都是看得完的，只要看到好书就都想看，这样是不行的。说到这里他颇认真地对我说，你如果只知道什么书应该读，却不知道什么时候必须控制自己不再读，那会被书埋葬掉的。那次他其实后来还是借给了我这两本书，但他这番话却使我想了很久。

席师作古已经两年。他那图书馆也全部捐给了德国大学。芝加哥大学现已将社会科学楼的 301 教室命名为"席尔斯纪念室"，我进去瞻仰时见里面挂了一幅先生晚年的像，但周围空荡荡的没有任何书架。我不禁有点难过地想，他只怕会寂寞的。

追忆布鲁姆

爱兰·布鲁姆竟然已经死了五年多了，他那本挑起八十年代美国"文化战争"的《闭塞的美国心智》也已出版十年有余。有时想起他那么鲜龙活跳的一个人，居然消失得如此无影无踪，总会觉得有点不可思议。

自从 1987 年出版《闭塞的美国心智》后，布鲁姆就从一个普通的政治哲学教授一跃成了全美知名度极高的公众人物。人们可以在全美的几乎任何报纸和杂志上看到他的名字，也可以在 CBS 的黄金节目时间看到他高谈阔论。与此同时，他也成了美国知识界的众矢之的甚至头号公敌，自由派知识分子将他和诺贝尔文学奖获得者索尔·贝娄，以及前教育部长贝奈特（W.J.Bennett）合称为"B 杀手集团"（the killer B's，因三人姓氏都以 B 开头），认为他们是里根新保守主义在美国知识界的代言人和最凶恶打手。由于布鲁姆和贝娄都在芝加哥大学"社会思想委员会"执教，连带着"社会思想委员会"也被看成学界反动堡垒。不过一般人不大知道的是，布鲁姆事实上终其一生在美国历次选举中都投民主党的票。

不管怎样，布鲁姆一生的最后几年一直处在美国社会政治的旋涡中。但在此之前的相当长时间内，他不但默默无闻，而且一直都过得不很得意。他在芝加哥大学度过整整十年寒窗，于

1955 年在"社会思想委员会"取得博士学位。但随后好几年内，他都没有能得到正式的大学教职，只能在芝大的校外教学部给社会听众上点课，以致他后来常常对初进"社会思想委员会"的学生开玩笑说，到这里来读书是好的，以后找工作则未必。

一直到 1960 年，布鲁姆才得到耶鲁大学的临时教职，三年后转去康奈尔大学，似乎开始有了一段较舒畅的日子。他在那里完成并出版了使他在古典研究领域有一席之地的新译柏拉图《理想国》（1968），并在那里带出了他第一批门生。然而好景不长，六十年代的美国学生运动在 1969 年的康奈尔大学发展到学生持枪占领大楼。布鲁姆不仅对学生的行为极其不满，更对他所谓康奈尔校方及许多教授的"怯懦"无法容忍，终于辞去教职，不但离开了康奈尔，而且离开了美国，在加拿大度过了整整十年他后来称为"自我流放"的生涯，也是在加拿大养成了好吃中国菜的嗜好。直到 1979 年母校把他召回，在"社会思想委员会"执教直至去世。

我最后一次见到他应该是 1992 年暑假前夕，他说他在暑假过后要开课讲卢梭和尼采，并以他那一贯的洋洋自得口气说，你来听的话保证不会让你失望。哪里想得到暑假过后，10 月 5 日刚开学，7 日他竟已死在芝加哥大学医院！

他死时才六十二岁。由于他是同性恋，许多人都以为他一定是死于艾滋病，不过事实上不是，而是另一种怪病。

闭塞的美国心智

十年前，爱兰·布鲁姆的《闭塞的美国心智》一书在美国出版史上曾创下仅精装本即售出五十万册，同时在纽约和巴黎两地的每周畅销书榜上都高居榜首几达一年之久的纪录。但此书会弄得如此名声大噪，在一开始实在是谁也没有想到的。事实上该书在一开始连出版社都找得非常困难，最后是Simon and Schuster出版社接下来，一般都认为这主要是因为诺贝尔文学奖获得者索尔·贝娄为该书写了序言的缘故。目前的这个书名实际也是出版社强行加上的，虽然布鲁姆当时不喜欢这个书名，但现在看来出版社显然高明，因为布鲁姆本人偏爱的原书名实在又长又枯燥："高等教育如何导致了民主的失败，如何导致今日大学生心灵的枯竭"（How Higher Education Has Failed Democracy and Impoverished the Souls of Today's Students），这个书名虽然保留作为副题，但已很少为人注意，许多人甚至往往忽视了这本书的主题其实是关于高等教育与民主政治的关系，或民主政治下的高等教育危机。顺便说一句，目前的中文译本干脆就没有保留英文版的这个副标题。

不管怎样，在一开始，很明显从责任编辑、市场经理到出版社老板都并没有看好此书，因为初版只印了一万册，于1987年上市。然而奇迹突然出现了，当年4月26日《纽约时报》每周畅销书榜上竟出现了《闭塞的美国心智》，列名非小说类第十三位，同天的《华盛顿邮报》同样出现该书，列名第八。而此时初版的一万本还有三千本根本还在库房！出版社老板惊得眼镜都跌破，他后来承认说，他从事出版几十年，还从来没有听说过一本书印行一万本上市仅七千本就已上了《纽约时报》畅销书榜的事。

颇有名气的自由派政治教授巴伯（B.Barber）在一篇评论中曾说，《闭塞的美国心智》是"最动听、最精致、最博学，而又最危险的传单"（a most enticing，a most subtle，a most learned，a most dangerous tract），这个说法大体代表了后来美国自由派知识界与媒体对该书的基本评价，即把《闭塞的美国心智》看成美国保守主义的文化纲领。不过我自己最吃惊的一个发现是，在我曾读到的无数"围剿"布鲁姆的文章中，"最恶毒"的一篇恰恰是布鲁姆自己的大师兄查发（Harry V. Jaffa）写的。自由派学者无论如何攻击布鲁姆其人其书，几乎无人攻击他是同性恋这一点，但 Jaffa 的文章却尖锐问布鲁姆为何大肆批判摇滚乐等等却偏偏不提同性恋问题，在查发看来同性恋才是第一大敌。

说起来，布鲁姆的第一本书就是与查发合作的《莎士比亚的政治学》，可见当时两人关系的密切。以后分道扬镳，倒也并不单纯是个人关系问题，而是因为查发代表的所谓"西岸施特劳斯派"历来认为布鲁姆代表的所谓"东岸施特劳斯派"根本就是尼采的信徒。

不管怎样，布鲁姆本人当然从来不承认他是保守主义者。

2000 年 4 月 24 日

贝娄新著的风波

曾获诺贝尔文学奖的索尔·贝娄每发表一部新小说，往往都会在芝加哥大学的教授圈中引起一阵紧张。因为贝娄自己在芝大执教数十年，他笔下的人物往往取材于他在芝大的同事，尤其是那些与他关系密切的教授。例如他的名作《塞姆勒先生的行星》（*Mr.Sammler's Planet*，1970），其中主要人物塞姆勒先生就是以我的老师席尔斯为原型；另一部小说《洪堡的礼物》（*Humboldt's Gift*，1975）中，书中人物"天下最博学的人"唐瓦德教授（Professor Richard Durnwald）又是以席尔斯教授为原型；芝大"社会思想委员会"从前的另一个教授，大名鼎鼎的艺术批评家罗森伯格（Harold Rosenberg）则是贝娄另一本小说的原型。

有人说贝娄每部小说都会使他失去一些朋友，因为这种将周围人物写进自己小说的做法实在危险，很容易得罪事主，有时甚至事主已是死人，也会得罪事主的亲朋好友。贝娄最近在息笔近十年后发表的第一部新小说《拉维斯坦》（*Ravelstein*）刚刚出版就引起极大的风波。这本新著的原型人物正是贝娄最好的朋友，已去世八年的前芝大"社会思想委员会"教授爱兰·布鲁姆。后者名噪一时的《闭塞的美国心智》，当年就是由贝娄作序的。

按理布鲁姆生前最好的朋友就是贝娄，而贝娄一生最好的朋友就是布鲁姆，因此布鲁姆死后由贝娄这位文学大师为其立传应该是再合适不过，无人可以说三道四的。岂料贝娄的《拉维斯坦》一出，几乎布鲁姆所有的门生弟子朋友都大为愤怒，纷纷指责贝娄"背叛"布鲁姆。其原因是贝娄在书中把主要人物拉维斯坦即布鲁姆明确写成同性恋，而且死于艾滋病。其实布鲁姆是同性恋本是公开的秘密，笔者较早前写的《追忆布鲁姆》一文即曾提到这点。但布鲁姆之死，根据当时医院报告，确实不是由于艾滋病。现在贝娄则不但在小说中，而且在接受采访中都说他相信布鲁姆死于艾滋病，从而使得布鲁姆的朋友们认为贝娄是在存心作践已故老友。

我到现在尚未看到这本小说，但最近芝加哥老同学来的电子信几乎谈的全是这本书及其引起的风波，而且告诉我，目前的谈论话题已经不是贝娄与布鲁姆，而是贝娄与席尔斯，因为书中另一人物又是以席尔斯为原型，包括《纽约时报》社评在评论这本小说时，用的标题都是"贝娄还在写，与席尔斯的鬼魂搏斗"（Mr.Bellow Writes On，Wrestling With the Ghost of Edward Shils）。

2000 年 4 月 24 日

索尔·贝娄印象

十年前我进入芝加哥大学"社会思想委员会"时，索尔·贝娄尚在系中执教。惜乎到他1993年迁居波士顿时，我一共只选过一次他的讨论班，是他与布鲁姆合开的关于陀思妥耶夫斯基的小说《卡拉马佐夫兄弟》。

贝娄和布鲁姆一起开课有年，两人实在形成极大的对照和反差。布鲁姆的声音又尖又高，处处表现出他的自命不凡，贝娄的声音却永远是平和的，从不提高嗓门。每堂课十句中布鲁姆至少说七句，贝娄至多三句，感觉上好像贝娄是布鲁姆的助教一样，尽管去听课的人大多是慕贝娄的名气而去！

说来奇怪，以贝娄这么高的智力这么大的名声，他却似乎总是需要一个知性上比他更强的人作他的精神导师。以他和布鲁姆的关系而言，布鲁姆比他小十五岁，而且布鲁姆之成名，外界常认为是贝娄的提携（布鲁姆的畅销书《闭塞的美国心智》由贝娄作序），但实际上，他们的关系历来是布鲁姆为主。人们戏称他们这一对为堂吉诃德与其跟班桑丘，堂吉诃德指的是布鲁姆，贝娄反成了跟班的桑丘。

在这之前，贝娄最佩服的朋友是比他大几岁的席尔斯，两人关系更是有点像席尔斯是老师，贝娄是学生，据说以后两人关系破裂的原因之一就是席尔斯对贝娄说话永远带有教训的口吻。

　　我后来隐隐约约地觉得，贝娄这种总是把自己放在第二位的态势，或许正是他作为一个作家自觉采取的立场。贝娄常常强调作家与知识分子的区别，说作家很少是知识分子，但作家在社会政治文化等重大公共事务上采取的立场一般是由知识分子设定的。这大概正可以说明他与布鲁姆或席尔斯等人的关系。换言之，对他而言，布鲁姆和席尔斯是知识分子领袖，他非常相信他们在所谓"大问题"上的判断力远胜于他这个作家，因此他佩服他们，听从他们。

　　但另一方面，贝娄作为作家最感兴趣的是各种各样的人如何看待自己表现自己，在这方面，这些知识分子和其他各色人等对他其实并无差别，同样是他观察的对象。因此他与这些所谓"知识分子"称兄道弟的同时，又往往退后一步以作家的眼光观察他们，最后把他们统统都写进他的小说。这也就难怪他的小说往往引起知识分子的愤怒，因为虽然他的小说大多以学院为背景，以知识分子为对象，但这种时候他是以其作家的特权自行其是，而不再需要"知识分子"的指导。

分心的公众

又是一个新年来临，我本没有什么愿望，但看到中外报刊所谈的新年愿望大多是我不愿望的东西，因此也想谈点另类的愿望。当然，我的愿望都是空的愿望，姑妄说之。

第一大愿望，愿天下人都多一点闲暇，少一点劳作。这愿望在香港听起来大概最不知所谓，因为香港据说是讲经济，讲效率，不讲闲暇的。错矣！我这愿望有诺贝尔经济学奖得主福格尔（Robert Fogel）的支持，他老先生两年前作美国经济学会主席致辞时，即认为今后经济学的方向是要着重研究"闲暇"，而不再像现在这样仍然只研究"生产"。在他看来现在的经济学已经根本落后于经济和社会的发展，因为现在的经济学仍然是19世纪的概念，把人只看成生产和劳作之人，在这种"生产人"概念的支配下，整个社会都已经不知"闲暇"为何物，个人甚至不知道如何享受"闲暇"，诚可悲也！

其次，愿天下人都少一点信息，多一点安静。这些年来我们每天都被告知现在是什么信息时代、信息经济、信息社会，可是很少有人想过，我们要那么多信息干什么？！十年前诺贝尔文学奖得主索尔·贝娄在牛津大学作 Romanes 讲座，题为"分心的公众"（The Distracted Public），痛斥所谓信息时代徒然扰人心智，使人天天被大量无谓的信息分心，久而久之将使人有失去集中心思的能力之危险。贝娄问，"如此过剩的信息有什么好处？《纽约时报》的绝大多数信息对我们毫无用处，只不过是毒害我们而已！"（What good issuch a plethora of information？ We have no use for most of the information given by the *New York Times*.It simply poisons us!）真的，现在所有报纸的篇幅都越来越厚，可是每天那么多的报道到底给过我们什么？

现在最让人分心的莫过于所谓"互联网"，包括我的许多密友在内，好像每天上班打工还不过瘾，还要自己给自己找份"第二职业"，每天在网上的时间实在已经多得莫名其妙！互联网上那不断更新的大量信息不是垃圾是什么？每天从这个网站看到那个网站，无非是从这个垃圾站转到那个垃圾站，到底这些垃圾站有什么宝贝？在垃圾堆里转来转去到底捡到了些什么？我因此愿我的朋友们在新的一年中，都尽量地少上网，我更愿所谓"网络工业"加速衰落灭亡！昨日报载许多专家认为 2001 年将是"网业灭亡"年，但愿如此！

天下纷纷扰扰，我们已经越来越难得清净，难得闲暇。我愿所有朋友在新年第一天都问问自己：我们每天忙忙碌碌，到底在忙些什么？

2001 年 1 月 1 日

布尔乔亚与波希米亚

　　我的老师席尔斯曾和我说，他从十六七岁开始就"发现"了一个令他困惑终身的问题，即为什么自有资产阶级文明以来，西方几乎所有第一流的哲学家、文学家、艺术家都如此憎恨资产阶级甚至以反对这个文明为己任？他说他以后的全部思考都源于这个中心问题。确实，他老先生后来以论述"知识分子问题"而闻名西方学界，盖因为他的这个问题意识。

　　席先生的这个中心问题在西方社会理论界常被概括为"波希米亚对抗布尔乔亚"（Bohemian versus Bourgeois，可参 Cesar Grana 以此为书名的文化社会学杰作，1964），亦即认为对资本主义文明最大的威胁主要不在于劳工阶级，因为劳工问题可以通过国家调控市场、推广社会福利来缓和；最要命的问题在于知识分子特别是哲学文学艺术家（所谓"波希米亚人"）的"文化冲动"与资产阶级商业文明乃根本上格格不入，难以调和。贝尔（Daniel Bell）的晚年名作《资本主义的文化矛盾》（*The Cultural Contradictions of Capitalism*，1976）即扣紧这个问题，认为由于文化人厌恶商业文明，导致资本主义文明始终无法建立有效的"文化辩护"从而将难以持久。可以说，席尔斯和贝尔等人其实认为，资本主义的掘墓人并不像马克思说的那样是什么无产阶级，而是拒绝合作的文化人！

　　但美国保守派新秀布鲁克斯（David Brooks）最近却推出了一本号称"喜剧社会学"的妙书，《布尔乔亚的波希米亚在乐园：新潮派上层阶级及其由来》(*Bobos in Paradise : The New Upper Class and How They Got There*)，认为"资本主义文化矛盾"已经解决，因为现在最领风骚的美国上层阶级的最新时髦就是既要发财致富，同时更要标榜崇尚"波希米亚"的价值观，从而不再是"布尔乔亚对抗波希米亚"，而是"布尔乔亚与波希米亚联姻"。因此两个 Bo（即 Bourgeois 和 Bohemian）已经融合为一个崭新的 Bobo Culture（布尔乔亚的波希米亚文化）。此书是我近年所读中写得"最好看"的社会文化评论，即使你认为此兄全是胡说八道，也仍然得佩服他写得如行云流水，潇洒轻松，至少可作为最佳旅行读物。

　　我读此书时，不断想到席尔斯先生。我猜想他老人家如果还在世，对布鲁克斯的评价多半会说：smart but naive（聪明是聪明，不过太幼稚）。席先生和韦伯一样实际都认为：奠定维护社会秩序，与颠覆瓦解社会秩序，同为人类原始冲动；设想有一种社会秩序可以完全化解人类颠覆秩序的冲动，只能是幼稚。

2000 年 8 月 14 日

泡泡族新生代

上周谈及布鲁克斯最近风行一时的畅销书《布尔乔亚的波希米亚在乐园：新潮派上层阶级及其由来》。我将布鲁克斯生造的新词 Bobos 暂译成"布尔乔亚的波希米亚"，是为了将其意思译出，如果此书以后正式译为中文，我想不妨将书名译为《泡泡族新人类在乐园》以体现其诙谐的原意。我已建议牛津大学出版社尽快取得该书版权，希望不久能有中文版问世。

布鲁克斯其人我在美国时就已相当熟悉。他与弗鲁姆（David Frum）两人是近年崛起的美国保守主义新生代知识分子的佼佼者。两人都是五年前创刊的美国保守派新生代喉舌《每周正言》（*The Weekly Standard*）的成员。该周刊主编小克利斯多（William Kristol）是共和党著名军师，其老爹就是当年美国"新保守主义教父"老克利斯多（Irving Kristol），其老娘是著名保守派史家辛枚珐白（Gertrude Himmelfarb）。不过近年来小克利斯多的风头早已超过其老爹老娘。

新生代保守派知识分子最值得注意之处在于，他们的首要矛头恰恰是指向老保守派特别是所谓"文化保守派"，对美国的"基督教新右派"（the Christian Right），他们更是咬牙切齿地痛恨。在他们看来，老保守派把美国保守派的精力集中在与文化左派打"文化战"，只能是越打越输，根本断送美国保守主义政治。他们因此强烈主张"文化战已经结束"（the Cultural War is Over），实际也就是要老派"文化保守派"滚蛋。

美国老文化保守派的基本论述可以概括为一个词，即"该死的六十年代"，亦即认为六十年代美国新左派的"反文化运动"彻底败坏了美国的传统道德观念和社会价值体系，因此保守派的根本任务就是要反击文化左派，恢复美国传统道德。老保守派最强硬的大将首推金巴尔（Roger Kimball），他今年刚出版的书题为《长征：六十年代的文化革命如何改变了美国》（*The Long March：How the Cultural Revolution of the 1960s Changed America*），其中"长征"以及"文化革命"都是有意使用来谴责美国文化左派的革命根本就是毛泽东革命的同路人。

但布鲁克斯和弗鲁姆等人却敏锐地看出，六十年代革命形成的新价值观早已成为美国社会的主流价值。布鲁克斯的"泡泡族"新论是要指出，新生代社会精英早已被六十年代新价值观潜移默化，而弗鲁姆同时出版的新书则专论七十年代，认为到七十年代美国社会真正进入了现代，要恢复所谓传统的美国既不可能也不可欲。

2000 年 8 月 21 日

先知与使徒

　　六十年代初的一天，当时尚未名满江湖的高斯（R.H.Coase），与同样尚未熬出功名的布坎南（James M.Buchanan），在弗吉尼亚大学的校间草坪上漫步，私下评点经济学界的风云人物。每说及一人，高斯均不服气地说，我只要再多一份运气，或再加一把用功，此人当不在话下。但到最后，高斯却悠然一叹说，当今唯有一人我永远不敢望其项背。布坎南微微一愣，一时竟想不出还有哪位武林高手能使一向心高气傲的高斯自叹不如。但等到高斯说出此人名字，布坎南不禁欣然接口说，并世学界只怕无人能与这位大师比肩而立！

　　被高斯奉为神明的这人其实正是布坎南的恩师弗兰克·奈特（Frank H.Knight，1885—1972）。老奈特当年以一本，《风险，不确定性和利润》（*Risk, Uncertainty, and Profit*，1921）奠定了其无可动摇的经典大师地位，随后于1928年出掌芝加哥经济系。短短二十年内竟使1892年才建校的芝大平地而起，一跃而为举世公认的经济学重镇。要说芝加哥经济学派，那就得首先提及奈特老佛爷，其影响事实上遍及当时芝大社会科学各领域。在整个三十和四十年代，芝加哥大学内外广为流行的一句戏言是：上帝不存在，但奈特是先知。

　　凡有先知处，自然也就有众使徒。然先知不同于其使徒之处，或即在于先知乃世外高人，神龙不见首尾，不像使徒则个个招摇过市，在江湖上扬名立万。因此市井之中也就常常只闻使徒布道，难见先知踪影。塞缪尔森（Paul Samuelson）的《经济学》曾风行数十年而为学经济者人手一册，但一般却少有人知道，塞氏自承他正是在 1932—1933 年听奈特的课时顿悟经济运行机制的，塞氏书中著名的经济"循环流转示意图"即来自于奈特当时在课堂上随手画出的"财富轮转图"（wheel of wealth）。奈特其他的弟子也几乎个个比乃师的名头响亮得多，日后拿了诺贝尔奖的除塞缪尔森外，尚有三十年代的弟子佛利民和斯蒂格勒（George Stigler），四十年代的弟子布坎南，及五十年代初的弟子贝克（Gary Beck）等。

布坎南曾说，奈特的弟子常常只是在功成名就、不无得意地回顾学术历程时，才蓦然惊觉，自己千辛万苦所修到的成果事实上往往是奈特早就讲清楚的，只是在当时却领会不到其深意。大概也是因为如此，奈特的弟子几乎个个都像高斯一样对奈特敬若神明。

但一般来说，先知的心思往往不为使徒所知，使徒所布之道也未必是先知之道。奈特一生悠悠在心的是市场经济的伦理基础问题，而其最大的烦恼恰恰是发现：市场本身导引不出自由，从而在其经典论著《竞争的伦理》中断言："最大的谬误莫过于把自由和自由竞争混为一谈"（No error is more egregious than that of confounding freedom with free competition）。不幸，使徒却似乎全都相信这"最大的谬误"，呜呼哀哉！

学术官司

今日无人不知世界上有个"芝加哥经济学派",不过一般人不大知道的是,这个"学派"究竟是否存在过,或什么时候存在过,到今天仍是一桩未了的学术官司。所谓"芝加哥经济学派"这个说法之流行,乃始于佛利民(M.Friedman)1956年的一篇文章。据他说,在20世纪三四十年代,芝加哥大学经济系已形成一个传统,致力于研究货币理论。不过据佛利民说,这一传统主要是一个"口头传统",因为芝加哥的几位前辈导师(他举出四位先师:Jacob Viner,Frank Knight,Lloyd Mints,Henry Simons)并未将此一理论传统写入他们的书中,而多在课堂讲,由学生们写入博士论文。佛利民接着宣称,他的货币理论即承此传统而来,传达了芝加哥这一"口头传统之真髓"(the flavor of the oral tradition)。

由于佛利民本人乃于1935年在芝加哥得M. A.,1947年回芝加哥执教,因此俨然是最早得芝加哥学派真传而又发扬光大师门传统者。未料佛利民这番说法却引起其他芝加哥学人的极大愤怒。名头响亮的经济学家帕汀金(D.Patinkin)公开指责佛利民纯然拉大旗作虎皮,冒充芝加哥传人而兜售他自己的私货。按帕汀金的说法,芝加哥经济学派乃终结于1947年,即佛利民回来那年。因为这年四大先师或死或走或退休。佛利民乃另开炉灶,所教恰恰不是芝加哥的传统。总之,如果有芝加哥经济学派,那就不是佛利民的路数，如果佛利民有个传统，那就不是芝加哥的传统。帕汀金的厉害一招是请出了四位先师中还活着的一位，问他知不知道有个"芝加哥经济学派"。这位大师即 Jacob Viner 答得甚妙，他说他是离开芝加哥以后才听说这个 rumor，到最后人人都说有这么个学派，于是他觉得大概真是有这么个学派了。不过他说，假如真有那么个学派，那么他自己一定不是这个学派的人，而且他说他相信，要是真有这么个学派，这个学派也不会要他的（但佛利民却是列他为四大先师之一的）。

帕汀金一不做二不休，更将芝加哥大学三十和四十年代的全部博士论文都找出来，证明根本不存在佛利民所说的"货币理论传统"。因为在三十年代全部四十六篇论文中，只有一篇与货币有关，而四十年代的论文中有关货币的虽然多了几篇，却并不比同期的哈佛大学更多，事实上此时经济学都已在凯恩斯笼罩下了。帕汀金真正要说的就是，佛利民的货币理论其实本在凯恩斯货币理论上发展，却非要扯出个什么"芝加哥传统"。

此场官司后来越打越热闹，又有个叫横飞来（T. Humphrey）的跳出来说，佛利民代表的芝加哥学派乃是在"芝加哥大学以外"形成的。于是更加没人弄得清佛利民的"口头传统"到底是从哪张大嘴巴里先出来的了。

经济学的修辞

几年前美国学界一个不大不小的新闻是：原芝加哥派经济学家而后又以反叛芝加哥派闻名的经济界怪杰、曾任《经济史杂志》主编的唐纳德·麦克劳斯基（Donald McCloskey），在五十三岁的年龄上宣布自己不再是男人，而是女人，并将自己的名字改为黛德丽·麦克劳斯基（Deirdre McCloskey）。"她"穿着裙子、涂上口红去参加美国经济学年会，女经济学家们专门为这位"新女性"开了一个 party，并扎起许多气球来欢迎，气球上写的是：It's a girl!（这是个女的！）

麦氏宣布作女人时，正是他风头最健时。那时他已连续出版了三本书重新挑起经济学性质问题的新辩论。他集中提出的是经济学家究竟怎样言说、怎样叙述、怎样诱劝读者这一问题，从而引发了所谓"经济学的修辞学转向"（the rhetoric turn of economics）或"经济学的诠释学转向"（the interpretive turn of economics）。第一本是《经济学的修辞方式》（*The Rhetoric of Economics*, 1985），讲的是经济学和诗歌一样，都是一种"修辞艺术"（rhetoric）；第二本是《如果你那么聪明：经济专科的叙事方式》（*If you're so Smart：The Narrative of Economic Expertise*, 1990），讲的是经济学和"小说"一样，都是一种"叙事"；最后是《经济学的知识与诱劝方式》（*Knowledge and Persuasion in Economics*,

1994），讲经济学家究竟怎样诱劝读者。

麦氏认为，经济学家往往既不能用经济学更无法用数学来论证他们的基本理念和主要论点，相反，他们的主要论证手法恰恰离不开文学家们最惯用的一整套"修辞手法"。例如，他指出，经济学家往往比其他学科更多地使用以另一个"非明言作者"（implied author）的语气说话，用以表示"我说的并非只是我个人的看法，而是公认的、早有定论的"，这在修辞上的表现就是泛滥成灾地使用诸如"很明显""非常清楚""无疑地""很简单""不难看出""无须讨论""可以想见"这一类非论证而似论证的表述（麦氏一例，一篇八页的经济学文章用此类表述达四十二次之多）。

但正如麦氏指出，有头脑的读者自然会感到疑惑，既然问题如此"明显"，这么"简单"，以致"无须讨论"，那作者为何还要喋喋不休、没完没了呢？事实上，真正的情况往往是，当作者使用这一类表述时，多半正是因为作者心里很没有底，所以要诉诸一个含混的权威来支持自己。换言之，当作者说"很清楚"时，往往正是作者心里"很不清楚"的表现，正因为如此，在说完"无须赘言"之后，马上又是一大堆的"赘言"。

上帝不存在，奈特是先知

　　芝加哥大学在四十年代有一句人所共知的校内名言：上帝不存在，但奈特是先知（There is no God，but Frank Knight is his prophet）。

　　老奈特是所谓芝加哥经济学派的公认鼻祖，也是芝大"社会思想委员会"的创始人之一。我的老师席尔斯不是经济学家，却是奈特的弟子，他最早指定要我读的书之一就是奈特的名著《竞争的伦理》。该书基本论旨是指出：市场本身导引不出自由。其名言为："最大的谬误莫过于把自由与自由竞争混为一谈"。我最要好的同班同学戴维的论文专攻奈特，有一段时间天天和我谈奈特，包括他的种种故事，其中奈特教学的方式实在很有意思，值得一记。

　　奈特时代的芝大经济系，每个研究生入门必修的第一课就是奈特的"经济学301"。但常常大半个学期下来，多数人不但仍是一头雾水，而且连完整的笔记都记不下来，许多学生实际都大失所望。确实，奈特绝不是通常意义上的好教师。一般研究生新入庙门最想学的功夫，例如经济理论的最新进展，经济分析的最新方法，或最新的数学统计学之类，在奈特的课上几乎都难得一闻。一则在他眼里这些都是雕虫小技，二则他似乎假定这些东西都是学生们已知道的。

奈特的课之大异于常规处乃在于，一般先生教弟子，自然是先假定弟子已经知道 2+2=4 这类基本道理，因此问题是如何引导学生按部就班，渐入高深；奈特的课则像是反着来的，他先假定学生早已学完了高等数学，无须他再操心，然后却逼着学生回过头来重新想 2+2 到底是不是真等于 4。换言之，奈特的课是把各种经济理论背后的那些基本预设先向你指出，然后要你去想这些经济学预设是否本身就大成问题。因此他的课不但不会让你陶醉于今日经济学是如何发达、如何高明，反而处处把那些看似高深的理论全都拆解得七零八落，让你看这里是毛病，那里有破绽，简直一无是处。跟他学经济学，首先就感觉经济学的每一基本预设几乎都需要怀疑。奈特的用意，其实是要学经济的人首先就不能迷信经济学。

奈特弟子、后来得了诺贝尔奖的布坎南说，老奈特教的是"有哲学意味的经济学"。不过今天的经济学早已不是奈特这种"有哲学意味的经济学"，而是"有神学意味的经济学"，因为今天的经济学家多是信徒，不是怀疑者。

经济学家的僭妄

　　曾以《闭塞的美国心智》扬名的政治哲学家爱兰·布鲁姆好辩。他去世前不久在与诺贝尔经济学奖得主布坎南的一次辩论中，曾以他惯有的嘲讽口吻说，今天许多经济学家力图使人们相信的无非是：经济学就是政治哲学。换言之，许多经济学家似乎以为，西方传统上历来由政治哲学讨论的诸多重大问题，例如人是什么样的动物以及"社会"究竟如何构成，今天只有经济学才能提供回答。

　　一般而言，第一流的经济学大师例如芝加哥经济学派开山鼻祖奈特等绝不会有这种"经济学家的僭妄"（the illegitimate claims of economists）。因为这些经济学大师比任何人都更清楚现代经济学乃是一门相对狭窄的学科，这种狭窄性或有助于经济学的专门化，但同时亦正设定其基本局限。事实上，奈特本人一生的最大努力就是力图指明"经济学僭妄症"的危险性和荒谬性。他不厌其烦地指出，经济学家为市场经济所做的种种辩护，绝大多数都是既不了解市场经济的伦理基础，更缺乏对经济学自身局限的自知之明。因为经济学家往往试图让人相信，自由经济就是自由，但在奈特看来，"天下最恶劣的谬误莫过于把自由与自由竞争混为一谈"。

　　然而，许多初学三年顿觉天下无敌的经济学家则往往浑然不知本学科的基本局限性何在，反而以为正是经济学家最终发现了人的"真正本性"和"历史必然规律"，从而以为离开了经济学家，人类就将不知如何生活、如何致富，甚至认为如果某个国家不愿接受他们的统治，那这个国家就一定会遭殃。这种情况尤以俄国中国东欧这些国家为甚。例如中国现在的许多经济学家每写文章，往往先用一句中文夹两片莫名其妙的英文说：经济学家就是那些"其手上反映想象力的那条线（the line of mind）几乎穿越了整个月亮丘"（the mount of Moon）的人。这里特地要加上英文自然是因为中文不通顺，怕读者不知道他们手上"那条线"不是电线也不是电话线，而是直通如来佛的"天线"，所以应当是人类与社会的主宰者。因此他们接下去就说，他们"无论如何想不通顺"，离开了经济学家的指挥棒，人们还"怎样组成社会？"想来想去，认定"除了彻底的无政府外别无他路"。

布鲁姆自然会挖苦道，这些经济学家多半以为自己就是柏拉图当年梦想的"哲学王"了！

美国大学教授的铁饭碗

本月明尼苏达州公立大学董事会的一项决议正在引起全美大学教授们的高度关注。这项决议在全美大学中第一个提出，今后即使在大学非财政紧急状况下教授薪水也可削减，以及教授可以被解雇。这事实上无异于废除美国大学实行已久的"教授终身制"（tenure code），因为根据目前全美普遍实行的这一制度，一个人在经过颇长的试用期后（一般6—7年上下）如被大学聘用为正式教授，即为终身聘用，除非大学倒闭或整个系撤销，不得以任何理由解聘，亦不得以任何理由扣减薪水。

第一个挺身而出坚决反对明大董事会决议的不消说自然是明大的校长，认为此举将对大学造成严重后果。明大系统约三千名教授亦紧急行动开始组织教授工会，因为根据美国法律只要有工会，董事会不能自行决议而必须与工会谈判达成妥协才能生效。明尼苏达州劳动部现已根据明大教授们的上诉明确指令校董会的决议现在不能实行，必须等待明大教授公决（faculty-wide referendum）。

事实上近几年来美国高等教育界围绕"教授终身制"的辩论一直没有间断过。反对者认为此一制度形成大学教授的铁饭碗制，不利于竞争，应该改革甚至废除，其基本理论依据，则自然是"自由市场竞争"理论。这一辩论的背景首先是目前美国各大学经费普遍缩减，公立大学尤甚。例如全美公立大学系统最发达的加州，在 1991—1992 学年至 1993—1994 学年州政府对加州大学的拨款竟然削减了 29%! 这种财政紧缩状况已使各大学目前普遍采取教授退休后其空位亦随之被裁掉的做法。不过尽管关于要否砸掉教授铁饭碗的讨论一直在进行，一般都认为这只是"讨论讨论而已"。明尼苏达州立大学董事会的决议意味着"讨论"不是不可能走向"实践"，自然不能不引起全美大学教授们的高度关注。

确实，所谓"教授终身制"，与美国一般劳工享受的最低工资制和最长工作时间制等一样，当然都完全不符合所谓纯粹的"市场经济"。因为如根据这种纯粹的市场逻辑，任何交易或契约都应该只是当事双方自由讨价还价之事，如果国家或其他公共团体（如工会）事先规定某种交易和契约必须符合其他条件，如工资不得低于多少或每日工作时间不得长于多少，那就都已经是对市场的干预和对"市场逻辑"的破坏。事实上，美国宪法史上著名的"洛科纳案"（Lochner v. New York，1905）以及以此案为标志的所谓"洛科纳时代"，正是以这一理由而宣判当时美国一些州政府制定的最低工资和最长劳动时间等立法为"违宪"，即认为只要政府制定这类法律就是破坏了"契约自由"和市场自由。

但"洛科纳案"历来被美国宪法界公认为美国宪法史上最臭名昭著的判案之一，"洛科纳时代"同样被普遍认为是美国宪法史上的黑暗时代，其理由早由被尊为"美国历史上最伟大法官"的霍尔姆斯在投票反对"洛科纳案判决"时所写的著名"异议"中所指出："洛科纳案判决"的实质是将宪法服从于某种特定的经济意识形态即自由放任经济理论，从而本身就违背了宪法的精神。

市场逻辑和契约自由必须服从于某种更高的超经济的准则，这就是人的基本人权、基本尊严和基本生活保障。宪法和国家各种法律的目的就在确保人的这些最基本价值不受践踏，包括不被所谓"市场自由"和"契约自由"所践踏。可以说，一个市场自由和契约自由不受更高原则规范和制约的社会一定是一个践踏基本人权的野蛮社会。今日苏东欧及中国等大批鼓吹市场经济的人最不懂的就是这一点！但就美国而言，"洛科纳案"和"洛科纳时代"终于受到遣责，最低工资制和最长劳动时间制这些被看成"反市场"和"反契约"的原则最后终于成为美国宪法保障的更高原则，本身就是美国从野蛮走向文明的一段痛苦历程。

就"教授终身制"而言，其最根本的辩护在美国历来主要还不是教授的生计保障，而是涉及另一种超经济的更高原则，这就是确保"学术自由"。因为如果没有教授终身制，那些特立独行、思想异端的学者最可能首先被各级权威以各种理由所解雇。在教授终身制确立以前，美国一大批最出色的学者，例如美国经济学会创始人埃里（Ely）、美国制度经济学代表康芒思（Commons）等，都是因为其思想和言论而或被校董当局所解雇或甚至被校董事会所起诉。教授终身制的普遍化正是学界为争取"学术和思想自由"而取得的制度性保障。就此而言，这制度可以在原则上捍卫的前提下改革，却不能以"市场逻辑"为理由加以取消！

1996年9月30日于芝加哥

大学大学

　　金耀基教授的《剑桥语丝》问世于二十五年前，他的另一本《海德堡语丝》也已出版十五年之久。最近牛津大学出版社为这两本"语丝"发行了全新的牛津版，设计装帧非常考究，尤其是精装本，从封面到内里都透出书香气，堪称近年图书制作的精品。

　　这两本早就脍炙人口的"语丝"，偏偏我以前却从未见到过。此次承金先生惠赠精装本两册，自是大饱眼福，尤其《剑桥语丝》中一幅幅淡雅的插图（据知是此次新版所增），配上作者对"雾里的剑桥"之一唱三叹的咏怀文字，真使人如临其境般体会到作者所言初到剑桥就有"一种不陌生的感觉，一种曾经来过的感觉。是杜工部诗中的锦官？是太白诗中的金陵？抑或是王维乐府中的渭城？"

　　我读书常常一目十行，这两本书却读得极慢，盖因联想多多，不断打断阅读。《剑桥语丝》的第一幅彩图就是 Peterhouse，剑桥最古的学院，这不能不让我想起恩师席尔斯先生，他从 1970 年到 1995 年去世一直是 Peterhouse 的院士（此前是 King's College 的院士）。事实上他有两个家，一个在芝加哥，每年秋天和春天住，一个就在剑桥，每年夏天和冬天都在那里。我入芝大后的第二年他就安排要我和他去剑桥住一个夏天，要我体会一下何谓 Oxbridge，我却说明年再去吧，如此年复一年，直到他去世仍然没有去，现在想起来真是一大憾事！顺便一说，他老先生临终前基本编定的最后一本书也正是关于剑桥，内容更出人意料，将剑桥名人写剑桥女人的传记十二篇合集作序，题为《剑桥十二女》（*Cambridge Women : Twelve Portraits*，现已由剑桥大学出版社出版），让人想起我们中国的"金陵十二钗"！

金先生和席先生在我看来都是有"大学之恋"的人。并非所有在大学工作的人都有这种恋情。有"大学之恋"的人不是把大学单纯当作谋生之所，也不是把大学作为从政经商的跳板，而是视大学为神圣殿堂，甚至对大学有某种近乎宗教感情的人。席先生喜欢用韦伯所谓"召唤"（calling）这个词来表达这个意思："大学的召唤"，"高等教育的召唤"，"社会学的召唤"，几乎是他的招牌说法。

金先生这两本"大学语丝"新版问世时，亦正是香港大学处于空前危机时，读来因此更是别有滋味在心头。前两天有人指出说，"从来不觉得香港有真正的学术自由，大学只是职业训练所，学术气氛比白开水还要淡"，又说"学生支持学术自由，但学生自己有没有好好念书，好好做学问？大学高薪厚职的学者，会不会真的组织起来，长远地讨论香港学术发展的问题和方向？立法会的成员们，会不会找出金耀基教授多年前的《大学的理念》读一读，了解什么是大学，才展开调查，才展开争论？"这番话虽激烈些，但究竟"什么是大学"现在真是值得深思。据我所知，金著《大学的理念》亦将马上由牛津出新版，而且内容有很多增补，诚盼尽快问世！

2000 年 9 月 10 日

也说图书馆

《亚洲周刊》最近新开有李欧梵教授的"文化观察"专栏，为之增色不少。最近一期欧梵写的是"上海图书馆的人文空间"，在回顾从前上海旧图书馆是如何不方便借书后，盛赞现在的上海新图书馆是如何现代，如何方便读者。他发感慨说："图书馆的功用一定要达到所谓对使用者友善的目标。中国的传统观念是藏书，像聚宝一样——最多是供私人赏玩，外人不能问津——而不是用书。"

欧梵这番话倒让我想起另一个故事，也是关于图书馆的，不过是在美国。说的是 1885 年左右的某天，哈佛大学历史上最有名的校长艾略特（Charles William Eliot）在哈佛校园散步，正好碰上当时的哈佛大学图书馆长温叟（Justin Winsor）；校长大人于是问图书馆情况怎么样，温叟先生立即回答说："好极了！好极了！"（Excellently, excellently!）怎么个好法呢？馆长大人接下去就说："所有的书都在架上，只有一本被某教授借去，我现在就去把它追回来。"（All the books are on the shelf except one that Agassiz has, and I'm going after it now.）

显然，在温叟馆长的时代，美国图书馆管理良好的标志就是"所有的书都在架上，基本没有被借出去"。根据文化史家们的研究，当时普林斯顿大学的图书馆每星期只开一次，而且每次只开一小时。这已经算是好的了，在普林斯顿大学隔壁的 Rutgers 大学图书馆当时也是每周开一次，可是一次只开半小时。

可见，把图书馆的功能主要看作是藏书而不是借书的观念，大概不仅是中国的传统观念，而且也同样是西方的传统观念。美国史家劳伦斯·勒文（Lawrence Levine）等认为，当时美国大学图书馆如此吝于外借图书，主要是因为当时美国思想保守，大学当局只让学生读指定的圣贤书，不希望他们过多地自由阅读。这个说法诚然可能有一定道理，但我总怀疑最根本的原因只怕还是因为当时美国图书馆不发达，书少怕丢。

今日美国大学图书馆藏书之富，开架查书之便，流通借阅之快，常令欧洲学者叹为观止。我的老师、已故法国史家傅勒（Francois Furet）曾和我说，法国各种图书馆与美国的图书馆完全没有办法比，他说他当年之所以能发掘出被人遗忘的法国史家科钦（Augustin Cochin），纯粹是因为一次无目的地在芝加哥大学图书馆法文部闲逛，完全无意地在架上发现了科钦的著作。他说他如果只待在法国，肯定不可能发现科钦。不过他当然认为美国大学的图书馆如此之好，只有一个原因，就是美国大学钱多，而不是因为今天的美国就比法国更思想开放。

从欧梵的文章看，上海图书馆似乎现在还没有实行开架即让读者自行到书库找书。就此而言，香港大学图书馆实在已经可称一流，不但存书种类和进书速度基本令人满意，而且所有的书都上架开放，真值得用书者叩首感激。

2001 年 4 月 1 日

159

告别芝加哥

索尔·贝娄曾经有一篇文章，题目就叫"芝加哥"。他自己是老芝加哥人，对芝加哥这个城市的每个角落都如数家珍般地熟悉。据他在那篇文章中说，一个人在芝加哥住上十年是不够的，只有在这里住上几十年之久，才有可能真正喜欢芝加哥。

晃眼间，我在芝加哥竟然已经住了整整十年。看来老贝娄的话有点道理，因为在临别芝加哥的今天，我发现自己对这个城市仍然谈不上喜欢，也没有什么留恋之情。这多少有点奇怪，按理来说芝加哥城坐落在密歇根湖边，沿湖一带的景色相当可观，芝加哥市中心的建筑乃现代建筑之典范，非一般美国城市可比，芝加哥艺术博物馆和芝加哥交响乐团更是举世闻名，足以使许多人流连忘返。但我总觉得这个城市似乎缺少点什么，大概是少了一点我所谓的"人气"，亦即这个城市似乎不是属人的，而是外在于人的生活一样。这似乎也是贝娄那篇文章的意思，大概是只有在这里住了几十年的人才会觉得这城市与自己有内在的关联。

芝加哥唯一让我留恋的是芝加哥大学。我在芝加哥的十年基本是在芝大的校园中度过的。有时不免想到，中国任何一个城市要建成芝加哥市那样的现代建筑城市，大约不用多少年就可以办到，但全中国要能建成一所像芝加哥大学那样的顶尖大学，则实在不知道还要多少年。说起来芝大建校（1892 年）只比北大早十年左右，但以我个人先后在北大和芝大就学的经验，北大目前的水准比芝大实在差得太远。去年北大纪念建校百年搞得无比热闹，我却总觉得缺乏一种真正的内在精神。北大的校风其实相当浮夸，夸夸其谈者多，不学无术者多，不学有术者更多，尤其因为在皇城脚下，高谈阔论京师政治、动辄分析权力斗争的人往往比讨论学术问题的人多，要想耳根清净都不容易。

自从我进入芝大的"社会思想委员会"以来，常常有朋友向我提及今后应该在中国也建立类似"社会思想委员会"这样的学术机构，不久前老友刘小枫还来信谈到有可能在清华大学先办起来。但我很坦白地说，今日中国所谓学术界是读了一点哈耶克就可以当自由主义大师，读一点严复就可以当保守主义大师的时代，既然当大师如此容易，那是实在既没有必要办"社会思想委员会"，办也肯定办不好的。

本文刊出时，我应已经在从芝加哥飞往香港的途中。此去经年，将在香港大学的校园内度过了。我期待，香港或将逐渐成为中国思想文化的重镇。

1999 年 6 月 13 日临行香港前夕

梦邹说

大概是因为香港中文大学的曹景均兄寄来他即将发表的《敬悼邹谠老师》一文，我这个很少做梦的人昨晚竟然梦见了邹先生！好像还是在芝加哥大学的梅迪奇饭店，我悠悠地抽着烟，他慢慢地说着话……

我最后一次与邹先生见面，应该是今年的 6 月 10 日。当时我已经在托运书籍、准备离美来港。邹先生告诉我，他最近身体一直不好，但我当时并没有特别在意，因为几乎从我认识邹先生开始，他的身体就一直都不太好，他每天要吃十几种药，每个月大概至少总要去一次医院，但与此同时，他的阅读、思考、写作却越来越活跃，似乎身体状况对他毫无影响一样。我想当时无论邹先生，还是他夫人卢先生，大概都不会想到，死神已经慢慢走近邹先生，而我更不会想到，我离开芝加哥才不过一个多月，竟然传来了邹先生作古的消息！

自从 8 月 7 日邹先生去世以来，香港的报刊已经先后发表有刘再复兄的《邹谠教授祭：被故国忽略的理性思维》(《明报》)，以及李南雄教授的《无边学海里定向导航的一座灯塔》(《信报》)，景均兄的悼文则将刊出于《二十一世纪》杂志。据我所知，麻省理工学院的崔之元博士正在为英文学术季刊 *Modern China* 撰写有关邹先生的文章，而我自己也早已应允为《明报月刊》写篇专文。不过，最令人欣慰的是，邹先生临终前已经基本编定他的一本新的中文文集（定名为《中国革命再解释》），我相信此书出版后定会像他的《二十世纪中国政治》一书那样，引起广大读者的高度青睐。

六年前，邹先生曾嘱我为他的《二十世纪中国政治》一书作序，我在那篇序言中曾这样写道：

> 邹先生全书的结尾是略有悲怆之音的。他说他仍然相信，中国政治向民主过渡的前景，亦即中国人逐步建立以谈判妥协机制去解决冲突的前景，将会像中国古诗所言：山重水复疑无路，柳暗花明又一村。但他说他现在已不再相信他自己还能活着看到这一村。我们这些比邹先生晚生数十年的人，是否就敢相信我们能够活着看到这一村？

六年过去，邹先生已经长眠，他终于没有能够活着看到"这一村"。我不禁再次问自己：我们这些尚在壮年的人，是否就敢相信我们能够活着看到中国政治的民主化？

1999 年 10 月 11 日

163

东
南
西
北

临行魏玛

今年是德国诗人歌德（1749—1832）诞辰二百五十周年。大概是因为这个原因，欧洲人将歌德生活过的德国小城魏玛命名为今年的"欧洲文化城"（Kulturstadt Europas）。

我应"写作国际"（Lettre International）和"魏玛1999—欧洲文化城组委会"的邀请，本周即将去魏玛一游。但我颇惊讶的是自己虽然接受了邀请，却丝毫没有去"文化朝圣"的感觉，似乎歌德也好，魏玛也好，对我都早已失去了少年时代曾有的那么一种文化神圣感。我甚至怀疑自己到了魏玛后，恐怕都未必有很大兴趣去看什么歌德故居之类。

我想自己大概实在已经有点无可救药，好像对任何神圣性的东西都会不由自主地首先产生一种嘲笑的心态。例如今天想起歌德的《少年维特的烦恼》，我会首先想到当年那个德国出版商改编的《少年维特的喜悦》，在这个版本中，少年维特没有自杀，而只是沾了一点鸡血；因为这个维特在手枪里装的不是子弹，而是鸡血。因此少年维特不但活了下来，而且和他的情人绿蒂结了婚。其实人间本来就是这样，上演的大多是可笑的喜剧，而不是什么崇高的悲剧。

德国诗人海涅曾对法国人说：你们法国人动辄以"人民"的名义说话，我们德国人则历来以"人类"的名义做事。因此法国人在大革命时期的伟大名言 Le pain est le droil du peuple（面包是人民的权利），到了德国就变成了：Le pain est le droit divin de l'homme（面包是人类的神圣权利）。海涅因此说，我们德国人从来不会为"人民的权利"而斗争，而是要为"全人类的权利"而斗争。确实，唯有这种言必称"人类"的文化心态，才会有歌德所谓的"世界文学"主张，才会有席勒和贝多芬那种"人类一家"的高歌，也才会有马克思"解放全人类"的伟大抱负。但同样，也唯有这种拯救全人类的心态，德国人才会如此心安理得地全面屠杀犹太人，因为犹太人"不够资格成为人类"，只有首先清除，才能"使人类更纯洁"。

今天的人常常觉得不可思议，当时最有文化修养的德国人怎么可能一边读着歌德的诗歌，听着贝多芬的交响乐，一边却把犹太人送进焚尸炉？其实，对德国人而言，这实在没有任何矛盾，因为把犹太人都清除，正是为了早日实现"人类大同"。帕斯卡曾说："欲作天使者，必成为禽兽"，实在是至理名言。

将去魏玛，我唯希望，到那里后最好没有什么人对我高唱世界主义，国际主义，或全球主义之类的滥调。

1999 年 10 月 25 日

魏玛三日

对于抽烟的人来说，德国大概可以称为天堂。从法兰克福下机，第一印象就是法兰克福机场内几乎每走五步就有吸烟区，不必像在香港机场那样，你得走遍整个机场，才能找到那个像牢房的吸烟室。

从法兰克福坐火车去魏玛，稍微有了一点限制，普通车厢内似乎不能吸烟，但头等车厢内却照样可以吸烟。不过最奇怪的是，到了魏玛以后，在"写作国际"与"欧洲文化城"组委会召集的"国际有奖征文"终审评议会上，从两个会议主持人到我们七个评委成员，几乎人人手上一支烟！此种开会照样可以抽烟的幸福生涯，实在是多年没有享受过的待遇了！大概也是因为如此，此次魏玛之行，我的感觉出奇地轻松愉快，心境一片平和。

但在魏玛虽然待了三天，却几乎没有看到太多东西。因为白天都在开会，而且是无法溜出去的那种会，晚上则又冷又黑，加上晚饭都在九点以后才开始，吃完都是半夜两点左右，什么地方都去不成了。

主人们专门安排而客人们不好意思不去的只有两个地方，一是歌德故居，一是著名的纳粹集中营 Buchenwald。这两个地方老实说我都不是很想去。纳粹集中营的故事听得都已头皮发麻，亲身去体验一下实在对健康无益。我们去 Buchenwald 的那天下午尤其突然刮起冷风，加上集中营内那阴森森的景象，实在压抑得我只想早点结束离开那鬼地方。所幸参观集中营时仍然可以抽烟，才使得心情稍微镇静点。

参观歌德故居则实在有点好笑了。因为真正的歌德故居现在已经不开放了，德国人现在在歌德故居的边上建了个一模一样的歌德故居仿照品。这个仿照的歌德故居不但大小、式样与真故居一模一样，里面的摆设一模一样，而且连地板上的每一个破缺痕迹、桌子椅子的磨损痕迹都一丝不苟地仿照。这个假故居的介绍人特别得意地告诉我们，最困难也是最要紧的就是原故居的每一个破缺磨损都要在假故居中一点不变地展现出来，从而可以以假乱真。德国联邦银行为此已经耗费了近二百万马克，据说以后这个假故居要卖给日本，我心里想，这是何苦来着！

寄自魏玛

英国的王宫

英国现在的王宫白金汉宫本是 18 世纪末英王乔治三世（1760—1820 年在位）买下给自己私人居住的，并不是正式的王宫（当时称"白金汉大宅"Buckingham House，而非今天的 Buckingham Palace）。事实上，不像欧洲其他王室大都有正式的王宫，例如法国的凡尔赛宫和俄国的冬宫，英国王室直到乔治三世时从来都没有正式的王宫。

与欧洲其他王室相比，英国王室在历史上其实一直是比较寒碜的。法国在路易十四时代凡尔赛宫内住有一万人，从艺术家、科学家到朝臣、戏子和厨子无所不包。而英国到汉诺威朝代王室人员从未超过一千五百人，而且就这些人也无法住在一起，子孙一多就不得不分出去住，成为王室内部的主要矛盾之一。

英国这种长期没有正式王宫的状况也使英国的宫廷文化与法国等的宫廷文化非常不同。在法国，凡尔赛宫本身就是欧洲的文化中心，对于整个欧洲从文学、艺术到时尚、服装以至饮食都有莫大影响。但在英国，由于宫廷的空间相当有限，直到乔治三世时连国王和王后要看戏都要到伦敦的戏院去看，与伦敦居民无异，因此英国宫廷自然不可能具有凡尔赛宫那样的文化影响力。

英国王室之所以长期没有正式王宫，其原因之一当然是比较穷，钱财不足。但史家们认为，这里最根本的原因是在于在乔治三世以前，英国王室长期缺乏稳定性，王位继承尤其缺乏连续性。例如从 1625 年到 1727 年这百年中，英国共有七位君主在位，其中五个在位时间都不到十三年，这样频繁的王位变动使王室本身充满不稳定感。又如乔治一世（1714—1727 年在位）本是德国人，事实上连英语都几乎不会，但因为斯图加特朝代最后的安妮女王（1702—1714 年在位）无后，而斯图加特王室其他成员多为天主教徒，为英国人所不容（英国议会 1701 年通过至今仍然生效的法案，即任何人只要是天主教徒或与天主教徒结婚，就永远不得继承英国王位也不得享受王家待遇），因此英国议会找来找去最后找了这个远亲德国人，唯一的原因是他是新教徒。

英国王室地位的提升事实上是美国革命和法国革命以后之事。美洲独立强烈激发了英国的民族主义，而法国革命以共和废除君主制反而使英国民族主义走向以英国王室为中心的独特形态。尤其在拿破仑称帝后，英国更刻意大力提升一切王家活动的排场，以显耀只有英国才有真正的君主制。乔治四世以一百六十五万英镑全面整修白金汉宫和温莎堡，并大力收买从前凡尔赛宫的艺术品等来装饰。自那以后，这两处地方才逐渐成为英国王室的正式王宫，其排场也越来越大。但尽管如此，直到维多利亚女王初期，欧洲老贵族仍然把英国王室称为暴发户。

贵族已亡，皇家何存?

英国上院在经过将近一年的辩论后，于上月 26 日就工党政府提出的终结上院贵族制的改革方案进行三读表决。就在议长即将宣布三读通过改革方案前，一位伯爵突然冲到上院议长的席位上，大声谴责工党政府所作所为违背祖宗成法，大逆不道；他声泪俱下地告诉即将被废黜的所有贵族们，今后的英国将是"一片废墟，没有女王、没有文化、没有主权、没有自由"。

哀哉此言！确实，从英国传统观念而言，没有贵族制的君主制必然是专制君主，而既不是专制君主又没有贵族制陪衬的君主制，实在是不伦不类，到底算是什么君主制？换言之，既然贵族制应当废除，那么皇室本身又有什么必要保留？由此而言，英国贵族制在本世纪末的寿终正寝，几乎很自然地会使许多人想到，世界历史上保存最久的英国君主制，只怕在下世纪也将或迟或早地寿终正寝。

从某种意义上讲，以世袭贵族为主体的英国上议院并不仅仅是一种政治制度，而且首先是一种文化制度。英国上院贵族制的最后终结，与其说是政治制度的变革，不如说更多是政治文化的变革。就作为一种政治制度而言，英国上议院与美国参议院不可同日而语。美国参议院是名副其实的政治权力机构，一百位联邦参议员都是不折不扣的政治家，对于美国从内政到外交的一切政治政策决定都具有极大的实际权力。英国上议院则截然不同，其庞大的将近一千三百位议员事实上绝大多数都不从政，而是有点像中国所谓政协常委一类的一种荣誉性头衔。所谓英国上议院，无非是"伦敦最高上流俱乐部"，更多是贵族们的社交场所。

至少从本世纪初以来，英国上院实际上已经很少有实质权力（上院无权否决下院的法案，最多只能延迟下院法案的通过期限，而且对财政方案只能延迟一个月）。确切地说，英国上院的权力主要是文化性的，亦即以女王为首、上院为体的贵族体制营造出一种浓厚的上流文化氛围，而对英国社会起到一种文化凝聚力；英国上院与下院的关系也不像美国参议院对众议院的关系那样主要是一种利益平衡关系，而是主要在于英国下院对于女王和上院贵族具有一种"敬"的心理（其原因之一自然是杰出的下院议员迟早会被女王封为贵族进入贵族院）。

所谓"无可奈何花落去"，英国女王上周已经签署了废除上院贵族制的改革法案，从而为英国贵族制正式画上了句号。然而，皮之不存，毛将焉附？没有了贵族院，寂寞的英国皇室本身还能生存多久？

2000 年 4 月 3 日

钩心斗角作盟邦

美国新总统小布什上台，第一个上门拜访的外国政要自然是英国首相布莱尔。两人在戴维营会面，小布什从上到下的穿着刻意和二十年前里根总统在戴维营会见撒切尔夫人时一模一样，可惜的是布莱尔无法穿上撒切尔夫人的裙子和高跟鞋，差了一点意思。

通常而言，当美国人和英国人特别强调美英两国特殊关系时，往往是两国关系有点微妙之时。这就像从前中国《人民日报》报道某地"形势大好"时，多半也就是那里有点问题一样。一般的规律是，如果是英国人高唱英美特殊关系论，多半是英国方面有什么委屈，希望向美国老大哥吐点苦水；如果是美国重申美英关系特殊，则是老大哥觉得需要安慰英国小弟弟，或需要小弟弟克服困难紧跟老大哥步伐。

美国和英国之间的这种"特殊关系"（special relationship），起源于 1946 年 3 月丘吉尔在美国的著名演讲。这篇演讲的主旨有两点，一是强调"二战"时形成的美国苏联英国三角联盟不可能继续维持，因为苏联必将以其扩张主义野心威胁世界；从而第二，强调为了遏制苏联就必须形成"英语国家的兄弟联盟"（the fraternal association of the English-speaking peoples），他说"这就意味着英联邦和大英帝国与美国之间的特殊关系"（This means a special relationship between the British Commonwealth and Empire and the United States），因为他当然希望除美国以外的英语国家永远都属于大英帝国。

丘吉尔这个演讲日后常被看成冷战的起点。但正如英国前驻美大使伦威克先生（Sir Robin Renwick）在其《钩心斗角作盟邦》（*Fighting with Allies : America and British in Peace and at War*，1996）中所指出的，在当时，美国上下远未形成对苏联冷战的共识，因此美国主要媒体对丘吉尔演讲的反应非常有敌意，认为是英国为挽救自己衰落的命运而有意要把美国拖入与苏联对抗。《华尔街日报》明确反对丘吉尔的提议，强调"美国绝不与任何其他国家结成联盟，或任何类似联盟那样的东西"（United States wants no alliance，or anything that resembles an alliance，with any other nation）。

到 1950 年，美苏争霸已经完全明朗，但美国对英国人要求的英美"特殊关系"却相当头痛。因为美国方面认为，美英之间的"特殊关系"双方心领神会就可以，不宜特别宣扬，不然的话会影响美国和欧洲其他国家的关系。但美国国务院向当时的国务卿艾奇逊报告，英国方面恰恰不能接受美国把英国看成只是欧洲友邦之一，因此要求美国方面明确宣示美英"特殊关系"不同于美国和其他欧洲国家的关系。艾奇逊对此大为光火，断然加以拒绝。伦威克颇酸溜溜地说，艾奇逊的意思很明显，亦即美英关系独特并不意味亲近，因为美国人在感情方面总是留给美国最老的友邦——法兰西（Unique did not mean affectionate.Sentiment was reserved for America's oldest ally，France）！

2001 年 2 月 26 日

未熟先烂

从前欧洲启蒙运动领袖狄德罗与俄国凯莎琳娜女皇常有书信往来。女皇陛下仰慕欧洲文明，极欲把启蒙思想引入俄国。但狄德罗却说了一句让俄国人沮丧至极的名言，他说俄罗斯就像一颗果实，还未成熟，先已烂了（a fruit which has gone rotten before ripening）。

狄德罗的这句话日后不断被俄罗斯思想家们重复。例如第一个将欧洲思想引入俄国并引发俄国所谓斯拉夫派与西化派之争的恰达耶夫（P.Chaadaev）的名言是："我们不断成长，却从不成熟"（We are growing，but not ripening）；另一个俄国名人罗扎诺夫（V.V.Rozanov）则说："我们生得还不错，长得却太可怜。"（We were born well，but have grown very little.）

近年来常被人引用的洛特曼（Yuli Lotman）和乌彭斯基（Boris Uspensky）的《俄国文化史的符号学》（*The Semiotics of Russian Cultural History*，1985）认为，俄国文化的特质是特别追求极端的二元对立，却难以容忍具中立性质的第三项。例如俄罗斯宗教意识具有强烈的"地狱"观念，也具有强烈的"天堂"观念，但偏偏没有天堂与地狱之间的"炼狱"，因此像但丁《神曲》那样以地狱、炼狱、天堂三层结构的宗教观对于俄罗斯人几乎难以想象。这种文化特点在历史观上的表现，就是俄国人特别是俄国知识分子一方面无法摆脱"沉重的过去",一方面又不断向往"美好的未来",却永远不知道如何把握"平凡的现在"。著名白俄思想家别尔加耶夫(Nikolai Berduaev)早说说:"我们俄国的知识阶层无法生活在现在;这个阶层生活在未来,有时生活在过去。"(Our intelligentsia could not live in the present;It lived in the future, and sometimes in the past.)

确实,俄国人总是希望从过去直接到达未来,因此他们似乎特别喜欢干我们中国人所谓揠苗助长的事。例如他们本来还是一个农奴制国家,突然就变成了世界上第一个社会主义国家;然后,当别人都还不明白什么叫"无产阶级社会"时,他们却宣布已经建成世界上第一个"无阶级社会"(classless society);然后,又突然,哗啦一下整个大厦都崩塌了,作为全世界"未来"的共产主义据说已经成了昨天的"过去",而早已被宣布成为"过去"的资本主义又成了俄国的"未来",全世界因此都听到俄罗斯人现在大叫"五百天长驱直入资本主义"。

现在又出了一个什么普宁,我一看他的脸就想起从前俄国小说中的沙俄小军官。为什么这个小军官成了俄国统治者呢?恐怕还是哲学家罗素那句老话:"你只要想想陀思妥耶夫斯基笔下的那些人物应该如何统治,就能明白了。"(If you ask yourself how Dostoevsky's characters should be governed, you will understand.)

2000 年 4 月 3 日

西方是北方，东方变南方

今日的世界真是变了，变得让人都有些眼花缭乱。尚记得不是太久以前，在中国大陆的各处都可以看见一幅墨迹："东风压倒西风！"此话狂了一点，比较不狂的一个说法则是："不是东风压倒西风，就是西风压倒东风"，意思是说"东方"与"西方"、社会主义与资本主义的竞争，总要很多年才会见分晓。

然而，1989年底，几乎一夜之间，柏林墙倒了，铁幕也破了。不但"东"德从此没有了，甚至"东"欧也不再叫东欧，而是开始被人们称为"中欧"了。今日则是列宁格勒不再叫列宁格勒，而是又叫彼得堡了——一个让人想起安娜·卡列尼娜时代的名字！不但如此，甚至连"苏联"都没有了——这个"苏（维埃）"字一拿掉，还真不知道怎么能把人再"联"在一起。总之，"东方"这个概念恐怕真是要消失了。

西风已经压倒了东风，这大概不会再有什么疑问。不过，西风诚然刮到了东方，但西风刮到之处，是否"东方"也就能变成"西方"了呢？

"If it had not been for the *system*, we would have been like the west"（如果不是因为"这该死的制度"，我们本会像西方一样的）——东欧人在1989年后常常这么想，这么说。不过他们这么说时似乎忘了，尚有许许多多的国家，从来没有实行过"这该死的制度"，却也并没有就此成了所谓的"西方"或就"像西方一样"——须知这世界上原不是只有"西方"与"东方"，而是还有着"北方"与"南方"！

北方者，西方之另一称谓也。如果说，作为与"东方"的对照，"西方"这个概念更突出的是人权和民主的话，那么"北方"这个概念则象征着繁荣与富裕，而与其形成对照的"南方"，则就是那些同样实行资本主义，却既不繁荣也不富裕，甚至也谈不上太多的人权和民主的国家和地区。不须举太多的例子，只须先看看所谓的"南欧"，再看看所谓的"南美"，我们也就可以大体知道什么叫"南—北关系"了。在南欧，西班牙近年诚然创造了罕见的奇迹——自从 1975 年 11 月 20 日大独裁者佛朗哥死后，在短短十五六年内西班牙基本已奠定了巩固的民主制度，同时也使其经济进入了国际竞争的行列，甚至其文化也已经历了相当深刻的转化从而基本已融入欧洲民族共同体之中。但是，西班牙实在是奇迹中的奇迹，与西班牙差不多同时（即七十年代中）开始"转出威权体制"（transition from authoritarian rule）的葡萄牙，就远远没有西班牙这样的运气。而南欧另一文明古国希腊，则至今仍处于深刻的经济危机之中，连带着其政治制度也相当动荡不安（希腊亦是七十年代中以后才转出威权体制）。土耳其当然就更不用说了，无论是经济上、政治上、文化上，几乎都还很难谈得上已经有什么起色。

至于"南美"，则巴西一位企业界领袖在东欧剧变不久后说过一句名言，实将问题说得再清楚不过了："我们的生意人认为共产主义完蛋了。但他们忘了，我们的资本主义也已经失败得一塌糊涂（a monstrous failure）。"确乎，贫穷、不平等、无效率、兵变、异族统治，所有这些几乎都和"南"美资本主义联在一起。尽管自八十年代以来，南美诸国已逐渐摆脱军人政权，开始"向民主过渡"，但情况尚远远难以让人有乐观之感，例如巴西至今仍面临经济倒退，而阿根廷则仍生活在政治极度不稳定的阴影之下，等等。

那么，"东方"——东欧诸国、苏联各邦——在不再是"东方"以后，又将去向何方呢？不消说，知识分子一心想去的是"西方"，普通百姓则做梦都想到"北方"，但我总怀疑，已经方位不明的"东方"，不管怎么转来转去，只怕既去不了"西方"，也到不了"北方"，他们将加入的多半是另一方：贫穷动荡的资本主义"南方"！

"东风"既已退去，那么"西风"也就将慢慢消停。于是将刮起另两股风：南风和北风——至于究竟南风压倒北风，还是北风压倒南风，那倒真要"很多年才会见分晓"了！

1991年9月30日芝加哥

Sir，it is cant

　　最近关于中国香港和新加坡的比较颇蔚为风气。《苹果日报》不久前更发表图文并茂而耸人听闻的特辑，比较新港两地的竞争实力以及制度优劣等等。比较之下，香港似乎已经样样不如新加坡了。

　　我看到这类比较却不禁想起当年约翰生博士的一句口头语：Sir，it is cant. My dear friend，rid your mind of cant.（阁下，这是屁话。我亲爱的朋友，把屁话忘得一干二净吧）。

　　新加坡诚然有其可以自傲的地方，它的效率、廉洁以及高度的经济发展确实都让人刮目相看。但平心而论，新加坡的高度经济发展并没有培育出一种对人产生强烈吸引力的生活方式。多年前我第一次去新加坡时就觉得，整个新加坡就像一所大医院，一切都遵章办事，井然有序，非常卫生，非常干净；新加坡的公务员就像医院的医生护士一样高度负责而且医术精良，新加坡人的举止也像去医院候诊的人一样非常循规蹈矩，绝少高声喧哗，让人想起儒家的"温良恭俭让"。所有这一切都没有什么不好，我绝无批评的意思。不过我总觉得，在这高度的效率和秩序之下似乎缺少些什么。说穿了缺乏的是一股活蹦乱跳的生气，让人觉得人生未免太单调、太枯燥、太乏味了一些。

　　我在第一次去新加坡后就同样第一次到了香港。我马上发现香港的马路要比新加坡脏得多，香港的许多地方更比新加坡乱哄哄得多，但这却恰恰顿时使我有一种如释重负的感觉，似乎觉得在这里总算可以比较放肆一点了，不必像在新加坡那么拘谨，手脚都不知放在哪里。而香港的电影、香港的武侠、香港的流行歌曲，还有那五花八门的报纸专栏文章，在在都展示出生活的丰富性、多样性和自由自在性，让我觉得香港除了像新加坡一样有法制有规矩以外，更别有一种鲜龙活跳、不拘一格的生活气氛。

我曾多次引用过芝加哥经济学派开山鼻祖奈特的一句名言："最大的谬误莫过于把自由和自由竞争混为一谈"。可以说，香港真正引以为傲的绝不仅仅在于自由经济，而在于它在经济发展的同时发展出了一种让人活得更丰富、更自在、更能享受人生多样性的自由的生活方式。就算香港人均收入永远不如新加坡，那又怎么样呢？人难道真的仅仅是为那区区几千块钱而活吗？事实上，目前的有些新港比较文章常常是前言不搭后语。例如往往在同一篇文章中，作者在上文大谈什么以往香港引以为傲的就是自由经济体系，而这种自由经济在港府大举入市后已经荡然无存，反之则新加坡仍是坚持自由经济不动摇；但紧接着作者却又突然说：如今，一场金融风暴，却凸显了新加坡这类新权威主义国家的优越性云云。实在让人觉得不知所云。

香港啊香港，你千万不要被那些刻意制造新闻的媒体弄得七荤八素，今后再看到媒体这类耸人听闻的香港完蛋论时，你不妨也像约翰生博士那样耸耸肩说：sir，it is cant。

1998 年 11 月 27 日

重访香港

我在本栏的文章停了好几个星期，其原因却是我人到了香港。在芝加哥还能抽时间写专栏，到了香港却反而一点时间都没有，真是只能向编者和读者道歉了。

以前到过香港数次，不过都不如这次印象深刻。大概是因为在美国住了十年，不免多了一层比较。印象最深刻的是香港的"马路"。我所谓马路是指有熙熙攘攘的人群川流不息的地方。美国大概除了纽约和旧金山以外其他地方是只有街道没有马路的，尤其下班以后的时间人人都钻进车里赶着回家，街道上更是冷冷清清。香港则和巴黎、上海一样，仍然是从前本雅明（Walter Benjamin）最喜欢的那种所谓"19世纪的都市"，带有一种闹哄哄的感觉。尤其是下班以后的晚饭时间，那万头攒动、人山人海的景象真是让人叹为观止。我有几次在饭店门口等人吃饭，想在马路边站一会儿都觉得不可能，因为人来人往太多，总觉得自己在挡道。

此次是应香港大学邀请住在港大的柏立基学院（Robert Black College），从那里出来都是弯弯扭扭、上上下下的山路，坐在车里只觉得车东扭西拐的，毫无安全感。事实上这次在香港，不管是坐的士还是朋友的车，我都觉得提心吊胆。我想大概是因为原先自己不开车，因此坐别人的车不管如何危险都没有感觉；

但现在自己开车，到香港后顿时发现在美国开车和在香港开车实在是截然不同的概念。且不说香港开车是左行道，更恐怖的是香港的车道之窄加上车辆之密使我时时刻刻都有一种心吊在嗓子中的感觉，总觉得每分钟都处在撞车的危险中。但据说香港的车祸向来不多，大的车祸尤其少见，显然是因为港人在遵守交通规章这一点上和美国人一样是很规矩的，不像在大陆和台湾，开车都是无法无天的。

我喜欢香港这种闹哄哄的景象，它使人感到香港的活力、香港的生气勃勃，不像在美国，人际关系日益变成电话关系和现在的电脑网络关系。我在香港时市面上正在上演美国新片《网上情缘》，但我想这种社会学家所谓的"人际关系日益间接化"现象是永远不会在香港出现的。

但香港也有非常宁静的地方。在 Discovery Bay 的沙滩，我曾见偌大沙滩上只有一对夫妇在逗他们的儿子玩耍。那海天一色，寥寥无人的景象使我油然想起苏东坡在杭州时的一首诗：

> 未成小隐聊中隐，
> 可得长闲胜暂闲；
> 我本无家更安往，
> 故乡无此好湖山。

1999 年 2 月 7 日

185

不读书的日子

到香港两个多星期了，几乎还没有读过什么书。我自己的书都还在途中，随身带的只有列奥·施特劳斯的东西，都是作论文用的，本本都已读过，一时殊无心情重读。香港的书店尚未去逛过，因为天气实在太热，就近的港大书店则似乎乏善可陈，进去几次都又两手空空地出来了。

不读书的日子蛮好，只是有时也不免有些无聊，尤其是晚饭以后，或睡觉以前，多少有点空空荡荡的感觉。好在老友道群兄早就教导，我初到香港至少要用一个月时间遍读香港报刊，庶几对香港文化有点初步认识。道群是典型的"香港中心主义者"，最提防我不是用西方的眼镜就是用中国内地的眼镜看香港，因此要我好好读报，天天向上，逐渐领会香港文化的独特性。我果然依言而行，每天先从最有香港特色的《苹果日报》读起，然后《明报》《信报》《东方》《英文虎报》《南华早报》，再加上《壹周刊》《明报周刊》《亚洲周刊》，倒也读得个不亦乐乎。

大凡读报和看书一样，说到底都是要找到一条门径，能够不断跳读而又无所遗漏。如果每本书都要从头到尾不漏一字地读，那多半已经做不成读书人的料了。读报就更是如此，大体而言，有些文章只要知道作者是谁，内容也就可以不看了，例如署名"李柱铭"的文章我多半就跳过去了，因为我不看也知道他要说什么。还有些文章则看了标题也不必再往下看，因为标题已经说尽了文章的全部意思，晚近评论香港回归两周年的文章大多都属这类，看一眼标题知道此兄是"唱衰"还是"看好"也就够了。但也有些文章，尽管标题直白无遗，作者名字也天天见报，却仍然想看下去。例如上周董桥有篇文章《唱高调是放屁》，如果署名不是董桥，我大概就掠过标题不及其他了，因为谁不知道"唱高调是放屁"呢？但既然董桥写放屁，大概总有些什么说法；看下去果然没有失望，读到他老先生不紧不慢地引用"they can be too bummy or titty"，再译成"她们不是屁股太肥就是奶子太大"，不禁大笑而起，仰干一口酒，觉得可以去睡觉了。

不过香港报刊虽多，毕竟大同小异，即使演艺界的花边新闻，各报也鲜有不同。我想明天告诉道群兄，虽然对香港文化还谈不上入门，但单就读报而言，我或可提前毕业，明天开始，我想每天用五分钟读报也就差不多了。

1999 年 7 月

回　国

按理说，十年没有回国的人第一次重返国门，应该感到处处新奇、处处陌生，尤其是中国这十年来的变化之大称得上天翻地覆。

但我的感觉却似乎恰恰相反。上周重返久违的杭州和上海，我惊讶地发现自己这个去国整整十载的人，竟然没有半点新奇感、陌生感，相反，我最大的感觉毋宁是觉得自己似乎从来就没有离开过中国，一切都是那么熟悉，仿佛昨日。

诚然，旧时门牌号码早已不复追寻，新的高楼大厦遍地而立，但我感兴趣的是人，不是物。我只觉得中国人仍然是那样的中国人，上海人仍然是那样的上海人，而杭州人也依然是那样的杭州人。

从上海虹桥机场出来，第一个打交道的人自然是出租车司机。车身上明明写着起程价十元，他却说起程价三十元，似乎我看不懂中文一样。我于是让他随便开，看看上海，他却像知道我是从香港飞过来的一样，说"上海有什么好看，比香港差远了"，我听了暗暗好笑，因为我敢断定他从来没有到过香港，因此对他说在香港人们可是都在谈上海马上要超过香港了，岂料他立即用地道的上海人腔调大声说：（上海）赤脚再赶五十年也赶不上（香港）！

我于是不再吱声了，因为这说话的口气和腔调是我十年前就熟悉得不能再熟悉的，我怀疑再过十年去上海，出租车司机只怕仍然会用同样的口气和腔调说同样的话。诚然，在以后几天我也见到一些上海人在我面前刻意表明他们现在早已不把香港放在眼里。我尽管相信他们真的这么想，却又不免觉得这话何必说？须知天下永远只有小阔佬说他早已不把大阔佬放在眼里，却不会有大阔佬觉得需要与小阔佬比比高低的。

　　唯有西湖仍是那么美好，那么宜人。我最惊讶的是，西湖边上的人不是比十年前多，而是远比十年前少了。问母亲这是怎么回事，母亲说这是因为现在的杭州人已经不去西湖边上谈情说爱，而是去酒吧和咖啡厅约会了！我心想，如果上海人似乎永远摆脱不了要与人比阔的小阔佬心态，那么杭州人则似乎永远是把土气当洋气，让人看了发笑。

1999 年 8 月

星、港英语

据报道,新加坡政府不久前决定,将从明年起举行常年的"讲正确英语运动",以提高新加坡年青一代的英语水平,促使他们放弃混杂式的土生英语即所谓"新格里系"(Singlish)。

无独有偶,香港不知是否又想赶超新加坡,也在最近煞有其事地成立督导委员会,声称要与商界合作来提高在职及新入职人士的英语水平。按港府教育官员的说法,有些行业特别是的士司机和售货员等"需要具备较高的英语水平",因此需要针对性地制定英语能力测试标准。

我相信,新、港两地这种以政府加商界联手指导英语学习的做法只能使两地的英语水平越来越差,因为政府和商界都是从纯粹的工具主义观点来看待语言学习,他们心目中所谓的"较高英语水平"大概不过是比Yes,Ok,Good,Sorry略为复杂一点的商业尺牍英语罢了。所谓的士司机等"需要具备较高的英语水平",更是不知所指究竟是什么水平?例如是指的士司机需要多读一点英语文学,抑或多看英语电影,还是无非是要香港的士司机除了应该知道罗便臣道以外,还应该知道罗便臣道的英语叫Robinson Road,或坚尼地城就是Kennedy Town?又所谓售货员"需要具备较高的英语水平",也不清楚除了How much之类以外,还需要什么样的"较高水平"?

新、港两地的政府似乎都把教育的目的看成就是为了帮助年轻人更好就业，因此政府的教育部门似乎也常常以就业指导部门自居。但倘若如此，则大学实在根本就是不必办的，甚至高中都可以免了，都改成职业学校就是了。而如果为了要人知道Robinson Road 就是罗便臣道这类英语水平，就郑重其事地成立什么政府的督导委员会，实在也是脱了裤子放屁，多此一举的事。

人生不得不就业，不得不打工，乃是无可奈何之事。如果人除了就业挣钱以外不知其他，实在是了无生趣可言。教育的目的不是要人变成最有效率的工作机器，而是恰恰要让人具有超越就业的约束之能力，能够在打工挣钱以外尚知道还有更大的生活天地；学习英文也好中文也好，说到底是要让人有能力进入一种历史文化氛围。离此而谈什么教育，根本是风马牛不相及的事。

Singlish，Honglish，Englishes

　　从前英国人常常认为美国人说的英语粗鄙不堪，简直不是英语而是糟蹋英语。现在大概有不少英国人心里仍然这么认为，只不过形势比人强，随着大英帝国的衰落和美利坚帝国的兴起，美式英语现在早已成为英语的正宗，比英式英语还要流行。

　　但随着英语日益成为一种世界语言，同样的问题再度被人提出：这世界各地杂七杂八的各色人等所说的英语，到底是不是都算英语？根据最新的估计，现在全球说英语的人数大概有十五亿之多，已经超出了说中文的人数。这种英语世界化的结果之一自然也就带来了英语的方言化或地方化。十年前一群学者在《帝国倒着写》（The Empire Writes Back，1989）一书中因此提出，现在已经不存在什么正宗英语（English），而只有各种"地方英语"（englishes）。这种看法现在似乎已经相当流行，亦即认为各殖民地的所谓土生英语与宗主国的所谓原初英语都是同样地道的英语，没有谁是纯种谁是杂种的问题，就好像我们中国人今天都会承认，广东话、福建话都同样是中文，并非只有北京官话才是什么地道中文。

　　按照这种看法，则新加坡人说的英语自然就是 Singlish，不必自我羞愧地觉得 Singlish 就好像低人一等；同样的道理，说香港人说的英语是 Honglish，而内地人说的英语是 Chinglish，也就都没有什么可大惊小怪的了。最新的一个典型 Chinglish 例子是 a cup of wine。按照从前的看法，则自然只有 a glass of wine 才对；但若按照现在的看法，则 a cup of wine 也无所谓对错，只看它以后是否被人广为接受。倘若十几亿中国人今后都说 a cup of wine，而不说 a glass of wine，则说不定前者今后就逐渐取代了后者。说到底，所谓语言无非是约定俗成的结果。

不过话说回来，不管英语今后会如何发展，中国人包括香港人在内一定不会对此有什么贡献。原因之一是中国人中英语特别好的人往往也是中文特别好的人，因此中国人虽然现在说英语用英语日益普遍，但一到写小说、写散文这类纯粹玩语言的勾当时，大多都不用英语而只用中文了，不像印度和非洲的知识分子已经以英语为母语，没有所谓"自己的"语言了，因此印度人和非洲人对今后英语的贡献肯定比中国人大得多。

1999 年 9 月 13 日

文化杂多法律乱

笔者刚到美国时，曾有一件中国移民杀妻案的判决使我对美国的法律惊讶得目瞪口呆。案件本身并不复杂：一个叫陈东路（译音）的男人因为其妻子承认有婚外情，竟把妻子活活打死。在法庭上陈某对所有事实供认不讳，但他的律师却找了一个人类学家来作证，说"根据中国文化传统"，一个丈夫打死不贞洁的妻子历来是可以辩护的。法官居然接受这一辩护，结果只判了陈某十八个月监禁。虽然许多人一直到现在都为这位妻子鸣不平，但此案至今未曾翻案。

以后我逐渐了解到，这个案子并不是个别现象，事实上在美国刑法界已经成了专门的一类，即所谓"文化辩护"（the cultural defense）。比上面这个中国移民案例更早些，加利福尼亚一个叫 Furiko Kimura 的日裔家庭妇女，也因为丈夫不忠，竟把两个幼儿沉入海中，自己在接着跳海时则被救起。当她以谋杀罪被起诉时，法庭却收到四千多名日裔美籍妇女的辩护信，说"根据日本文化传统"，一个母亲带着孩子一起自杀被看成对丈夫不忠的一种有尊严的回答（an honorable response to a husband's infidelity）。结果法庭只判处这个妇女五年缓刑。

以上两个案例或许会使我们觉得所谓"文化辩护"是否有些荒唐。但实际情况远为复杂。最近颇引人关注的内布拉斯加州一个伊拉克移民家庭的官司就使人有理由同情"文化辩护"。

此案大体情况是：一个伊拉克人移民到美国后，生怕他两个女儿（分别为十四岁和十三岁）在上美国学校后受美国文化影响而失去处女身，因此自作主张把两个女儿嫁给了当地两个伊拉克移民（分别为三十四岁和二十八岁）并马上过门。但大女儿"婚"后第三天逃出来报警，顿时惊动整个司法部门。父母亲都被逮捕，父亲并以"虐待子女罪"被起诉。更要命的是，两位"新郎"竟被当地检察机关以"强奸幼女罪"（statutory rape）起诉，因为内布拉斯加州刑法对"强奸幼女罪"的定义十分严厉：凡是十九岁以上的人与十六岁以下的人发生性关系，不论是否两相情愿，十九岁以上的一方一律属于"强奸"，最高可判坐牢五十年！

这位父亲和两位"新郎"都表示他们实在不知道犯了什么法，因为"根据伊拉克传统"，他们的做法是天经地义、完全合法的。对此，公诉人以毫不买账的口气回答说："你们现在住在我们的州，要服从的是我们的法。"（you live in our state, you live by our laws.）

美国法律界对于所谓"文化辩护"的头痛是可以想见的。一方面，在今日"杂多文化主义"（multiculturalism）已成为主流的情况下，无视不同文化和不同传统的差异将被视为"政治不正确"；但另一方面，如果不同文化和不同传统就应当在法律上分别对待，那就将直接危及"法律面前人人平等"这一基础。传统自由主义政治法律制度如何在"杂多文化"时代加以自我调整，无疑是下世纪的最大课题。

1997 年 11 月 4 日

"豪华车自由主义"

　　美国七十年代以来的政治词汇中有所谓"豪华车自由主义"（limousine liberalism）一词，试说其来历。

　　事缘 1968 年民主党丢掉总统职位后，著名的民主党激进派领袖麦戈文（G. McGovem，克林顿最初出道即是为其竞选）受命重组民主党，其中最重要的就是为民主党代表大会制定了新的规则。根据新规则，民主党大会代表不再是像以前那样由地方党老大推举，而是根据内定名单选举，而这一内定名单则是根据性别、种族的比例来制定，即要扩大女人和黑人的比例。自 1972 年以后，历届民主党大会几乎都以种族、性别为政治路线和大旗，至杰克逊组成所谓"彩虹联盟"（Rainbow Coalition），民主党这一"文化政治"的趋向可以说达到了极点。

　　但是，"老民主党"这一突出性别、种族不平等的政治路线，其导致的直接结果却是里根新保守主义的上台以及民主党连续十余年的竞选失利。其原因即在于，当民主党日益把自己打扮成所谓"少数民族和女人的党"时，它也就日益把民主党以往的社会基础特别是普通白人及白人工人家庭，推到了里根和共和党的怀中。

　　在许多人看来，老民主党激进派所津津乐道的少数民族和女人，事实上并不是少数民族和女人中的最普通民众，而毋宁是少数民族和女人中的贵族。他们标榜的"文化解放"政治纲领因此被舆论称为"豪华车自由主义",亦即是与最普通群众的生计全无相干的"自由主义"。正如许多学者尖刻指出的,民主党激进派们高举性别、种族政治大旗的十余年,正是少数民族和妇女中的普通人生活日益下降的十余年。在里根执政时期,百分之十八的白人家庭生活掉到最低收入线以下,西班牙裔家庭是百分之二十九,黑人家庭则是百分之三十六。对这些普通群众来说,首要的问题毕竟是最基本的经济权利,而非"豪华车阶级"最津津乐道的同性恋的权利、堕胎的权利等所谓"文化解放"的权利。

克林顿等"新民主党人"正是痛感老民主党人这一误党误民的政治路线所造成的恶劣结果,开始改造民主党,力图重新寻回民主党在"新政自由主义"时期以来已有的社会群众基础。1992年大选克林顿的民主党之所以终于获胜,最根本的原因即在于克林顿成功使民主党摆脱了多年来的"豪华车自由主义"文化解放政治路线,全力诉诸所谓中产阶级,以与新保守主义争夺最广大的社会群众基础。

由于"中产阶级"一词在美国的含义极为含混,它不但包括普通工人,而且事实上任何一个有一份工作的美国人都会把自己看成中产阶级,因此,诉诸这一可笼统包容最大多数人的"中产阶级"含糊指称,而非诉诸黑人、女人等这些指称非常明确的群体,同时紧扣与最大多数都直接相干的社会经济权利,而非突出少数人关怀的"文化权利",自然也就可能赢得较广大的群众。

不过"豪华车自由主义"的历史作用却也不能完全抹杀,

事实上当新民主党力图争取所谓中产阶级时，共和党代表大会则不得不效仿民主党代表大会，也特别突出女人和少数族裔的比例，小布什现在更标榜他的内阁任命的女人、黑人、西班牙裔高官比克林顿还要多。

美国是世俗国家还是宗教国家

美国到底是一个世俗国家还是一个宗教国家？这个从前不大被人问的问题近年来在美国不断被提出而且令无数美国学者头疼之极，因为大家都觉得似乎有点无法回答。

按照从前的流行说法，美国既然在科学、技术、工业化、城市化等各方面都是最现代的国家，自然也应该是最世俗化的国家。因为按照美国式社会学理论，所有这些所谓的现代化，以及与此相伴的性观念和婚姻观念等生活方式的现代化，都是"世俗化"的过程（美国教科书的"世俗化"定义是：社会与文化各部门摆脱宗教制度和宗教符号束缚的过程）。

但另一方面，美国人中自称信仰宗教者的比例堪称世界之冠。十年前美国出版的《人民的宗教：九十年代美国人的信仰》（*The People's Religion : American Faith in the 90's*，1989）公布了日后不断被确认的一些基本数据：90% 以上的美国人信仰上帝；88% 从未怀疑过上帝的存在；90% 的人祷告；80% 以上相信宗教奇迹，相信神灵的奖赏与惩罚之说；相当大数量的美国人相信来世，相信《圣经》所言是上帝所言，因此具有绝对的宗教权威，等等。

《人民的宗教》一书因此提出了一个非常具挑战性的问题：

一个国家有这么大比例的人口相信一个人格化的上帝将在审判日召集众生决定他们来世的生活，有这么多人相信上帝事先安排了他们现在的生活并且能与他们交流，有三分之一的人自称有强烈的、改变人生的宗教体验，有这么多人拜耶稣基督，这样的一个国家不管如何伸展想象力也无法被称为以世俗为核心信念。

但有趣的是，《人民的宗教》同时也承认，尽管美国人大多都说信教，但美国人的宗教感似乎多流于肤浅的表面，并不深刻影响他们的生活和行为方式，在具体的人生问题上多根据日常判断而并不依赖宗教权威。尤其是，大多数信徒对自己的信仰几乎没有什么知识，例如成年信徒中一大半人说不出《新约》的"四福音书"是什么，亦即根本不知道《马太福音》《约翰福音》等福音书的名字。最滑稽的是，多数美国人都说，基督教的"十诫"（Ten Commandments）对今天仍然有效，但被问及这"十诫"是哪"十诫"时，却几乎都张口结舌。

于是许多人认为，今日美国人的基本价值其实是用点宗教包装的"世俗公共意见"（secular public opinion）罢了，可参 James Hunter 的《福音主义宗教新生代》（*Evangelicalism : the Coming Generation*，1987）。

死刑与民主

西方世界如果只有欧洲，没有美国，天下大概会很不一样。美国人常常喜欢说"美国是个例外"，这话绝对不假。美国人所谓"例外"，当然不是指相对于中国或日本或印度而言，这些都在西方世界之外，说美国是非西方世界的例外，等于是废话。美国人所谓他们是"例外"，当然是相对于欧洲而言，换言之，美国是西方世界的"例外"。

中国人好作"中西文化比较"，每个人都是西方文化专家，都很知道什么是"西方"，开口就是"人家西方如何如何"，这话如果只有欧洲，没有美国，说不定瞎猫撞上死老鼠般也有撞对的时候。不过有了美国，这话大概十句总有九句是错的，因为美国是西方的"例外"。

例如前不久有人发现，中国人据说绝大部分反对废除死刑，于是乎大叹"东西文化就是有差别"，意思是你看"人家西方"多文明，早就认识到死刑是不文明的表现，唯有中国人仍然那么不开化，那么不文明，居然还有这么多人赞成死刑。可是这话当然是错的，因为在这点上美国又是"西方的例外"，因此应该修正为：唯有美国人和中国人都那么不开化不文明，居然还有这么多人赞成死刑，而且至今没有废除死刑。

目前西方主要国家如英国、法国、德国、意大利，包括加

201

拿大都废除了死刑，唯独美国不然。怎么解释呢？《美国前景》（*American Prospect*）的编辑马歇尔（Joshua Micah Marshall）不久前对此有个解释：这是因为欧洲远不如美国民主！因为马歇尔发现，其实欧洲大多数国家与美国一样，大多数普通民众都反对废除死刑，只不过因为欧洲国家基本是精英政治，民主程度较低，政治精英可以不理会民意，按精英的价值标准通过法律。美国就不行，由于民主发达，大多数人老百姓反对的事，政治精英不敢轻易通过有悖民意的法案。

他这话当然不敢随便乱讲，有数据支持：例如在"大赦国际"（Amnesty International）总部所在地的英国，历年民意调查都表明有三分之二或四分之三的英国人赞成死刑，这个比例基本和美国历年民意状况差不多。加拿大是七十年代中叶废除民事案的死刑处决（军事法庭废除死刑则迟至 1998 年），但自那以来历年民意调查显示大约百分之六十到七十要求恢复死刑。法国是 1981 年废除死刑的，自那以来一直有过半数的人要求恢复死刑，等等。

其实西方反对死刑者分两种，一种是认为死刑本身不道德，另一种则主要怕错杀无辜。我相信我们中国人的理由既不是前者也不是后者，只不过是错以为"人家西方人都反对死刑"。

2000 年 10 月 2 日

学术何为

十年一觉星洲梦

不久前很意外地收到台北正中书局寄来两册厚达八百多页的《儒学发展的宏观透视》。翻看目录，方知是 1988 年 8 月在新加坡召开的"儒学发展的问题及前景"会议的论文及讨论纪要汇集。一个会议论文集在会议结束将近十年以后才出版，已是让人有点感叹，而想到这短短十年来的变化之大，一切早已面目全非，更使人觉得有恍如隔世之感。

十年前的新加坡儒学会议，或许是第一次中国大陆、台湾、香港以及新加坡及北美华人学者就公共文化问题的共同聚会，从某种意义上甚至也是最后一次。这当然不是说以后就没有各地华人学者共同参加的会议，但其性质却似乎已有所不同。今天的各种会议不管是谈论儒学还是其他中国文化问题，大多都已是专业研究者的学术专业会议，并不是知识分子就公共文化问题的讨论。新加坡会议的不同在于，当时与会者不管来自中国大陆、台湾、香港还是北美，大家基本都认为自己是"中国知识分子"，每人的背景尽管很不相同，却仿佛处于某种共同的思想文化氛围之中，因此各家观点虽然可以截然相左，但其问题意识却仍然是相当共同的。就我个人记忆所及，当时似乎还完全感觉不到有"台独"这一类问题的存在，而在会议涉及的西方文化方面，所谓后现代主义的冲击也基本还没有真正遭遇。这种共同思想文化氛围在 1989 年后立即荡然无存。例如在 1991 年的夏威夷中国文化会议上，尽管大概有一半人是新加坡会议的与会者，但已经是各说各话的感觉了。

十年后的今天，一切都已历经沧桑。今天的港台学人，只怕很少还会有人称自己为"中国知识分子"，至多会说自己是台湾知识分子或香港知识分子；北美华人学者只怕更尴尬，大概只能说自己是某大学的教授，很难说自己属于哪个地方的知识分子。至于中国大陆本身，一流人才如果还没有"下海"也更愿意称自己是某专业的专家，留给那些从前二三流的角色去出风头当"中国知识分子"，从而让人看来看去都只能有"山中无老虎，猴子称大王"之叹。

说到底，今天在中国大陆、台湾、香港及北美华人学者之间早已不存在共同性的思想文化氛围。在中国，大陆是一切都已转化为市场和金钱问题，台湾是一切绕不开所谓两岸问题，香港则仍处于转型期的认同含混状态。而在新加坡，当年的儒学研究所也已经不复存在。从某种意义上讲，曾经困扰中国人百年之久的所谓"中国文化问题"似乎已经不存在了，因为"中国文化"现在已经不是一个公共性的"问题"，而只是供专业人士拿学位、评职称、外加赚点稿费的一项 business。谈论中国文化者诚然仍大有人在，但大抵都只让人想起庄子的"天下之人各为其所欲焉以自为方"，所谓"道术将为天下裂"也。

1998 年 12 月 11 日

记挂杨宪益

陆续从朋友和报纸的报道中得知，北京的英籍老翻译家戴乃迭已经去世，留下老伴杨宪益神不守舍、几已不理会人间事。我不禁叹口气，心里很是难过。我和这两个老人虽然见面的次数无多，却曾有一段非常投缘的忘年情谊。杨宪益和我曾有一张合照，他特别中意，我也非常喜欢，是两个人醉醺醺地搂在一起傻笑，两个人都笑得好是天真无邪，杨宪益说可以题为"一个老顽童和一个小顽童"，戴乃迭则说分明是"一个老疯子和一个小疯子"。那是十多年前的事了！

最近老友杨炼过港相聚，自然又谈起往事。当年正是杨炼介绍我们认识的。缘由大概是因为杨戴二老乃是翻译界的老前辈，而我当时则主持三联书店的"现代西方学术文库"，似乎也算得上是同行，尽管实际上我们做的事完全不同，他们翻译的是文学，而我从事的都是各种枯燥的理论书。不过八十年代的北京别有一种氛围，完全不同行的人都可以很容易成为朋友，就像我和杨炼，他是诗人，却偏喜欢和我大谈哲学，我于是也和他乱侃诗歌，尽管我对诗歌一窍不通，正如他对哲学也似懂非懂。做朋友，其实要的就是这种模模糊糊、不求甚解的境界，唯此，方能无所不谈，海阔天空。

杨炼和我是酒友，而且像所有酒徒一样都自认酒量了得。

可是在我第一次应邀去杨宪益家吃晚饭时，杨炼却非常正经地警告我说，到杨家千万要小心。我说怎样啦，他说他们家没有水，只有酒！我说这不正投你我所好吗？杨炼直盯着我说，你到他们家要是贪酒，非被抬着回家不可！他说这二老根本是泡在酒缸里的人，每天早上起来就是一杯在手，从早到晚都是以酒代水。我听了半信半疑，反而想见识见识他们喝酒到底如何个神法。到得杨家，果不其然，上来就是啤酒，开饭前已经喝了好几种连名字都忘了的酒，反正他们家像是开酒铺的，什么酒都有，席间更是白的、黄的、红的都有了，我冒充内行，说这酒好，那酒更好，其实早已醉了，只是越醉越来劲，越醉话越多，满桌只听我胡言乱语，鬼话连篇，举止越来越放肆，说话越来越没大没小，所谓酒能乱性，真是半点不假！

那晚在杨家直闹到半夜两点，如果不是因为二老第二天早晨五点多就要赶飞机去上海，大概非闹个通宵不可。那时杨宪益和戴乃迭精神真是好，都七十多岁的人了，竟然由着我这小子作天作地般胡闹，他们二老各自一杯酒稳稳在手，看着我眯眯笑的情景，至今仍在眼前，那是如何令人怀念的时光！

2000 年 10 月 9 日

"现代西方学术文库"总序

近代中国人之移译西学典籍，如果自1862年京师同文馆设立算起，已逾一百二十余年。其间规模较大者，解放前有商务印书馆、国立编译馆及中华教育文化基金会等的工作，解放后则先有五十年代中拟定的编译出版世界名著十二年规划，至"文革"后而有商务印书馆的"汉译世界学术名著丛书"。所有这些，对于造就中国的现代学术人才、促进中国学术文化乃至中国社会历史的进步，都起了难以估量的作用。

"文化：中国与世界系列丛书"编委会在生活·读书·新知三联书店的支持下，创办"现代西方学术文库"，意在继承前人的工作，扩大文化的积累，使我国学术译著更具规模、更见系统。文库所选，以今已公认的现代名著及影响较广的当世重要著作为主。至于介绍性的二手著作，则"文化：中国与世界系列丛书"另设有"新知文库"（亦含部分篇幅较小的名著），以便读者可两相参照，互为补充。

梁启超曾言："今日之中国欲自强，第一策，当以译书为第一事。"此语今日或仍未过时。但我们深信，随着中国学人对世界学术文化进展的了解日益深入，当代中国学术文化的创造性大发展当不会为期太远了。是所望焉。谨序。

"文化：中国与世界"编委会

1986年6月于北京

"社会与思想丛书"缘起

　　历史悠久的牛津大学出版社从1992年起开始出版中文书籍。这或许预示着：中文这一为十多亿人所使用的语言文字，在世界文化和学术的发展中将会日益取得其应有的地位。现在，牛津大学出版社又决定出版"社会与思想丛书"，俾更有系统地积累有价值的中文学术著述和译述，我们希望，这对于中国学术文化的发展，将会起到积极的推动作用。

　　"社会与思想丛书"将首先着重于对中国本土社会与本土思想的经验研究和理论分析。诚如人们今天已普遍意识到的，晚近十余年来中国所发生的深刻变革，并非仅仅只是相对于1949年以来甚至1911年以来而言的变迁，而是意味着：自秦汉以来既已定型的古老农业中国，已经真正开始了其创造性自我转化的进程。这一历史巨变已经将一系列重大问题提到了中外学者的眼前，例如，乡土中国的这一转化将会为华夏民族带来什么样的新的基层生活共同体？什么样的日常生活结构？什么样的文化表达和交往形式？什么样的政治组织方式和社会经济网络？所有这些都历史性地构成了"中国现代性"的基本课题，同时恰恰也就提供了"中国传统性"再获新生的历史契机。可以说，当代中国的这一历史变革已经为中国当代学术文化的突破性发展提供了充分的历史可能与坚定的经验基础，因为它一方面使人们已能立足于今日的经验去思考中国的未来，同时也已为人们提供了全新的视野去再度重新认识中国的历史、中国的文明、中国的传统性。有鉴于此，本丛书将不仅强调对当代中国的研究，同时亦重视对中国历史的研究，以张大"中国现代性"的历史文化资源。

"社会与思想丛书"的另一方面则是同时注重对西方社会与思想，以及其他非西方社会与思想的研究。如果说，晚近十余年来的中国变革标志着"中国现代性"的真正历史出场，那么，七十年代以来西方最引人注目的现象无疑莫过于对"西方现代性"历史形成的全面重新检讨：在经济领域，所谓"福特式大生产方式"的危机不仅促发对"后福特时代生产"的思考，而且首先迫使人们重新检讨"福特式生产"的历史成因及内在阙失；在政治领域，西方现存体制与民权运动以来民主发展的尖锐张力，已重新激发西方近代以来"自由主义 v.s. 共和主义（Republicanism）"这一基本辩论；在文化领域，形形色色的后现代主义不但已全面动摇近代西方苦心营构的文化秩序和价值等级，而且更进而对"西方传统性"本身发起了全面的批判。所有这些都提醒人们：自上世纪末以来一直在学习西方的中国人，今天已不能不同样全面重新检讨中国人以往对西方的理解和认识。因此，本丛书将不仅包括对当代西方的研究，而且更强调对西方历史传统的重新认识，特别是西方传统内在差异性的研究。

本丛书定名为"社会与思想"，自然表达了一种期望，即：对社会制度层面的研究与对思想意识层面的研究，应该日益结合而不是互不相干。从学科的角度讲，亦即希望社会科学领域的研究与人文及哲学领域的研究，能够相互渗透，相互促进。通过多学科的合作与跨学科的研究去深入认识中西现代性与中西传统性，以往那种僵硬的"传统 v.s. 现代""中国 v.s. 西方"的二元对立思维方式或将会被真正打破，代之而起的是人类对传统与现代、东方与西方的同等尊重和相互理解。中文学术世界为此任重而道远！

1993 年 10 月

伽达默尔一百大寿

生于 1900 年 2 月的德国哲学家伽达默尔（Hans-Georg Gadamer）今年已经庆祝过他的一百大寿。人活百年已是异数，而伽达默尔的异数更在于，他不是在病床上苟延残喘到一百岁，而是不断地写作和辩论到一百岁。仅仅几年前，"在世哲学家文库"（The Library of Living Philosophers）策划《伽达默尔的哲学》（1997年出版）时，邀请了二十九位各国哲学家评述伽达默尔的思想，伽达默尔除了为该卷写了六十余页的长文《回首我的哲学历程》以外，同时对二十九篇文章每篇都写出回应和答辩，其精力之旺盛，实在让人叹为观止！

伽达默尔的哲学诠释学曾是我个人初出道时备受影响的思想资源之一，我在出国前主持的北京"文化：中国与世界"编委会当时和后来都常常被人称为"诠释学派"。赴美以后我虽然移情别恋施特劳斯的政治哲学，但对有关伽达默尔的讨论仍会像对旧情人般不时加以留意。但可惜的是，美国学术界这些年来的泛政治化实在比中国的"文革"时期还要有过之而无不及，例如对海德格尔思想的唯一兴趣似乎只在海氏与纳粹的关系，而在把海德格尔"纳粹化"以后，许多美国学者又开始深挖伽达默尔与纳粹的关系。尽管伽达默尔在纳粹垮台后被公认是德国少数清白的学者而担任战后德国的大学校长，但他在纳粹时期并未受到"迫害"而且当上正教授，似乎就足以表明他有"历史污点"或至少不那么清白！

　　诚然，检讨德国哲学与纳粹德国的关系，这本身完全正当而且非常必要，但把海德格尔思想或伽达默尔哲学看成只是与纳粹时期的德国有关，而不是与两千年的西方思想传统相关，未免太肤浅太无聊。而许多美国学者在批判海德格尔和伽达默尔等时表现出来的那种莫名其妙的道德优越感更是令人反感。我有时读这些美国学者的东西，常觉得他们不像学者，而是更像中国"文革"时期的"专案组"成员，专门负责审查别人的"政治问题"！

　　上面提到的《伽达默尔的哲学》中，最能反映当代学风的是一篇集中"剖析"伽达默尔的思想自传《哲学见习》(*Philosophical Apprenticeships*)，深文周纳地指出其中只提父亲不提母亲，提及两任太太都不提其名字，提及女儿也不提名字，结论自然是伽达默尔的"对话世界"是纯粹的"男性世界"。这说得当然没错，伽达默尔在沮丧之余只能暗讽说，这位女哲学家关心他的家事甚于他的思想，叫他如何回应？

2000 年 6 月 19 日

北大百年

北京大学将在 1999 年 5 月 4 日纪念建校一百周年。百年校庆，诚然是大事一桩，但亦不免让人们再次想到，为什么西方有那么多大学都号称已建校数百年以上，而中国这古老文明的老牌大学却才一百年的历史？

五十年前，时任北大校长的胡适在为校庆写的《北京大学五十周年》中，一方面承认"在世界的大学之中，这个五十岁的大学只能算一个小孩子"，另一方面，却也不禁以一种多少有点自我解嘲的口气说："如北大真想用年岁来压倒人，它可以追溯'太学'起于汉武帝元朔五年（西历纪元前 124 年）公孙弘奏请为博士设弟子员五十人。那是历史上可信的'太学'的起源，到今年（1948 年）是 2072 年了。这就比世界上任何大学都年高了！"

但正如《读书》杂志不久前所刊陈平原的一篇妙文所指出，北大校史上的一个有趣事实是，除了冯友兰等很少的人认为北大校史若不从汉朝算起便同文明古国"很不相称"以外，历来的北大校方都不愿自承"太学传统"来塑造"历史悠久"的自我形象，而总是强调戊戌变法年"京师大学堂"的创立是北京大学的开端。不消说，这是与当时的中国人对西方的态度有关的。正如平原兄一针见血所指出，北大历任校长之所以不希望北大校史往前溯源，其实是认为北大"与其成为历代太学的正宗传人，不如扮演引进西学的开路先锋"!

我在这里想要补充的却是，如果北大如胡适所言只是"世界大学"出生顺序里的一个小弟弟，那么其实它也没有多少大哥哥。换言之，真正意义上的"大学"在西方的历史实际上并不比北大长多少。人们诚然常常把美国大学的起源追溯到哈佛建校的1636年，并称欧洲大学起源于12和13世纪，但那其实无异于把中国的大学追溯到两千多年前的"太学"。

美国真正现代大学的起点，学界一般都以霍普金斯大学和芝加哥大学的建立为标志（分别建立于1887和1892年，即比北大早了几年而已）。这是因为这两所大学是完全以德国大学为样板建立即今日所谓"研究型大学"，其治校理念标榜德国大学所谓的 *Der Wissen-shaftleben*（为学术而活），这与哈佛、耶鲁等老校历来主要是基督新教各教派自己的干部培训班性质完全不同。事实上哈佛等老校在历史上的性质和作用尚不像中国传统的书院那样以讲学为主，而是更多类似"党校"或"团校"，是以培养政教合一的接班人为目标的。西方学界一般把19世纪上半叶看成美国传统教育制度的全面危机时期，而从1856年到20世纪初则为美国教育的全面革命突破，其标志是上万名美国人留学德国的高潮（持续到第一次世界大战前夕），哈佛等老校都是在此期完成"德国化"即转为研究型大学。

北大百年校庆时，与其空洞重复"中国如何落后"的老调，不如重新认识当时西方其实并不那么先进！

华人大学的理念

近日收到金耀基教授寄来新版的《大学之理念》（牛津大学出版社），发现新版不但比十七年前的旧版增加了四篇新的文字（最后四章），而且细读全书，更隐隐感觉新版与旧版之间有一个虽不明显却意味深长的变化，即旧版的《大学之理念》讨论的无疑主要是"西方大学之理念"，但在新版中，作者的思考似乎已经开始指向"华人大学的理念"。这种关切在新版第十三章的"现代性、全球化与华人教育"一文中表现得最为明显，但同样也见于第十二章的"通识教育与大学教育之定性与定位"等文。

如所周知，金耀基教授早年以力倡"现代化理论"而闻名，强调华人社会应该主动积极地"从传统走向现代"。与此相应，他在讨论大学问题时也一再肯定，近代中国大学之建立乃是"横向的移植"的结果，而非"纵向的继承"，亦即是以西方大学为模式而建立的。但晚近以来，金先生明显已经更着重所谓"异类现代性"（alternative modernity）的问题，亦即认为华人社会的现代性将有别于"西方现代性"。我相信正是从这一视野出发，作者开始提出"今日华人大学教育关系到华人社会的现代性的建立，因此，我们必须反省我们华人的现代大学教育的理念与内涵"。

在《现代性、全球化与华人教育》一文中，作者指出 20 世纪末"一个世界最瞩目的事是华人族群的升起"，认为"正是因为华人族群在现代化上的成功，使华人族群产生了新的自信，并激发了族群的文化认同"。他特别引用晚近全球化研究中提出的"全球地方同在性"（glocalization）概念，强调全球化并没有也不会导致世界出现"单一的现代文明"，恰恰相反，全球化毋宁更促使不同文化族群加强寻求各自文化上的身份认同。所谓"华人大学的理念"这一问题，正是要从全球化时代华人族群的现代身份认同问题来考虑。这篇文章的结尾很值得在这里引述：

> 在现代性的全球化趋势下，华人族群自然而然地会寻求建立一个华族的现代文化的身份与认同。……高等教育对于华人族群的文化身份与认同之建立，有重大的关系。因此，华人的高等教育在国际化的同时，在担负现代大学的普遍的功能之外，如何使它在传承和发展华族文化上扮演一个角色，乃至于对建构华族的现代文明秩序有所贡献，实在是对今日从事华人高等教育者的智慧与想象力的重大挑战。

我个人深信，"华人大学的理念"之核心在于探索华人大学的"通识教育"之路，下周再谈。

2000 年 12 月 4 日

华人大学与通识教育

　　上周谈及金耀基教授《大学之理念》新版与旧版之间的一个不同在于，旧版主要谈的是"西方大学的理念"，而新版则提出了"华人大学的理念"，因为华人的大学应该在"传承和发展华族文化上扮演一个角色，乃至于对建构华族的现代文明秩序有所贡献"。

　　如果我们同意金耀基所言，"华人大学的理念"实际涉及"华人族群的文化身份与认同之建立"，那么华人大学的"通识教育"课程问题必成为具体体现"华人大学理念"的最基本一环。这似乎也是金著新版中隐含的观点。在《通识教育与大学教育之定性与定位》一文中，作者除提出通识课程的比重应该提升到大学全部课程的四分之一或五分之一之外，并特别提到"香港中文大学以融会中西文化为鹄的，所以在通识课程中，特别以'中国文明'为共同必修科目，这是因为我们相信，中文大学固然在培养现代的'知识人'，却更着重在培养'中国的'现代知识人"。

　　可以毫不夸张地讲，西方大学从前所谓"博雅教育"（liberal education）或今日所谓"通识教育"（general education），历来的基本作用乃在于确立和巩固"西方人的族群文化身份与认同"。这在美国八十年代以来的所谓"文化战争"（Cultural War）中可以看得再清楚不过。当时仅仅由于斯坦福大学等在通识教育课程中引进了极少数量的一些非西方或非白人作家和作品，居然使所谓"文化问题"成了全美政治的头号问题，而"通识教育课程"或"西方文明课程"（所谓 Western Civ）更成为十多年来政治大辩论的中心。美国保守派认为在通识课程中引进这些非西方非白人的作家作品，实际是要颠覆"西方文明"，混淆美国青年学子的基本文化认同和价值观念。在海湾战争期间，著名保守派政论家 George Will 曾发表高论，说海湾战争与国内"文化战争"同为"西方文明保卫战"，并说海湾战争好打，因为西方物质文明仍占绝对优势，但国内"文化战争"则困难得多，因为西方精神文明的价值已经被西方本身的学者极大颠覆，等等。

从"华人大学的理念"出发强调"中国文明"课程的重要性，当然不是要提倡美国保守派那种"唯我独尊"的文化心态。不过就今日华人社会如大陆、港、台的所有大学而言，很坦白讲根本谈不上有什么华族的"唯我独尊"问题，根本的问题乃是华人的大学基本尚谈不上有文化自信和文化自觉，亦即远未确立"华人大学的理念"。

2000 年 12 月 12 日

"社会与思想丛书"两年

由牛津大学出版社出版的"社会与思想丛书"从 1993 年底创办以来，在两年左右的时间已经出版了四十几种书，其中如邹谠教授的《二十世纪中国政治》、黄宗智教授的《中国研究的规范认识危机》，以及德国思想家舍勒的《资本主义的未来》、意大利思想家艾柯的《诠释与过度诠释》等著作，在学界和读者中都获得了比较肯定的评价。另一方面，丛书部分编委成员的观点，如王绍光关于"中国国家能力"问题的分析，崔之元关于"制度创新与第二次思想解放"的提出，也都成为近年来中文学术界争论的焦点。我在这里仅从主编这套丛书的角度引申谈一下有关中国社会科学的发展问题。

晚近以来，中文学术界关于"社会科学规范化"或"社会科学专业化"的口号到处可闻。这种力图发展中国社会科学的心愿自然是应当肯定的，但在这种比较空洞的口号之下似乎也隐含着一些问题。一是在这种口号下，所谓规范化、专业化似乎本身成了目的，好像中国学术发展的主要问题就是要解决如何规范化、如何专业化；二是这种口号实际上常常隐含着一个非明言的看法，即以为西方社会科学早有一套现成的规范，其内部分工更有科学根据，由此中国学术发展的问题就是如何尽快建立相应的规范和学科分工，从而可以"与国际接轨"。

以上两点都需要加以检讨。首先，我们必须明确，规范化和专业化并不是学术发展的目的，而往往是不得已而为之之事。任何规范和专业分工都是人为的、相对的，因此是可以改变而且事实上也不断在改变之中。我个人认为，如果把规范化或专业化当成目的本身，将会有舍本逐末的危险。尤其在今日中国与世界都处在急剧变化的情况下，任何规范和专业都将随中国与世界的变化而变化，而非倒过来好像中国与世界应按照某种"规范"去变化。西方学界今日有所谓"训练出来的愚昧"（trained ignorance）或"训练出来的无能"（trained inability）的讥语，指的就是那种死抱狭隘专业反不知如何看问题的人。

其二也是更重要的是，事实上不可能有人说得清楚，今日社会科学的规范究竟是什么。至少在西方学界我相信没有一个人敢狂妄宣称他知道什么是社会科学的规范。实际情形毋宁恰恰相反，正如老辈社会思想家吉尔茨（Clifford Geertz）在其广为人知的文章《界限混淆的学科：社会思想的重新型构》（"Blurred Genres : The Refiguration of Social Thought"）中强调：七十年代以来西方学术思想的重大变化事实上已导致各学科普遍面临重新自我界定的问题（即今日所谓学科的自我认同危机），各学科之间的界限更是变得日益模糊混淆。今日不会再有人把研究政治看成政治学的专利，更不会把研究经济看成只是经济学的专利，尤其是，今日社会科学早已摆脱了以往以牛顿式自然科学为样板的时代，而普遍转向人文学科"偷拳经"，从而使社会科学与人文学科之间本来就不清楚的界限更加混淆。所有这些变化的实质，在吉尔茨看来，就是拆除以往人为形成的思想篱笆（intellectual deprovincialization）、重新型构社会思想的过程。从以上这种当代世界与当代学术都在急剧变化的状况着眼，我个人认为中文学界不妨有意"混淆"学科界限，亦即更多地强调各学科本身的开放性以及各学科之间特别是社会科学与人文学科之间的相通性和互补性，而不宜把规范化或专业化看成什么金科玉律，从而自缚手脚，人为制造"思想篱笆"。毕竟，重要的乃是如何研究问题，而不是如何规范化和专业化。

"社会与思想丛书"的宗旨之一，如我在丛书前言中所言，即是"希望社会科学领域的研究与人文及哲学领域的研究能够相互渗透、相互促进，通过多学科的合作与跨学科的研究去深入认识中西现代性与中西传统性"。也因此，丛书目前已经出版的几十种书中既包括社会科学领域的研究，也包括人文及哲学领域的著作，既包括对中国的研究，也包括对西方的研究，既包括对当代世界的研究，也包括对历史传统的研究。这当然不是说我们要求每一本书都是中西比较的研究或融贯社会与人文研究，但我们确实期望，通过有意识地"混淆"学术与领域的界限和不懈坚持社会科学与人文研究的沟通，中国学术界或能更好地因应当代学术的重大变化，以及更重要的，为当代社会科学的发展最终能与历史悠久的中国人文传统相接引而略作准备。是所望焉。

《读书》杂志二十年

今年 4 月是北京《读书》杂志创刊二十周年，我早就答应《读书》为 4 月号的纪念专辑写篇文章，但结果却再次食言，过了交稿时间仍然没有写，只好在本栏发点随感了。

写点什么呢？我猜想为此作文的人大多都会谈谈自己与《读书》的交往吧？不过我想自己实在还不到回忆往事的时候，与《读书》杂志和三联书店的种种因缘，不妨再过二十年以后去回忆吧。此地还是发发早就想发的一些牢骚。

许多人大概都还记得，二十年前《读书》创刊号是以"读书无禁区"打出旗号的。但曾几何时，"读书无禁区"的年代似乎已非常遥远，现在主要是国内知识界本身反而祭起了某种"自我书报检查机制"（self-censorship）。今天到处都可以看到许多人振振有词地主张什么书可以读，什么书不应该介绍，例如，后现代主义不适合中国现在发展阶段，女性主义不适合中国国情，西方左派著作更要警惕，等等。最近更听说《读书》杂志已经被国内知识界"领袖们"判成"政治不正确"，说是《读书》已经变成了"新左派"的喉舌云云。可是近年《读书》有多少文章能够与什么"新左派"挂边呢？只怕连百分之一都没有。许多人那么神经兮兮地到底干吗呢？

据说这是九十年代中国知识界的进步，因为知识界现在对西方学说有了自己的选择，只取有利中国现代化的东西，而八十年代则是不分青红皂白地引介了大量非理性主义的东西例如海德格尔等等，不利于中国现代化。这种话我就更听不懂了，因为八十年代初我们在北大读海德格尔和胡塞尔等时，确确实实从来没有想过读这些是要为中国现代化服务。说到底，哲学与中国现代化能有什么关系呢？没有关系！不但哲学，而且人文学科可以说与中国现代化都没有什么关系，不但没有关系，甚至还可能是要阻碍现代化的，因为哲学和人文学科的人往往对所谓现代化有强烈的批判意识。那又怎么样呢？难道所谓现代化不可以批判，不应该批判？如果所谓现代化真的是衡量一切的标准，那么大概最好是关闭文科，只要理工经贸再加宣传部可也！

我的看法因此相反，认为近年国内知识界的"自我书报检查机制"不是什么知性的成熟，而是知性的闭塞。与八十年代知识界朝气蓬勃的开放心态相比，九十年代似乎更多的是矫揉造作的故作老成，自我封闭的混充深刻。我担心这种"知性保守主义"的弥漫只能使中国知识界日益远离当代思想学术的发展。

1999 年 3 月 26 日

中国学术一瞥

北京三联书店近得李嘉诚先生赞助，设立"长江读书奖"奖掖学术著作。三联书店不久前邀我去北京参加第一届评奖的终评会，我不克前往，只能以书面意见参与。由于评奖结果尚未正式公布，这里不便评论具体得奖的著作，但想谈谈这次评奖所反映出来的一些中国学术状况。

这次进入终审的入围书共 11 种，基本可以分为两大类，第一类是着重梳理中国思想文化或社会发展的脉络，这类占了绝大多数，共 9 种；第二类是梳理西方思想理论及其与中国的关系，一共 2 种。这两类的分布状况，从一定程度上颇反映出九十年代以来中国学术文化的趋势，即所谓"中学"或中国研究成为显学，而"西学"或西方研究则相对式微。

这种趋势一方面值得高度肯定，因为中国人诚然应该以中国学问和中国研究为主；但另一方面，这种趋势也有其隐忧，因为事实上今日中国人研究中学和中国，同样处在西方思想文化的强烈影响之下，中国学者每说"中学或中国是这样"时，实际背后都有"西学或西方是那样"的预设，因此如果以为突出中学和中国研究，就表明中国学术文化对于西方文化的自主性和独立性，在我看来只能是自欺欺人。

实际情况很可能恰恰相反，亦即中国的中学和中国研究，很可能更容易陷入不自觉和非批判地接受西方思想学术的某些隐含预设。尤其是，中国的中学研究和中国研究往往更注意与西方的中学研究和中国研究"接轨"，却往往忽视了西方的中学和中国研究乃是西方学术文化大共同体的"从属"而非主导，其问题意识、兴趣方向以及理论方法大多都不是"自生"的而是外来的，亦即是西方学术文化大共同体基本旨趣的从属和延伸。如果中国学术今后的发展一方面高扬中学和中国研究，但另一方面却日益缺乏对西方学术文化大共同体基本旨趣的批判检讨能力，而只是以与西方的中学研究和中国研究"接轨"为满足，那么最终很可能恰恰使中国学术文化的整体成了西方学术文化的一个部门性从属。

我个人历来认为，中国学术今后的突破性发展以及自主性格的形成，其先决条件之一在于中国学界能持续地、深入地、批判地检讨西方思想学术的基本旨趣和理论发展。以为可以摆脱西方思想学术的强势影响，以为只要高扬中学和中国研究就可以取得中国学术的自主发展，其实是不现实的。

2000 年 6 月 12 日

十年来的中国知识场域

为《二十一世纪》创刊十周年作

很难相信，《二十一世纪》这份杂志竟然已经创刊十年，令人想起王安忆不久前的一句话："似乎是，没有什么过渡的，一下子来到了十年后。"

回想起来，陈方正兄等当时创办这个杂志，大概是希望在1989年后把八十年代内地"文化热"的香火在香港接下来——现在仍然印在杂志第一页上的"为了中国的文化建设"那几个字，在当时其实是颇有那么点悲壮味道的，因为那时无论留在国内还是身在海外的人基本都觉得，在1989年以后，中国内地的思想学术文化恐怕将会沉寂相当长的时期。

如果从这种角度来回顾，则我们不能不承认所有人的感觉都错了。事实是，十年后的今天，中国内地学术著述和学术出版之兴旺，不但大大超过八十年代，而且至少从数量的积累上讲恐怕已经超过20世纪的任何时期。首先是今日国内翻译著作之盛实在足以让任何人目瞪口呆，其总体数量只怕已经难以统计，而且可以说西方的任何思潮、学派、理论、方法几乎都已经被大量翻译引入了中国。这种盛况是十年前完全无法想象的。另一突出现象是"中学"方面的出版蔚为大观，至少就表象上看，九十年代似乎"中学"取代"西学"成为中国的"显学"。

诚然，兴旺的背后也不无虚象。例如上述大量翻译的西学著作，有点像一笔尚未动用的银行存款，亦即尚未完全融入中国学界的思考和论述。以笔者未必准确的观察，九十年代最有影响的西学著作似乎首推西方的中国研究著作，这大概与上面所说九十年代"中学"成为显学有关。这种状况有其隐忧，如笔者较早前曾指出："西方的中国研究乃是西方学术文化大共同体的从属而非主导，其问题意识、兴趣方向以及理论方法大多都不是自生的而是外来的，亦即是西方学术文化大共同体基本旨趣的派生。如果中国学术文化今后的发展一方面高扬中学和中国研究，但另一方面却日益缺乏对西方学术文化大共同体基本旨趣的批判检讨能力甚至兴趣，而只是以与西方的中国研究'接轨'为满足，那么最终很可能恰恰使中国学术文化的整体成了西方学术文化的一个部门性从属。从根本上讲，中国学术文化的自主性有赖于中国学界对于西方学术文化大共同体基本旨趣的批判检讨，亦即有赖于中国学界对于西学和西方的深入研究。"当然，这可能只是我个人的偏见。

与出版业之善于营造学术兴旺相比，对今后中国思想学术发展更重要的或许是已经牢固确立的学位制度（特别是硕士和博士两级学位）。学位制度有利于形成布迪厄（Bourdieu）所谓的具有相对自主性的知识文化场域（relatively autonomous fields of knowledge and culture），从而有利于促成中国的知识文化活动具有相对的自律性，而并非完全只受外部政治和商业权力的支配。这一知识文化的相对自主性问题，笔者在八十年代末时曾专

门作过一些论述 [1]，此地想借用布迪厄的"知识场域"（intellectual fields）概念，重新提出这一问题。布迪厄批判阿尔都塞把文化领域完全归结为"意识形态国家机器"（ideological state apparati）以及福柯把所有知识都只看成社会"规训"（discipline）的外部决定论，突出地强调知识文化活动有其自身的"场域"即内部过程，从而对其他"场域"特别是政治和经济场域保持相对的自主性。这些论点对于我们更深入地认识改革时代中国知识分子的活动方式有一定启示。我们可以问，中国知识文化场域与改革本身处于一种什么关系？或，面对经济政治场域的大规模改革，知识文化场域是否需要和如何保持自己的相对自主性？

直截了当地说，在改革已经成为社会主流意识形态以后，中国知识文化场域相对自主性的首要问题就在于，必须避免使知识文化场域完全服从于改革的需要，防止知识文化场域成为单纯为改革服务的工具，尤其必须避免以是否有利于改革作为衡量知识文化场域的根本甚至唯一标准和尺度。不然的话，知识文化场域就会纯粹成为改革意识形态的喉舌和工具，失去其自主性。但问题恰恰在于，知识分子出于支持改革的热忱，往往会不由自主地从强烈的改革意识形态出发，把是否有利于和促进改革作为衡量知识文化场域的先决标准，从而无法坚持知识文化场域的自主性。我以为这实际是改革时代中国知识文化场域的最大困扰所在，

1　参拙编，《中国当代文化意识》的"编者前言"，香港三联书店，1989 年；以及我在 1988 年新加坡国际儒学会议上提交的论文《儒学与现代》，现收入杜维明主编，《儒学发展的宏观透视》，台北，1997 年，页 595—640。

也是造成当代中国知识分子诸多尴尬的根本原因，因为改革意识形态的强大正当性压力往往使许多支持改革的知识分子无法辩护自己的文化主张以及对改革的某种深层困惑，九十年代初"人文精神失落"的讨论极为疲软是个明显的例子。

这种倾向事实上早在八十年代文化讨论时就已经出现。文化讨论的中心问题是所谓中西文化问题，但这一讨论往往被解释成是所谓借钟馗打鬼，是醉翁之意不在酒，亦即是知识分子不敢触及敏感的政治问题而以中西文化问题来借题发挥，许多人更由此强烈指责这正是中国知识分子软弱性的表现。但这类解释只能是徒然扭曲这场讨论的性质和意义，因为这种解释和指责完全忽视了，对于许多知识分子来说，所谓中西文化问题本身就是真问题大问题，套用布迪厄的术语，可以说中西文化问题的思考和讨论乃是近代中国知识分子的"积习"（habitus），它由近世西学东渐以来就必然出现，而且在今后仍将长期纠缠中国知识分子。这种思考和讨论有其自己内在的逻辑和要求，并不必然要与改革直接相关，并不必然要为改革服务，尤其不能以是否促进改革作为衡量的尺度。

笔者个人因此一向反对用所谓"新启蒙"来概括从八十年代到九十年代的中国知识文化状况。因为这种"新启蒙"视野实际上是用改革意识形态来全面牢笼知识文化场域，而且往往强烈地用是否有利于改革有利于现代化来规范和裁判知识文化场域的问题和讨论。所谓"新启蒙"在八十年代时其实主要是指党内改革派知识分子的论述取向，那时很少有人用"新启蒙"来概括整个知识文化场域的走向。原因相当明显，当时的主要民间知识团体如"文化：中国与世界编委会"以及"中国文化书院"等很难被纳入所谓"新启蒙"的范畴,前者的主要关切在于达成"西学"研究的相对自主性,后者则促成"中学"研究的相对自主性。这两者与"新启蒙"派诚然互有呼应,但它们之间事实上存在着一种潜在的张力:西学和中学研究的相对自主性必然要求知识分子深入知识场域自身的语言即西学和中学的论述语言,从而必须摆脱"改革语言",但"新启蒙"派的路向则必然要求不断强化"改革语言"。这种张力可以说就是改革意识形态与知识文化场域相对自主性之间的张力。

但在九十年代,用"新启蒙"的角度评论整个知识文化场域却似乎变得相当普遍。从这种角度,当然不奇怪,许多人振振有词地批评八十年代引进的西学大多是所谓西方反理性主义甚至反现代化的学说,因此不利于甚至有害于中国的改革和现代化;根据同样的逻辑,九十年代初出现所谓"国学热"时,海内外都有人强烈怀疑这是否在迎合官方意识形态需要,或至少容易为官方利用;再往后又有所谓"后学"的辩论,很多人强烈认为西方的"后现代主义"等理论不利于中国的改革和现代化,因为中国现在尚未进入现代,等等。

从这种角度来看,九十年代在思想意识上的格局似乎反不如八十年代来得开阔、舒展和宽容。用改革意识形态来牢笼知识文化场域的要求,自九十年代以来似乎变得特别强烈,上面所举"国学"和"后学"的问题,都是明显的例子。无论国学还是后学,当然都应该作批判的讨论,但这种讨论应该以知识场域的语言来进行,以是否有利于对中学西学的深入研究来评判,而不应该用"改革语言"来进行,不能以是否有利于改革和现代化来裁判。

这绝不是说知识分子应该躲进象牙塔，不要关心社会政治，恰恰相反，真正的问题在于：知识分子是以知识场域为中介来形塑和开拓政治格局，还是先站定一个"政治正确"的立场并以此狭隘化知识场域的问题。以近年来的所谓"自由派"和"新左派"之争而言，从知识场域的角度看，首先涉及的是双方对自由主义的理解差异极大，如果从这种知识场域内的分歧出发进行辩论，本可以使中国知识分子深入理解自由主义问题的复杂性，从而有助于更深入地讨论中国的政治问题。但近年的实际情况是，许多人对自由主义理论和历史的复杂性并无真正兴趣，而只是急于给自己戴一顶桂冠，从而炮制种种极端狭隘甚至谬误百出的所谓自由主义"定义"。例如朱学勤式的定义说"自由主义的哲学观是经验主义，与先验主义相对立"，可是这类定义与当代自由主义理论讨论乃风马牛不相及，更不必说这种定义先把康德排除出了自由主义，纯属外行的自说自话。实际上，这种做法是先从自己的狭隘"经验主义"出发来狭隘化知识场域的问题范围，然后再以这种极端狭隘的知识来讨论中国政治，导致知识场域和政治场域的双重狭隘化，结果只能是狭隘加狭隘，越说越狭隘。

由于九十年代以来知识分子出现重大分化，各种分歧日益尖锐，更需要知识分子以知识场域为中介来讨论政治和公共问题。如果只能用政治标签和政治定性来解决思想争论，这只能导致中国知识文化场域的日益狭隘化、肤浅化、劣质化。

2000 年 9 月于香港

洋泾浜与"我们"

　　承《二十一世纪》杂志转来《警惕人为的"洋泾浜学风"》一文，读后总的感觉是这篇文字的初衷或许是值得肯定的，亦即它似乎是想重新提出"如何才能了解中国"这一问题，但遗憾的是这篇文章在实际上却把"如何才能了解中国"这一问题偷换成了"谁才能了解中国"的问题。如此一来，"如何才能了解中国"这一问题突然获得了某种想当然的解决，因为文章对"谁才能了解中国"这一问题是早有现成答案的，这就是只有作者所谓的"我们"才能真正了解中国，凡不属于"我们"的人都不可能真正了解中国，都是"洋泾浜"。整篇文章由此变成了这一自封的中国研究最新最高权威"我们"的宣言，它昭示天下，"我们"有如此这般的看法，如果你们的看法不符合"我们"的看法，那你们就肯定错了，这是既不容争辩的也无需论证的，因为只有"我们"的看法才是唯一止确的看法，这是因为"我们"具有研究中国的"必备的治学前提，即对于中国现状的切身经验"，因此"我们更加清晰地了解百余年来历史主体的心路历程"，"我们更加清醒地意识到作为今后之历史主体的运力方向"。尽管"我们"今天尚不能"学贯中西"，但"我们"所具有的"深沉使命感和高远历史感，岂是区区陋儒们便能具备的！"

　　这种力图以强调"我们"与"中国"具有某种别人所不具

有的"根源性认同"（original identity）的刻意努力，一方面固然表达了作者或作者所欲代表的"我们"力图占有"中国研究"的强烈欲望，另一方面则毋宁更反映了作者或"我们"的一种极大焦虑，即生怕失去对"了解中国"的占有权的焦虑，生怕"解释中国"的权利和权力被别人攫取的焦虑。就此而言，这篇文章事实上早已糊里糊涂地进入了该文作者或许很不喜欢但知之寥寥的后殖民论述的中心论域，即斯比瓦克（Spivak）所谓"谁有权占有他者性？"（Who Claims Alternity？）的焦虑。[1] 这位作者如果对当代学术稍有了解的话，本应知道单纯诉诸"我们性"（Weness）乃是最幼稚、最笨拙、最不能成立的诉诸，因为他将根本无法回答一个最简单的问题：这"我们"究竟是谁？中国人民？中国政府？中国知识分子？中国学术界？还是作者的小圈子？

《警惕》一文无一处对这一"我们是谁"的问题作过交代，事实上这篇文章的全部高谈阔论都系于这所谓的"我们"之不清不楚和稀里糊涂之上，因此作者不断表现出某种"认同混乱"（identity confusion）。例如一会儿他全然不知所云地说什么"我们更不难欣慰地发现，世界走向中国与中国走向世界就完全有可能是同步发生的"，一会儿又以生怕别人不知"我们"做过些什么的小圈子自许口气说"正是在这种开放的心态下，才使我们得以在海外中国研究丛书的总序中这样来平心而论……"，一会儿这"我们"却又俨然以中国共产党的权威口气宣称现在"某些作者

---

1 Gayatri Chakravorty Spivak，"Who Claims Alternity？"，in *Remaking History* eds.by Barbara Kruger and Phil Marian，Seattle，1989.

简直在故意混淆视听,一时间在学术界酿成了本不该出现的乱局!因而,面对着这股偏离了'援西入中'之正途、且又败坏了其声誉的有害逆流,我们就不得不正襟危坐地清理一番"。这作者显然自己都不清楚他和他的"我们"究竟是谁。

《警惕》一文所表现出来的这种"认同混乱"之所以必须加以指出,首先是因为这一"认同混乱"实际表明该文作者或他的"我们"至今仍不能够区分政治权威的命令与学界同人的讨论之根本不同,亦即他们虽然以学者自许,却总是不由自主地把自己想象成政治权威的代言人,动辄就指控他人"故意混淆视听""背离正确大方向""制造乱局"或造成"有害逆流",而完全意识不到这种语言只有十足的党棍才会使用,绝非学者的语言。正因为如此,该文不是以论证的方式来说明作者或其"我们"究竟有什么观点以及与他人的分歧何在,而是把自己即"我们"想象成对中国研究操有生杀大权的最新最高权威,然后就开始对所有"不属于我们者"目前关于中国的讨论横加扫荡,声称"我们不得不正襟危坐地清理一番,看看哪些作品只是流露出了无意间的误解,属于不期然而然的'洋泾浜现象',而哪些作品却竟反映出了成心的作伪,表现出了人为的'洋泾浜的学风'"。作者在这里已是俨然一副"国家书报检察官"的派头了。

这位检察官由此将"不属于我们者"划分为"三种人"。第一种人是非中国人但研究中国者;第二种人是中国人但不具有在中国大陆地区生活经验的人;第三种人则是以往生活在中国大陆而后来到西方留学的人。这三种人都不可能真正理解中国,因为他们都是文章所谓的"洋泾浜",其中又以第三种人为最坏的洋泾浜，亦即文章所谓"人为的洋泾浜"。然而正因为作者乃以检察官的身份自居，因此他不但没有而且也不屑与这三种人中的任何一种讨论任何一个具体问题，相反，文章的全部目的毋宁是要说明"我们"对这三种人应该采取的态度，基本方针似乎是要团结第一种人，中立第二种人，坚决打击第三种人。这一基本方针当然是完全符合"中国式社会主义市场经济"的基本方针的，亦即第一种人是洋人，需要团结以体现"对外开放"精神；第二种人是海外华人，牵扯港台关系，至少要争取中立；第三种人即留学生则最不是东西，因为他们本吃母奶长大现在却不认娘，因此必须严厉打击。以下不妨就看看作者的这套"策略"。

对于第一种"洋泾浜"即文章所谓"那些仅靠阅读外语来窥知其他生活共同体的汉学家"，作者没有提出任何具体问题来加以讨论，却以一种高高在上的态度故示宽宏大量地说"我们大可不必对其细节问题采取锱铢必较的态度，因为若从方法论上进行总体的检讨，恐怕海外汉学家的研究工作本来就很难克服如下三种层层递进的障碍"，即第一他们不可能进入"我们"的生活世界，第二他们不可能领会"我们"的问题意识，第三他们有"刻意求新的弊端"以致他们"所想要采纳的理论框架越是新颖独特，就越难以把它们原样照搬到中国的经验材料当中"。考虑到这些"方法论"上的障碍，我们就会更加充满同情地发现，恰是由于受到了这类有色眼镜蒙蔽，才会使他们越想对中国的发展脉络进行更为深入的探讨，就反倒越会因为把握不准外部社会的价值观念和文化心理而绕入尴尬的误区。

简言之，第一种洋泾浜是在"方法论"上就不可能达到"我们"的优势。

至于第二种洋泾浜即文章所谓"一些学养很深的华人学者"，则作者认为他们"很容易盲人摸象般在中国研究中概括出人言人殊的、甚至势同冰炭的结论来"。文章以余英时和林毓生为例，认为两人研究同一对象却得出相反的结论，这就表明即使"一些学养很深的华人学者当其想要援引新颖的西方理论来了解中国历史之谜时，往往会'不约而异'地得出彼此抵触的结论来，从而或多或少地暴露出'削足适履'的痕迹"。此段话相信任何人都会读得莫名其妙，且不论余英时和林毓生的观点是否像作者所言那样彼此抵牾，就算是如此，为什么只要有两方"不约而异地得出彼此抵触的结论来"就已经证明这两方都是削足适履了？但作者或"我们"作为最高权威当然是不需要论证的，相反，他们再次展示宽宏大量地说"我们在此当然无意细究这两种说法的孰是孰非，或许它们果真各自对应了一部分史实，正像再变形的镜面也总还照出几分影像来一样"。这等于说瞎子虽摸不到象，象腿还是可能摸得到的。但作者立即强调，象腿毕竟不是象，如果对于同一对象"人们竟可以根据不同的家数而引申出如此悖反的结论"，那就会让人感到有如被"推在一排哈哈镜跟前"一样不知所措。作者由此忠告第二种洋泾浜说，如果"自信凭一己之力便足以在某个问题上给出决定性的解答，甚至听不进去一丁点善意的忠告，那无非证明了他深陷在泥窝里不肯自拔而已"。

看来"我们"相对于第二种洋泾浜的优势是在于组织方式上，后者大多各"凭一己之力"，不免"不约而异"，而"我们"则是作者所谓"知识共同体"，因此绝不会得出"人言人殊的、甚至势同冰炭的结论来"。

最后则是作者或"我们"最痛恨的第三种洋泾浜即"人为的洋泾浜"了。这种痛恨倒是太可以理解的。因为第一和第二种洋泾浜实际只要用一句"对于中国现状的切身经验"就可以被"我们"排除出"真正了解中国"的候选人队伍的。第三种洋泾浜则不同了，如作者所言，"这批学者原不应缺乏此一种必备的治学前提，即对于中国现状的切身经验"，按理正好可以补第一和第二种人之短，因为中国问题之复杂"难免要构成海外同行必须努力克服的天然盲点，则它本来恰应是中国留学生在国际对话场合中的最大优势所在：他们本可以凭借自己的切身经验来劝戒身边的汉学家，千万不要把任何一个哪怕很细小问题处理得太过简单，以致在左摇右摆的铜索上失去了平衡"。但是，作者义愤填膺地指出，现在"真正令人痛心疾首又如鲠在喉的怪异现状"恰恰就在于这第三种人竟然一切都和"我们"唱反调而"偏离了援西入中之正途"。如果第一和第二种人和"我们"想得不一样是由于他们"缺乏此一种必备的治学前提，即对于中国现状的切身经验"，那么这第三种人竟然也和"我们"想得不一样就只能有一个解释了，那就是他们已"把原本作为一项公共事业的治学行动，糟蹋成了纯属私人行为的谋生手段！"一句话，这帮家伙出卖良心、出卖人格，因为"他们自度已经可以掉头不顾父母之邦强盛与否，一心只希图能在另外的国度里求得别人的认同"。

这第三种"洋泾浜"是在道德上已被开除出了"了解中国"的队伍了。

我出国久矣，真无法判断这篇文章中所表现出来的思想方式、写作方式以至心态情绪在目前国内学界究竟有多大的普遍性或代表性。这篇文章不能不让人有啼笑皆非之感，就在于文章的作者先行设定了一个莫名其妙的"我们"作为中国研究的最新最高道德与学术双重权威，但试问这"我们"是谁呢？为什么这"我们"可以想当然地就认定自己在"方法论上"不会遭遇海外汉学家难以克服的障碍，为什么这"我们"就不会受"有色眼镜蒙蔽"？为什么这"我们"总是能高人一头地"发现"别人的谬误？为什么只有这"我们"才是把学术"作为一项公共事业"而不会把它"糟蹋成了纯属私人行为的谋生手段"？根据是什么呢？

作者在这里没有提供任何论证，相反，在他看来这些都是不言自明的，因为"我们"是现在中国的中国人，因此具备"对于中国现状的切身经验"。但这不但不是什么论证，而且恰恰反映了作者之缺乏思考和缺乏起码的现代学术意识，因为他事实上只是在重复一种最流俗的市井观念，这种市井观念就是想当然地以为"我们中国人最了解中国"。此种观念看上去天经地义，实际上却恰恰可以直接导出这位作者及其"我们"根本不可能了解中国的同样结论。因为根据同样的逻辑，可以立即推论：最了解工人的是工人，最了解农民的是农民，最了解解放军的是解放军，最了解官僚的是官僚，而这位作者和他的"我们"显然既不是工人也不是农民，既不是解放军也不是当官的，因此当然也就不可能"真正了解"中国的工人、农民、解放军和官僚。但如果作者及其"我们"并不真正了解中国的工人、农民、解放军及官僚，那他们当然也就并不真正了解中国。不但如此，由于这作者和他的"我们"不是工人、农民、解放军，而是所谓的知识分子，因此他们之不能了解中国同样也是"在方法论上"就有难以克服的"三种层层递进的障碍",即第一他们不可能进入中国工人、农民、解放军和官僚的生活世界,第二他们不可能领会这些人的问题意识,第三他们越是以知识分子的生活世界和问题意识去想问题,就越是与中国的工人、农民、解放军和官僚格格不入。如若如此,这"我们"有什么理由以为自己一定比"另外三种人"更了解中国?

我在这里想要指出的就是,一个人如果仅仅因为自己是中国人就认为自己最了解中国,那就像一个工人仅仅因为自己是工人就认为自己最了解工人阶级一样,乃是一种错误的假设,并不能成立。可以说,如果人人都像这位作者那样把"自己的切身经验"作为排斥他人的根据,那么所有的社会科学就都不能成立。事实上,美国人类学界近年来确有人认为,西方的人类学作为一门学科本身就没有正当性,因为西方人类学从一开始就是以西方人去研究非西方民族,而在这些论者看来西方人根本就没有资格研究"他者"(the Other),因此今后西方人类学只能研究白人自己。[1]我在这里无暇讨论这一具体争论,仅仅指出,这种说法如果能够成立,那么事实上岂止人类学,而且所有社会科学都将面临同样的问题,例如,从事实际政治的政治家完全有理由认为,他要比政治学教授更懂政治,因此政治学研究必然是一种洋泾浜的玩意;经济学当然就更不用说了,因为正如近年来名声颇噪的美国《经

1　可参 Marcus，George E.and Michael Fischer，*Anthropology as Cultural Critique : An Experimental Momont in the Human Sciences*，University of Chicago Press，1986.

济史杂志》前主编麦克劳斯基所言，没有一个经济学家能够回答一个"地道美国问题"："如果你那么聪明，为什么自己不发财？"（If You're So Smart, Why Ain't You Rich？）。[1] 更进一步而言，医学就更不能成立了，因为具有生病的"切身经验"者明明是病人，而不是医生，为什么医生有权利给病人看病？

《警惕》一文的全部趾高气扬实际上是来自于作者不假思索地把"我们"和"中国"等同了起来，把"我们"与"全体中国人"等同了起来。确切地说，这位作者似乎连哲学上所谓"所有"（all）与"每一"（every）的区别都还没有弄清楚。须知"我们中国"或"我们中国人"并不等同于"我们每一个中国人"。"我们中国"当然大得很，非常了不起，但"我们每一个中国人"则小得很，没有什么了不起。如果这所谓"我们"是指"我们中国"，那么当然尽可以说西方的中国研究对"我们中国"至今尚只知皮毛（这其实非常正常，因为任何时候任何研究对象都大于研究者的知识总和，就像数学永远大于全体数学家的数学知识总和）；但如果这"我们"是指"我们每一个中国人"及其对中国的了解，那就必须老老实实地承认，西方的中国研究者非常了不起，他们中的许多人远比无数中国人更了解"我们中国"。更进一步而言，我相信许多人都会和我一样认为，今天中国的"中国研究"在很多方面落后于西方的"中国研究"水平。大家平常所说的中国学术落后也就是这个意思。这位作者与他的"我们"有雄心壮志，想

1　Donald N.McCloskey, *If you're So Smart : The Narrative of Economic Expertise*. University of Chicago Press, 1990.

"学贯中西"，这很好，值得鼓励。但如果这雄心壮志只不过表现为虚张声势地用"我们代表中国"来唬人，如果这学贯中西到头来其实只不过是井蛙观天，夜郎自大，那就不能不让人大失所望了。须知中国研究是人人可以进入的，中国却不是任何人可以占有的。我要说的只是，占有的欲望和"占有失落的焦虑"都是可以理解的，但如果以为只要一味诉诸"我们性"就可以克服焦虑，那就只能是自欺欺人而又徒招人耻笑而已。

1995 年 3 月 23 日

告别《经济与社会》

不久前听说北京商务印书馆出版了韦伯的巨著《经济与社会》中文全译本时，曾感到非常惊喜，但最近却连续收到北京一些学界朋友的电话和电子邮件，告诉我说国内的韦伯研究者多认为这个译本问题很多，有必要考虑重译，等等。

恰好我自己最近也收到了商务的这个全译本，虽然尚未及细看，但首先注意到的就是这个译本完全是以文克尔曼（Johannes Winckelmann）整理编辑的德文第五版（1976）为根据，同时却没有在中文版的任何地方指出这个德文版本身的问题所在，这就很容易给读者造成一种印象，即似乎德文第五版是足以信赖的权威文本。但事实上，由文克尔曼编定的这个德文版在学术界一向争议极大，尤其是其中的"国家社会学"部分更几乎是公认的"学术丑闻"，因为韦伯本人从未写过什么"国家社会学"，这部分的内容完全是编者文克尔曼根据自己的想当然而七拼八凑弄出来的杂烩。目前的德文第五版在1976年出版后，德国著名韦伯专家滕布鲁克（Freidrich Tenbruck）教授即以"告别《经济与社会》"为题发表极为严厉的批评，认为这个最后编定的《经济与社会》事实上已经"不是韦伯的著作，而是文克尔曼以自己的揣摩将韦伯遗稿重新组织、钩玄提要、任意分段并代拟标题所弄出来的"。

确切地说，所谓的《经济与社会》一书本是韦伯临终前留下的一大堆写于不同时期的未完成更未编定的手稿，其最后的编辑出版先是由韦伯夫人根据自己的理解整理成书（第一版1922，第二版1925，第三版1947），后又由文克尔曼重新整理编辑（第四版1956，第五版1976），其结果是从第一版到第五版几乎每一版的内容都不相同，因此在西方学界早就是一件大公案。1976年联邦德国成立以蒙森（Wolfgang Mommsen）和施路赫特（Wolfgang Schluchter）等五位专家为主编的《韦伯全集》编辑委员会，计划出版新的"批评—历史版"韦伯著作，其中最困难的任务之一即在重新编辑这部韦伯最后遗著。晚近以来韦伯这部最后遗著的性质、结构和成书过程更已成为韦伯研究中聚讼纷纭的焦点，但同时也已取得了许多新的研究成果。例如目前几乎所有专家都同意，所谓"经济与社会"这个标题本身事实上是一个长期误置的标题，韦伯这部最后遗著的真正书名实际是《经济、诸社会领域及权力》。这一书名的更正凸显了韦伯社会理论的一个不同寻常之处，即韦伯相当有意识地避免使用"社会"这一概念。

令人遗憾的是，从商务这个中译本的"出版说明"和"译后记"来看，译者和编者似乎对于有关韦伯这部遗著的种种疑难和晚近学界的研究进展都缺乏基本的了解，这不能不使我们怀疑，我们是否也不得不很快"告别"这个中文版的《经济与社会》。

韦伯神话

写了《告别〈经济与社会〉》之后，总觉词不尽意，未能畅所欲言。我想我真正想说的其实是，在打破了"马克思神话"以后，今天同样也该是打破"韦伯神话"的时候了。

我们知道，韦伯历来被公认为西方现代社会科学的"奠基者"（founding father）之一，西方学界甚至向有戏言："谁掌握了对韦伯的解释权，谁也就有望执学术研究的牛耳。"（Who ever controls the interpretation of Weber can entertain hopes of also governing scientific activity.）但是，著名韦伯专家滕布鲁克在其震撼学界的《韦伯著作的主题统一性问题》一文中，却曾提出两个至今无人能够回答的"最简单"的问题：一、韦伯的主要代表作究竟是什么？二、韦伯的中心问题究竟又是什么？

这一所谓"滕布鲁克问题"之让人觉得目瞪口呆是不待言的，因为如果西方学界居然连韦伯的主要著作是什么以及韦伯的中心问题是什么都还没有弄清楚，那就像马克思主义理论界不知道马克思的主要著作是《资本论》一样不可思议，而且如果那样，则韦伯作为西方社会科学奠基者之一，到底又为西方社会科学奠定了什么"基础"，本身也成了极大的问题。

不消说，对于滕布鲁克的这两个问题，西方学界当然早就有广为接受的流行答案，这就是：一、韦伯的中心著作是其最后遗著《经济与社会》，因为这部巨著不但是韦伯写作最晚从而最成熟的著作，而且其内容从宗教、法律、经济、政治到家庭、城市、教权组织等等无所不包，堪称现代社会理论的百科全书（雅斯贝尔斯三十年代即称此书为 *all esumg reifenden Risenwerk*，即"包罗万象的巨著"）；二、韦伯的中心问题是要"说明西方理性主义的独特性"。

但滕布鲁克所提出的问题正是要指出，以上流行看法本身只能表明西方学界事实上对韦伯所知甚少（他同年发表的另一篇文章即题为"我们对韦伯知道多少？"），因为有一点非常明显，即《经济与社会》一书并不是以"西方理性主义发生"为中心主题。滕布鲁克由此问："如果韦伯的愿望是要探寻西方理性主义的起源，那么他怎么会不把这个问题作为他主要著作的中心主题？"

所谓"滕布鲁克问题"的厉害即在于，它实际上把西方学界置于一个极为尴尬的两难处境，即：如果韦伯的中心主题如历来所认为的那样是要研究"西方理性主义独特性的起源"问题，那么《经济与社会》就不是韦伯的主要代表作；反过来，如果要坚持《经济与社会》是韦伯的中心著作，那么就很难说韦伯一生的中心问题是要探寻"西方理性主义独特性"的问题，因为显然天下不可能有任何人会不在自己的主要著作中追踪自己的中心问题。滕布鲁克本人选择前者，因此提出《经济与社会》不是韦伯主要著作这一惊世骇俗的论点。

我在这里提及这个学术公案，如上所言是想说明：在打破了"马克思神话"以后，今天同样也该是打破"韦伯神话"的时候了。我相信，21 世纪的中国学术，将以破除种种诸如此类的"西方神话"为起点！

1998 年 2 月 15 日

学贯中西

我不知道"学贯中西"这个词组是谁发明出来的，不过我一向有一个印象，即最喜欢用"学贯中西"这类说法的人，通常是本身既不通中学也不通西学的人。实际上，恐怕也只对中学和西学都不通的人，才会以为"学贯中西"是可能的。一个人如果稍通中学，自然知道"贯通"中学已经不可能；如果稍知西学，则当知道"贯通"西学也是不可能的；既然贯通中学或西学都已不可能，遑论"学贯中西"？

读者或许以为我又在吹毛求疵，其实不然。我只是觉得晚近以来颇有一种不是很好的风气，即对前辈学人胡吹乱捧。例如最近偶然看到华中师范大学出版社 1995 年出版的一本书，标题赫然是：《跨越中西文化的巨人》！由于封面上只有这个标题，我自然好奇这位了不起的"巨人"是谁。打开一看才发现这个巨人叫韦卓民。我相信绝大多数人大概从来没有听说过韦卓民其人。幸运的是我本人碰巧是读西方哲学出身，因此多少能想起来韦卓民曾经翻译过康德的《判断力批判》下卷，还有一本斯密的《康德纯粹理性批判释义》好像也是他翻译的。我诚然愿意对韦先生这位前辈学者表示敬意，但隐隐约约觉得，如果韦卓民先生本人还在世的话，只怕他自己第一个不敢接受"跨越中西文化的巨人"这一吓人的称号。平心而论，韦先生是一个勤勤恳恳的正派学者，值得我们后人尊敬，但他生前实在没有一篇文字曾经对中国思想产生过任何稍微大一点的影响，称他为"巨人"，只怕他九泉之下也会不安的。

诚然，对前辈学人的评价夸张一些，或过分一些，本不是什么大不了的事。但近来这种胡吹乱捧前辈学人的风气，在我看来实际上掩盖了一个问题，即尽管这一百多年来中国学人一直在努力研究西方，但迄今为止中国学界对西方思想学术的了解仍然远远不够，中国对西方的研究至今没有达到过西方汉学家研究中国的水准，就此而言，实在很难说前辈学人中有谁可以称得上"学贯中西"的。胡乱地给许多近代学者如陈寅恪等戴上"学贯中西"的高帽，未必是纪念前辈学人的最好方式。我有时候怀疑，近来许多人特别喜欢胡吹乱捧前辈学人，只怕是醉翁之意不在酒，更多地是想借此来自我标榜吧，因为如果张三称李四"学贯中西"，则多少隐含张三本人早已"学贯中西"，不然他有什么资格判断李四已经"学贯中西"？

1998 年 3 月 23 日

梅光迪的毛病

晚近以来常常可以听到有些人大捧民国时代的《学衡》杂志，连带着《学衡》发起人梅光迪的名字也不时为人带着敬意而提及。

但近读三联书店 1995 年出版的《吴宓自编年谱》，却惊讶地发现，吴宓这位《学衡》的实际主编对梅光迪如果不是深恶痛绝，至少是极其不以为然，例如说："梅光迪君好为高论，而无实际工作能力。彼置父母妻子于原籍不顾，而尽花费其薪入于衣服，酒食，游乐。打麻雀牌，冶游，狎妓。盖一极端个人主义者与享乐主义者耳。"其中一篇日记记有一个有关梅光迪的故事，尤其让人读了足以喷饭：

> 梅君好逸乐，又重虚荣，讲排场。曾于 1922 年秋，在旱西门内某街，租得一阔绰之寓所。请女友、女生为之布置、陈设如式，甚为豪华富丽。雇用女仆，亦慧捷熟练。然后将其原配结发之妻自南陵家中接来。妻既不识字，亦未尝至县城与省城，完全一乡村妇女，今置之于此文明之环境中，当然手足无措，事事不合，为人诽笑，自己亦甚痛苦。梅君尝大宴后以水果敬客，不知去皮去核，切成小片，扎上小竹签，以小碟端奉，而若望客人以手取一整个之梨或苹果，用口齿吞咬而食之者。梅君怫然，且大惭愧。故不到两月，梅君又

将太太送回原籍。家庭取消，房屋退租，梅君复萧然归成贤学舍中矣。

读此段文字，在哭笑不得之余，不禁想起从前美国传教士Smith 在其流传甚广的《中国人的气质》(*Chinese Characteristics*)中曾说，中国人是颇有点做戏气质的民族，稍有得意，就都成了戏子，一举一动都装模作样，总想在别人面前撑足自己的"场面"。梅光迪显然正是这样的一个"戏子"，惜乎他大概排练功夫还没有到家，只能演出如此拙劣的戏来。

其实今天许多靠"捧人"吃饭的人，也是在做戏。近年来我们只见越来越多的人似乎成了"捧人专业户"，今天捧陈寅恪，明天捧钱锺书，后天又捧吴宓梅光迪，说到底都是自己没什么学问却还要"做戏"给别人看，意思是说：我读过陈寅恪，我认识钱锺书，我还知道吴宓梅光迪呢！

按梅光迪为安徽宣城人，1911 年赴美，先入西北大学，后转哈佛大学。1919 年回国，任南开大学英语系主任，一年后改就南京高师和东南大学英语教授，并在那里与吴宓等发起《学衡》杂志。抗战时期他任浙江大学文学院长，至 1945 年病逝于贵阳。他一生除在《学衡》写过几篇文章外，几乎没有任何著述，实在并不足道。

1998 年

自由主义何处去

　　我在 1989 年赴美前在中国大陆发表的最后两篇文章，是阐发伯林（Isaiah Berlin，1909—1997）的自由主义思想。当年 8 月到美国后读到的第一份《纽约书评》，正好有诺贝尔文学奖得主布罗斯基（Joseph Brodsky）为伯林八十大寿而写的专稿，引起我很大的共鸣。因为布罗斯基这位曾长期生活在苏联体制下的诗人从其个人体验出发，认为伯林的著述如《刺猬与狐狸》《两种自由概念》等，几乎就像是专为共产党国家的知识分子所写一样，使他读后深叹这些著述长期不能被译介到苏联。这实际也正是我自己出国前介绍伯林时的强烈感受和主要动机。我那两篇文章事实上也是中国大陆第一次引介伯林其人及其思想。

　　自那以后已经天翻地覆的八年过去了。苏联帝国已经解体，伯林也于日前告别人世。今天或许可以提出一个问题：在共产主义已成历史陈迹、传统社会主义已经式微的今天，自由主义本身的命运如何？显而易见，一种自由主义理论如果只是靠批判计划经济来自我标榜，那是行之不远的。历史不会简单重复，如果以为今天和今后人类的主要危险仍然是共产主义，那只能是不知所云。一个今天自称自由主义者的人，如果开口闭口仍然只会重复人人都已知道的计划经济如何谬误，那充其量只是有本事专打"死

253

老虎"而已（所谓"打猫英雄"）。

今日自由主义的最大敌人或许已莫过于自由主义本身，即自由主义本身变成新的教条主义，变成挂羊头卖狗肉的自由主义，或所谓"走火入魔的自由主义"（liberalism gone mad）。英国保守派的理论家葛雷近年来即一直大声疾呼，哈耶克式的经济自由主义已经把美、英、法等西方各国保守派政党都送上了政治自杀的道路，更把俄国东欧的市场改革变成罪犯型资本主义。这种经济自由主义在葛雷看来可以称为"右派毛主义"（a Maoism of the Right），因为它相信可以用市场的"不断革命"来实现一种纯粹的"市场乌托邦"，完全失去西方传统保守主义的谨慎稳健。

葛雷因此从八十年代的哈耶克主义者转为九十年代的伯林自由主义者。这是可以理解的。因为伯林以彻底的价值多元论为核心的自由主义一贯主张，自由主义的真精神，并不在于坚持某种特定的价值，而在于反对把任何一种特定价值凌驾于其他价值之上。因此，当哈耶克等批判罗斯福新政时，伯林却坚决认为新政是 20 世纪最好的自由主义，因为它是"个人自由与经济保障之间取得的最富建设性的妥协"。当许多人把自由主义理解为把自由置于平等之上时，伯林却说："全盘自由可以是恐怖的，全面平等同样可以是吓人的。"（total liberty can be dreadful，total equality can be equally frightful.）

伯林价值多元论的中心思想事实上是认为：任何一种价值、观念、学说或理论，一旦成为整个社会主宰性主导性的"潮流"，那就几乎必然同时具有压迫性和欺骗性，压迫性是因为这种主宰性潮流总是要压制排挤不同的声音，欺骗性则是因为主宰性潮流总是宣称只有自己唯一正确。真正的自由主义因此必须是"反潮流的自由主义"。今日特别需要的正是这样的自由主义，亦即对自由主义本身具有深刻自我批判意识的自由主义，从而能防止自由主义本身变成新教条主义。

1997 年 12 月 16 日

重提价值多元论

价值多元似乎早已是老生常谈。如此说来，人们今日至少在观念上接受它应该已无问题？恐怕不然。

按照伯林的看法，在人类社会中，价值多元论真正为人接受的情况从来是极为罕见的，稳居社会主导地位的几乎总是价值一元论。这是因为，价值多元论的要求通常只是在社会已患医学上所谓"禁锢恐惧症"的时候才会抬头：社会上的禁锢已经对各阶层的人都造成了不堪忍受的钳制，思想的"齐一化"已经使整个社会陷入极度的僵化，这时人们普遍开始希望"多来点空气和阳光吧"，开始渴望多少打破一点禁锢，多少扩大一点个人自由和个人自主。

然而，一旦过度的禁锢有所打破，过度的控制有所松动，人们却又很容易立即患上医学上所谓"沙漠恐惧症"。人们仿佛感到社会现在失去了方向、没有了路标、也看不见目的地。犹如置身于一望无边的大沙漠中一般令人恐惧，因此他们开始抱怨社会已缺乏中心甚至可能分崩离析，从而开始强烈呼吁新的秩序、新的稳定、新的组织化。

维护价值多元论的全部困难正是在这里。事实上，人类在一般情况下总是更愿意接受价值一元论的生活方式，而不愿意接受价值多元论的生活方式。我们因此有必要问，价值一元论究竟满足了人类的什么要求，价值多元论又为什么总是难以为人接受？

　　人们通常多半会以为，价值一元论和价值多元论的根本区别无非在于，前者只要一个价值或较少的价值，而后者则要多种价值乃至全部价值，这种理解是大有问题的，因为它所描述的实际只是二者导致的客观后果，而不是二者本身的基本主张。事实上，与人们的看法恰恰相反，价值一元论的迷人之处就在于，它宣称它要一切价值而且向人类允诺总有一天能够实现一切价值，所谓"一元"，并不是说它只要一种价值而不要其他价值，而是说它认为只要实现了某一种价值，其他价值也就迟早都会实现。而价值多元论的令人扫兴之处就在于，它并不像人们以为的那样是允诺人们能够并行不悖地同时实现多个价值，恰恰相反，它强调的重点毋宁是：各种价值之间乃是彼此冲突、相互抵牾、难以调和的，因此，实现某一价值几乎总是会有损于其他价值，而未必是促进其他价值。

　　今日最流行的价值一元论自然是："市场价值一元论。"不过很多人尚不觉得这是一种"思想禁锢"罢了。

托克维尔与民主

《民主在美国》台湾版导读

法国思想家托克维尔（Alexis de Tocqueville，1805—1859）以往在西方思想史上虽然也占一席之地，但其地位历来都不是特别高。唯晚近二十年来，西方学界对托克维尔的历史评价不断提升，许多学者甚至将他和马克思以及密尔（J.S.Mill）并列为19世纪最重要的社会思想家（认为三人分别代表资本主义批判家、自由主义辩护人、民主时代预言家）。这里的原因无疑在于，20世纪后期西方社会本身的民主化发展以及非西方社会的民主化潮流，似乎再次见证了托克维尔对民主化时代的种种预言和分析。

不过我们需要事先指出，托克维尔并不是"民主万能论者"，相反，他着重的是民主时代来临的不可避免性及其结果的多重复杂性。事实上他预见到他对民主的分析既可以被用来辩护民主又可以被采用来反对民主，因此说他自己毋宁怀有一种双重目的，即希望那些拥护民主的人不要把民主想得那么美好，而那些反对民主的人不要把民主想得那么可怕，如果，"前者少一些狂热，后者少一些抵制，那么社会或许可以更和平地走向它必然要抵达的命运终点。"（Tocqueville，*Selected Letters on Politics and Society*，ed.by R.Boesche，University of California Press，1985，pp.98-100.）

民主问题的普遍性

托克维尔的名著 *De la Démocratie en Amérique*（上卷 1835 年，下卷 1840 年）。在中文世界一直译为《美国的民主》。但由于中文"的"字的所有格性质，这个译名容易导致误解，即以为此书主要是关于"美国的"政治制度等，这就会大大模糊了托克维尔此书的主旨是关于"民主"的普遍性问题。正如托克维尔在该书的著名导论以及他在 1848 年革命期间为该书第 12 版所写的前言中都特别强调的，他这本书要表述的只有"一个思想"（a single thought），这就是："在全世界范围，民主都在不可抗拒地普遍来临"。换言之，托克维尔的中心问题首先是民主的问题，并强调民主问题将是"普遍而持久的"（universal and permanent），唯其如此，他才反复强调，他这本书要提出的问题，"并非仅关于美国，而是与全世界相关；并非关乎一个民族，而是关乎全人类"（*Democracy in America*，tr. Lawrence，Harper & Row，1966，p.311）。

因此，严格说来，托克维尔这本名著的书名不宜译为"美国的民主"，而应该译为"民主在美国"。就全书结构而言，上卷主要是关于"民主在美国"的特殊表现。民主"在美国"的情况之所以特别引起他的兴趣是因为他认为，在欧洲，"民主时代"的到来几乎无一例外要以摧毁贵族制度为前提，从而以"民主革命"为必经阶段，美国则因为历史短暂、是一个没有"贵族时代"的国家，因此"民主在美国"的独一无二性就在于它不需要以推翻贵族制度为前提，从而避免了欧洲那种民主革命。托克维尔认为，由于民主在欧洲是伴随革命而来，因此许多人已习惯于认为民主与动乱及革命之间有某种必然联系，而他对美国的考察则要告诉人们，民主带来的动乱只是在转型时期的暂时现象而非民主的本质，因为民主与革命的真正关系毋宁是：民主越发达，动乱越少，革命越不可能（参见该书下卷第三部分第二十一章论"大革命何以越来越少"）。

但我们同时需要特别注意上卷的最后一章，这章几乎占全卷四分之一的篇幅，托克维尔却特别说明此章的主题不是关于"民主在美国"，而是关于那些"美国的，但不是民主的"（being American，but not democratic）方面。确切地说，这一章的内容主要是关于美国的种族问题。托克维尔认为，种族问题特别是黑人奴隶制的存在，乃从美国内部直接颠覆了民主的原则，从而成为美国民主的最大内在危险。他尤其指出，种族问题绝不会因为废除奴隶制就消失，因为种族歧视的根源并不在美国的政治或法律制度，而是深深植根于美国白人社会的民情（mores），"在美国，黑人的解放恰恰加强了白人社会拒斥黑人的偏见，而从法律上取消种族不平等反而使这种不平等在民情中更加根深蒂固"（同上引，p.344）。因此对美国民主而言，废除奴隶制以后还必须根除"三个比奴隶制本身更难对付、更难去除的偏见：主子意识的偏见、种族意识的偏见、白人意识的偏见"（同上引，p.342）。不消说，这正是 20 世纪 60 年代以来美国民权运动的主题之一（尽管托克维尔本人当年对此非常悲观，认为这种偏见不可能被克服，因此他认为白人和黑人之间很难避免一场战争）。

《民主在美国》的下卷事实上已经主要不是关于美国，而是集中于民主的更一般、更普遍的方面，因此西方学界普遍认为下卷就其内容而言其实应该更名为"论民主"（On Democracy）。托克维尔自己在下卷第一部分第九章也特别指出，许多误解来自于人们混淆了"民主的东西"（What is democratic）与"美国特有的东西"（What is only American）。但是应该说这种混淆部分地是托克维尔自己造成的。我们如果仔细看一下下卷各章节的标题，可以发现这些标题基本上分为两类，一类是标题中带有"美国的"，例如"美国人的哲学方法""美国人为什么较喜欢应用科学""美国人发展技艺的精神""美国的民主如何改变了英语"，等等；另一类则是标题中没有出现"美国"或"美国的"，而是以"民主时代"或"民主国家"为题的，例如"民主时代文学的特征""民主国家中诗的某些源泉""民主国家的戏剧""民主时代史学家的一些特征"，等等，尤其下卷的第四部分所有标题都只涉及"民主"，而不涉及"美国"。粗略而言，第二类标题清楚表明托克维尔讨论的对象是"民主"的普遍倾向。但问题是，即使是那些标题带有"美国的"章节，实际也未必是关于美国，甚至与美国完全无关，例如有一章标题是"为什么美国人多怀上进之心却少有大志"，但实际内容却几乎完全不是关于美国，而恰恰是关于作为美国之对照面的法国。

确切地说，《民主在美国》下卷基本不是关于托克维尔在美国的经验观察，而是托克维尔对"民主时代"的抽象思考，是他对民主在现代社会将会如何表现和发展的一系列推测和预见。我们因此必须立即追问，托克维尔是以什么方法来思考民主，又是从什么角度来推测民主的一般发展倾向的？

民主制与贵族制

直截了当地说,托克维尔实际上是用一种特殊的"比较方法"来思考和分析民主的,这就是民主制与贵族制(aristocracy)的比较。托克维尔事实上是从欧洲旧制度的贵族社会的特性来反推出民主社会的种种特性的。《民主在美国》特别是其下卷几乎处处是关于民主社会与贵族社会的比较。

这里应该特别指出,托克维尔本人来自法国一个显赫的贵族世家。他一生的全部思考实际都围绕一个中心问题,即如何看待法国大革命全面摧毁欧洲贵族体制这一巨大历史事件。托克维尔一家事实上与法国大革命有不共戴天之仇。托克维尔的曾外祖就是在革命恐怖时期挺身而出为法王路易十六担任辩护律师,从而被全欧贵族奉为偶像的著名法国贵族领袖梅尔歇布(Malesherbes),辩护失败自己被送上断头台,连同托克维尔的外祖父也被一并处死;托克维尔的亲生父母则在新婚蜜月时期被革命政府逮捕判处死刑,仅仅因为在等待处决时雅各宾专政倒台才虎口余生,但托克维尔的母亲已经为此而终生神经惊恐。托克维尔从小的家庭教育因此充满憎恨大革命以及缅怀被处死的国王的气氛。

但托克维尔的不同寻常就在于,早在20岁之前他就开始超越了自己家庭以及自己所属社会阶层的狭隘贵族视野和保守主义立场,而逐渐形成了他自己认同法国大革命原则的立场并终生不渝。如他在私人信件中一再强调的:"促使我们行动的并不是个人动机，而是坚定地要求我们的原则不受任何破坏，我们的原则说到底只能是 1789 年大革命的原则"(*Selected Letters on Politics and Society*，p.187)。正是这种立场使得托克维尔对法国大革命的检讨绝然不同于英国的柏克对法国大革命的全盘否定。如托克维尔后来在评论柏克时所指出，柏克对大革命的分析虽然在许多局部问题上不乏洞见，但柏克所描绘的全景却是"一幅全盘皆错的图像"(a false picture altogether)，因为"大革命的一般品性、大革命的普遍含义，以及大革命的预兆，从而大革命的起点，完全都在柏克的视野之外"；其根本的原因就在于"柏克生活并拘囿于尚处在旧世界之中的英国，因此不能把握法国大革命的全新之处和普遍意义"，因此他在法国大革命中只看见大革命的"法国性"，却恰恰未能看出法国大革命的真正深刻性乃在于它的普遍性和世界性意义。托克维尔远高出柏克之处就在于他最早慧眼独具地看出，法国大革命的真正意义在于它标志着"民主时代"的到来。因为在托克维尔看来，法国大革命的本质是"民主革命"，法国大革命的问题因此说到底是民主的问题。

托克维尔与柏克之间的根本区别即在于：柏克仍是从欧洲旧式"贵族自由主义"的视野去看待和评判所发生的一切，因此民主时代的问题及现代性的问题乃整个在其视野之外，而托克维尔一切思考的基本出发点则首先就是：民主时代的来临使得欧洲旧式"贵族自由主义"的时代已经终结，自由主义在民主时代因此必须走向"民主的自由主义"。

简言之，托克维尔所谓"民主"的对立面是指"贵族制"，而非泛泛与专制相对而言（事实上托克维尔认为中央集权乃是民主时代的基本倾向，参见该书下卷第四部分）。他的所有论述因此都建立在一个非常基本的分析架构上，即民主制与贵族制的相对立。在托克维尔看来，正是这种作为与欧洲贵族制相对立意义上的"民主"，才是西方现代性最根本的特征或最根本的问题性所在。因此他把"民主"主要看成是一种"现代"特有的状况，认为古希腊城邦和罗马共和都不是民主制，而只是"贵族共和国"。因为就所谓"古代最民主的"雅典而言，"公民"本身就是一种特权的标志："35万以上的总人口中只有2万人是公民，其他都是奴隶"；而在古罗马，所谓"大户"(patricians)和"平民"(plebeians)的斗争在托克维尔看来只是同一大家庭内部之争，因为"他们全都属于贵族阶层"。他因此强调，古代所谓的"人民"本身就是指贵族，其含义与现代所谓"人民"乃截然不同。

现代性的最大挑战在托克维尔看来恰恰就在于，现在每一个人都要求被作为平等的个体来对待，这是古希腊罗马人在理论上就不能接受，而中古基督教则只能在理论上承认，却无法落实在"现世"而只能寄予"彼岸"。欧洲旧式贵族自由主义不再能适应民主时代的原因也就在于它乃以"不平等的自由"为基础，即自由只是少数人的特权，而非每个人的权利。而"民主时代"即现代的根本诉求恰恰在于它只承认"平等的自由"(equal freedom)，即自由必须是每一个人的自由，而且这种每个人的平等权利日益成为人们在一切领域一切方面的诉求，托克维尔由此以"各种条件的平等"(equality of conditions)来概括现代"民主"。托克维尔一生以卢梭为自己最景仰的两大思想导师之一，说卢梭的著作他每天要读一点，这是毫不惊讶的。因为事实上他对"民主"即"各种条件的平等"所做的透彻分析，乃是直接延续卢梭对"不平等"的分析而来，尤其《民主在美国》下卷对民主基本特性的分析，在风格上都受卢梭《人类不平等的起源和基础》的影响。

托克维尔对民主理论的重大发展之一由此就在于他不像以往那样单纯把民主看作一种政体形式。他突出地强调了所谓"民主"远非只是一个政治范畴，而同时甚至首先是社会、文化、习俗、家庭、婚姻，以至知性活动方式、感性生活方式及基本心态结构等人类生活一切方面的普遍性范畴。《民主在美国》下卷由此详加分析民主即"各种条件的平等"对知性活动（intellectual movements）的影响（第一部分），对情感方式（sentiments）的影响（第二部分），对民情（mores）的影响（第三部分），以及所有这些社会文化方面的民主化将会对政治产生的反影响（第四部分）。确切地说，托克维尔是把民主作为现代人的基本生活方式来分析和考察的。也正是这样一种考察视野，使他特别敏感地指出，民主将永不会在某一阶段或某一领域就停步不前，而将成为对现代人和现代社会的永无止境的挑战过程，如他以揶揄的口吻所言："难道谁会以为，民主在摧毁了封建制度和打倒了国王以后，就会在中产阶级和有钱人面前退却？"

托克维尔的中心关切是他所谓"民主人"（democratic man）即现代人的基本"心态"——追求"各种条件的平等"的强烈"欲望"——与民主社会的"制度"之间的持续张力。这种张力就在于："民主的各种制度激发并讨好人们对平等的激情，但又永远不可能完全满足这种激情"（*Democracy in America*，p.198）。因为

265

显而易见，任何社会再民主也不可能达成完全的平等，但是另一方面，"民主的各种制度最大程度地发展了人心中的嫉妒情感（sentiments of envy）"，因此"人们越平等，他们对平等的渴求就越难满足"。因为"当不平等是社会通则时，最大的不平等都见怪不怪。但当一切都已或多或少抹平时，最小的差距都引人注目"。民主时代的基本张力由此就在于"平等所激发的欲望"与永远不可能完全满足这些欲望的各种"制度"之间的"不断交战"（constant strife）。换言之，现代"民主"的一个基本悖论就在于，正因为民主社会提供了有史以来最大的平等但又永不可能达到完全平等，人们对"各种条件的平等"的追求变得永无止境："这种完全的平等总是在人们认为伸手可及时从人们的手指缝中溜走，就像巴斯噶说的已不断高翔而逃走；人们由此为追求完全平等而激动不已，尤其因为它既近在眼前又远在天边，就更让人锲而不舍。"（Democracy in America，p.198）

晚近十余年来托克维尔在西方学界受到的重视日益有超出其他经典思想家的趋势，其原因实际也在于，托克维尔指出的这种民主永不会停步的特性，即使在西方也只是在本世纪后半叶才变得越来越突出。所谓后现代主义的挑战、女性主义的挑战等等，可以说都是托克维尔所谓"文化民主化"问题的日益尖锐化表现，从而也就再次提出了"民主是否会有最后的极限"这一托克维尔当年自承无法回答的问题（"那么我们最终走向何方？无人知晓"）。

2000 年 3 月于香港大学

企业家与投机家

中国经济学家吴敬琏最近成为中国又一场争论的中心。吴敬琏一向有"吴市场"的外号，因为他多年来为鼓吹"市场经济"不遗余力，但现在他却成了中国其他鼓吹"市场经济"的经济学家如厉以宁等人的批判甚至围攻对象，原因只不过是因为吴敬琏最近半年多来不断批评中国的证券市场等不像"市场"，而像"赌场"，厉以宁等人因此认为吴敬琏混淆视听，不利于中国市场经济的发展。中国民间舆论，特别是各种网站，几乎一边倒地站在吴敬琏一边，纷纷称赞吴敬琏具有"平民意识"，为中小投资者讲话；许多人在网站上愤怒指责厉以宁等人这些年来完全沦为特殊利益的代言人，等等。

中国这场争论不禁使人再次想起韦伯当年提出的所谓"资本主义精神"问题。韦伯提出此一问题的直接背景之一正是来自于他对股票市场的先行研究。他认为在股票市场上有两种不同类型的人即"企业家"（businessmen）和"投机家"（speculators），其经济行为方式乃正好相反，亦即企业家希望最大程度地降低风险，以便确定理性的投资策略从而保证企业的稳定性牟利，投机家却恰恰希望最大程度地冒险，以非理性的"赌博"方式争取意外发财。

韦伯以此出发，批评当时许多经济学家如桑巴特（Werner

Sombart）等人在讨论所谓"资本主义"问题时，犯了一个极大错误，即把企业家与投机家混为一谈，把理性投资策略和疯狂冒险赌博混为一谈，从而也就把"理性资本主义"和"非理性资本主义"混为一谈。韦伯认为，"非理性资本主义"，亦即不惜风险不择手段地追求发财致富，乃是人类自古以来就有的最原始欲望，也是无论西方和非西方历来就普遍存在的经济行为方式，属于"经济传统主义"；但"理性资本主义"则是现代特有的，其基本特点恰恰在于把发财致富的欲望和方式纳入一种理性主义轨道，亦即发财致富的主要方式不是投机冒险，而是以理性计算的方式，最大程度地降低投资风险和成本来牟取最大利润。如果投机冒险是主要方式，那么风险完全无法预测，理性计算更加不可能，这样的资本主义只能是"非理性的"。

　　韦伯的研究因此集中在现代西方社会如何能够发展一整套对于资本主义的理性约束机制，包括国家对市场的理性约束，企业家对企业运行的理性约束，以及企业家对个人行为的理性约束。韦伯的"新教伦理"命题在这方面事实上是比较弱的一个环节，因为他过分强调了"新教"有助于促成"禁欲主义的企业家"，亦即这种企业家由于宗教信仰的内在约束而把攒来的钱用于不断投资，而反对用于奢侈享受。韦伯认为"非理性资本主义"是发财为了奢侈享受，所以特别热衷投机冒险，最后必然崩溃如古罗马，而"理性资本主义"则是发财为了投资投资再投资，因此特别要求降低风险，以保证投资可以理性预测和计算。

2001 年 3 月 12 日

可怜无补费精神

王国维曾有《论近年学术界》一文，其中讥刺严复"所奉为英吉利之功利论及进化论，不解纯粹哲学"。钱锺书在《谈艺录》中对严复更大为不屑，说"几道本乏深湛之思，治西学亦求卑之无甚高论者，如斯宾塞、穆勒、赫胥黎辈;所译之书，理不胜词，斯乃识趣所囿也。"

钱锺书还举出严复的诗大加嘲笑，例如其"世间皆气古尝云，汽电今看共策勋。谁信百年穷物理，反成浩劫到人群"，钱锺书挖苦说"直是韵语格致教科书，羌无微情深理"!

王、钱之论虽有文人相轻之嫌，却确有一定道理。严复对哲学神学人文学既缺乏浓厚兴趣，亦无足够悟力，似不待言。他译《穆勒名学》所加诸多按语，东拉西扯地把什么"佛氏所举阿德门，基督教所称之灵魂，老子所谓道，孟子所谓性"和西方的逻各斯都一锅煮，照此而言则又何尝不可再加上朱子的"理"，阳明的"心"，甚至张载的"气"? 西方谚语所谓"一到黑灯瞎火，所有的猫都是黑猫"，正此谓也。

就这些方面而言，确实可以说，严复除了提倡"即物实测"这类粗浅的经验论归纳法以外，实在未窥西学之堂奥，而他以一个"无用"就想推翻陆王心学以致中国旧学，更适足表明他对人心精微处缺乏会心。

严复对西方思想学术的了解，我相信其实主要并不是他在英国留学期间形成，而是在回国以后闲待在北洋水师学堂的十五年中补读的结果。查严复年谱，他在英国留学的时间实际只有两年左右：1877 年 5 月到伦敦，9 月以后入学朴茨茅斯学校，后转格林威治海军学院，所学课程为高等数学、物理、化学，海军战术、海战公法以及海军炮堡建造术等等，而他于 1879 年 6 月就已经回国。在这么短的时间内，主要精力必然都放在上面这些课程上，不可能读太多其他书的。

清朝驻英公使郭嵩焘说他与严复在伦敦时"试论中西学术政制之异同，往往日夜不休"，这当然是真的。不过在繁忙的海军学校课程以外，还要日夜不休地聊天，真正用心读书的时间自然更少了。

严复回国后十五年内未为李鸿章等重用，他想以考科举入仕又偏偏每次考试都不及格，心情苦闷可想而知，真正读书思考相信主要是在这十五年。公平点说，严复的心思本不在哲学神学人文学，而是在社会政治理论。他在这方面虽然也有种种局限，却是有所见、有所悟，甚至有理由自负的。他在《宪法大义》所言："外对于邻敌，为独立之民群，此全体之自由也；内对于法律，为平等之民庶，此政令之自由也。"这一"两种自由"的拈出，是深思熟虑的真知灼见，非泛泛可得。

"纷纷易尽百年身，举世无人识道真。力去陈言夸末俗，可怜无补费精神"，这是王安石叹韩愈的诗。想严复当年何尝不自负除他以外"举世无人识道真"，不过最后毕竟也仍是"可怜无补费精神"。

2001 年 7 月 6 日

美国世纪

20 世纪谁人评说

20 世纪刚刚结束，美国新闻博物馆向全美学者和记者发出问卷，要求他们评选出 20 世纪一百大新闻事件。评选出来的结果只能说最充分地反映出，今日美国人中即使最有教养的人都充满了惊人的"狭隘地方主义"（parochialism）。因为由这些美国知识和传媒精英评选出来的 20 世纪前十大"世界事件"几乎全都是 20 世纪的"美国事件"，而在美国以外发生的事情则只有与美国有密切关系才进入他们的视野。

无人否认，20 世纪的重大特征之一是美国逐渐崛起为世界头号强权。但这并不表示，美国的地方史就等于世界史。我相信，我们任何人随便列出 20 世纪十大事件，都会比美国学者和记者集体评选出来的结果更客观反映 20 世纪的世界历史。以下不妨首先列出美国人评出的十大事件，同时列出我个人随便列出的十大事件作为对比。

美国人评出的 20 世纪前十大事件依次为：1. 美国在日本的广岛和长崎投下原子弹，结束了第二次世界大战（1945 年）；2. 美国宇航员阿姆斯特朗成为第一位在月球上行走的人（1969 年）；3. 日本偷袭珍珠港，美国参加"二战"（1941 年）；4. 莱特兄弟成功试飞世界首架引擎飞机（1903 年）；5. 美国妇女赢得选举权（1920 年）；6. 肯尼迪总统遇刺身亡（1963 年）；7. 德国纳粹集中营犹太人大屠杀曝光（1945 年）；8. 第一次世界大战爆发（1914 年）；9. 美国最高法院就布朗案的裁决结束了美国学校"种族隔离"制度（1954 年）；10. 美国股市狂泻，大萧条时期开始（1929 年）。

以下我个人列出的十大事件当然有我个人的偏见，但我在每条后加一句话作为理由：

1. 1900 年八国联军侵华，标志西方列强完成对全世界的宰制；

2. 1914 年第一次世界大战爆发，标志"老欧洲"的衰落与解体；

3. 1917 年俄国革命，共产主义成为 20 世纪最重要历史现象之一；

4. 1929 年美国大萧条，引发世界资本主义全面危机；

5. 1933 年希特勒上台，标志欧洲文明在现代最黑暗的一页：纳粹极权主义；

6. 1939 年第二次世界大战与 1941 年美国参战，标志西方文明中心从欧洲转向美国，美国时代开始；

7. 1945 年美国在日本进行原子弹轰炸，核时代开始；

8. 1949 年中华人民共和国成立，深刻改变亚洲太平洋地区的形势；

9. 1971 年伊朗革命，标志伊斯兰文明与西方文明相对抗的新开始；

10. 1991 年苏联解体，冷战结束；充满不确定性的后冷战时代开始。

20 世纪史

写《20 世纪谁人评说》时，不免想到近年来西方出版的诸多 "20 世纪史"。已经译成中文的至少就有两种。一本是台湾麦田出版社推出的英国史家霍布斯邦（Eric Hobsbawm）的《极端的年代》，又称为 "短暂的 20 世纪" 史。作者认为，19 世纪是 "漫长的世纪"（1789—1914），因此他曾为 19 世纪写了三大卷，而 20 世纪则是 "短暂的世纪"（1914—1991），他用一本书就打发了。

另一本是香港牛津大学出版社推出的意大利人阿锐基（Giovanni Arrighi）的近作，书名就明显与霍布斯邦唱反调，题为 "漫长的 20 世纪"，因为作者认为 20 世纪至少有五百年那么 "漫长"，而非从 1914 年才开始。

以上两种史书都是作者从强烈的个人观点来看 20 世纪，因此一个眼里看出来的 "世纪" 不到八十年，另一个眼里看出来则有五百年以上。对这两本书我们以后或有机会再谈，这里不妨提及另一类可称为编年史流水账式的 20 世纪史。这类书大多都不可卒读，一是篇幅多在一千页以上，二是作者往往都没有什么精到见解，唯一用处是可供查阅某年发生过某事。比较典型的或推格伦维尔（Grenville）的《20 世纪世界史》（*A History of the World in the 20th Century*，1994），标准的教科书写法，近千页，分八十九章罗列，每章标题清楚，查阅方便（例如第六十四章是

275

"继续革命：毛的中国"），也算难为作者了。此外，我最近发现吉林文史出版社早在十年前就译出了丹尼尔（Clifton Daniel）的《20 世纪编年史》（*Chronicle of the 20th Century*），此书现已有增订版（1995），中文版显然是根据第一版（1988）。我没有费神去找中文版，只是知道中文版译为《20 世纪大博览》，觉得倒也传神，因为这本将近一千五百页的大书似乎对体育特别关注，每逢奥运会年都特辟专页，其他似乎就无甚足观了。

最后，也是我个人觉得比较值得推荐的是由各路专家集体编写的 20 世纪史。我自己有的是《牛津 20 世纪史》（*The Oxford History of the 20th Century*）和《哥伦比亚 20 世纪史》（*The Columbia History of the 20th Century*），前者不到五百页，后者六百多页，都相当可读。哥伦比亚本力图打破传统的以政治军事为主线的世界史教科书套路，比较强调社会文化史，因此全书以"高级文化"和"通俗文化"两章开首，接下去是"女性问题""宗教""体育"，共二十四篇专题研究。

但我自己还是比较偏向《牛津 20 世纪史》。

《牛津 20 世纪史》

我说自己比较偏向《牛津 20 世纪史》，部分原因或许是因为此书大部分作者是老一辈的学者，亦即出生于二十和三十年代的人为主。我个人以为，对于 20 世纪史这样的题目，最好由富有沧桑感的老辈学者担纲。现在欧美年青一代的学者大多生活经验浅薄，学问功底尔尔，谈点时髦话题可以，真知灼见则阙如。

此外，《牛津 20 世纪史》多少带有传统欧洲的视野，不像《哥伦比亚 20 世纪史》是标准的美国货。换句话说，哥伦比亚本比较新潮，牛津本则比较老派。不过对 20 世纪史这样的题目，我宁取老派，因为老派比较平实，不像新潮常把芝麻当西瓜。

《牛津 20 世纪史》的引言指出，20 世纪开端时的特点是希望和恐惧并存。希望的是科技进步会造福人类，恐惧的是新时代将是弱肉强食的时代，结果是 20 世纪成为战争最频繁也最野蛮的时代。引言接着指出，21 世纪的开端实与百年前非常相似，也是同样的希望和恐惧并存，但一个重大的差异是，百年前主要是欧洲各国的争战把其他地区卷进来，而现在则很可能倒过来，是全球性问题把西方卷进去，确切地说，将是非西方社会的争战把西方卷进去。这里隐含的一个看法实际是：21 世纪是福是祸，已经未必取决于西方世界，而是主要看非西方世界如何发展。

此书因此具有一个最大特点，即它虽然由二十余位名家集体撰写，但全书却有一个相当统一的结构和明确的史观。第一部分是铺垫性的，分别论述对全人类都有重大影响的现象：人口发展与城市化、物理学革命、知识的扩展、世界经济体的形成、一种全球性文化（a global culture）的形成以及视觉艺术的发展。接下去是构成全书主体的三部分，清晰勾勒出 20 世纪的发展轨迹，分别题为："欧洲中心的世界：1900—1945"；"冷战：1945—1990"；以及"更广大的世界"。最后这部分占全书最大篇幅，集中于非西方世界，其中亚洲占四章，分别为：东亚；中国；东南亚；南亚；接下去是：北非与中东；非洲；拉丁美洲；英联邦；最后一章是"联合国与国际法"。

换言之，《牛津 20 世纪史》认为，20 世纪前半叶仍是欧洲中心的时代，下半叶是美苏争霸的时代，世纪结束时则是西方面对一个"更广大的"非西方世界的时代。新世纪的祸福将取决于非西方世界的发展，其关键是亚洲，特别是中国。

20 世纪的二十天

刚刚写了几篇有关英美学者总结 20 世纪历史的著作，却突然发现德国慕尼黑当代史研究中心为回顾 20 世纪推出了一套共二十卷的系列丛书。丛书总名为"20 世纪的二十天"。台湾麦田出版社目前已经取得全套丛书的中文版权，据说将在今年年底以前将二十卷全部译成中文出版。

这套丛书的别开生面之处在于，它选择了 20 世纪历史上有特殊意义的二十天作为观察 20 世纪的切入点，每本书都首先叙述某个特定日子特定地点所发生的特殊历史事件，由此出发展示 20 世纪的某些重大历史。从这二十卷书的标题大体可以看出德国学界对 20 世纪脉络的一些基本看法，按时间顺序分别为：

1.《1914 年 6 月 28 日萨拉热窝：旧欧洲的没落》; 2.《1917 年 10 月 25 日圣彼得堡：俄国革命及共产主义崛起》; 3.《1922 年 10 月 28 日罗马：极权主义的挑衅》; 4.《1925 年 5 月 30 日上海：中国革命》; 5.《1942 年 7 月 17 日奥斯维辛：种族意识、种族屠杀及种族灭绝》; 6.《1945 年 2 月 4 日雅尔塔："二战"和两极世界的形成》; 7.《1945 年 8 月 6 日广岛：核子威胁》; 8.《1947 年 8 月 15 日德里：殖民统治的结束》; 9.《1957 年 3 月 25 日罗马：欧洲统一》; 10.《1961 年 1 月 20 日华盛顿：美国梦》; 11.《1967 年 6 月 5 日西奈：近东与中东危机》; 12.《1968 年 5 月 13 日巴黎：

文化与社会变革》；13.《1969 年 7 月 20 日宁静海：科技革命》；
14.《1975 年 8 月 1 日赫尔辛基：和解与裁减军备》；15.《1975 年
11 月 15 日郎布伊耶：经济全球化》；16.《1985 年 3 月 10 日莫斯
科：苏维埃帝国的解体》；17.《1986 年 4 月 26 日车诺比：生态
的挑战》；18.《1989 年 11 月 9 日柏林：德国问题》；19.《1995 年
11 月 10 日哈科特港：第三世界的觉醒与贫困》；20.《2000 年 12
月 26 日：美丽新世界——期待与体验》。

　　从以上标题中可以看出，这"二十天"的选择有些只是些
噱头，无非是用关键性日子来铺陈某重大事件，而这个关键日子
的选择与历来史家的处理并无不同，未必有特别的新意。但也有
一些则似乎表现了作者的独特看法，例如第四卷处理中国，作者
认为 20 世纪中国最重要的日子既不是辛亥革命，也不是五四运
动，而是 1925 年上海"五卅惨案"及其激发的中国全民反帝高潮。
这确实是相当独到而且极有见地的看法。

美国世纪

所谓"20 世纪是美国世纪"这一说法，通常认为是美国《时代》杂志老板卢斯（Henry Luce）在 1941 年最早提出的。这个说法如果稍微修正一下，改为"20 世纪后半叶是美国世纪"，则自然是成立的。但如我们较早前曾指出，"20 世纪是美国世纪"的说法，不免使许多美国人包括最有教养的美国人都充满了"狭隘地方主义"（parochialism），即常常把美国的地方史就当成了世界史。

由美国大牌电视主播钱宁斯（Peter Jennings）与人合著的厚达六百页的《本世纪》（The Century，1998）一书，大概可以看成这种"美国式狭隘地方主义"的标本。该书名为《本世纪》，实际则完全是关于美国人在本世纪经历的事，而在美国以外发生的事情则只有与美国有密切关系才进入他们的视野。我最近颇惊讶地发现，此书已经由台北时报出版公司译成了中文版，书名为《珍藏 20 世纪》。老实说我不太明白这家出版社为什么选择这本书作为什么《珍藏 20 世纪》。因为就内容言，此书所谈的"20 世纪"实在只与美国人相干，译成中文应该改名为"20 世纪美国"，而不应该是什么"珍藏 20 世纪"。

此外，如果就图版的丰富而言，则钱宁斯这本也远不及另一本由英裔美籍老报人伊文思（Harold Evans）与人合著的书，书名直接题为《美国世纪》（The American Century）。此书的图片部分由伊文思与职业摄影家 Gail Buckland 合作，用了十二年的功夫从成千上万的卡通、图画、相片中挑选，确实名副其实地使全书成为他们所希望的"文本与图片的联姻"（marriage of texts and photographs）。

伊文思的文字自然也比钱宁斯的生动，具有比较强的个人风格。尤其是他对 20 世纪美国的十多位总统都有自己的点评，常有一针见血之快。例如他评罗斯福（Theodore Roosevelt）总统是"说得震天响，手里却无大棒"（talked loudly，but he carried a small stick），对另一位罗斯福（Franklin Roosevelt）总统则说"不知为什么他老是喜欢往前走一步就又轻轻退一步"（it was bewilderingly his style to take a step forward and a brisk step back）；说尼克松总统自然更挖苦："尼克松的白宫天天过鬼节"（it was always Halloween in the Nixon White House）；不过最惨的大概还是福特（Gerald Ford）总统，他因为是由于尼克松下台而未经选举就当总统的，因此"永远无法摆脱被媒体描绘成一个蠢蛋，不是在楼梯上绊个跟头，就是在雪坡上滑一大跤"（dogged by a press image as a klutz who stumbled on stair cases and skislopes）。

激进与保守

美国当代史家小施莱辛格（Arthur M.Schlesinger，Jr.）的父亲老施莱辛格在世时常被人目为神人。因为他曾数度预测十几年后，甚至几十年后美国政治的行情，几乎每次都料事如神。

1924年，老施在一次演讲中预言，随着1923年柯立芝（Coolidge）政府上台所开始的保守主义政治氛围，将会延续到大约1932年。当时台下听众中不满保守主义的人不禁发出一片My God的惊呼，但老施的预言则果然应验：直到1932年罗斯福当选总统，大力推行"新政"（New Deal），才结束了保守主义政治。

但正当罗斯福新政大张旗鼓进行得好不热闹之时，老施于1939年12月《耶鲁评论》上发表文章预言：自由派新政大概将于1947年走到尽头。这一预言不幸再次应验，因为1947年时，尽管当时的总统杜鲁门所领导的民主党政府忠实继承罗斯福新政的理想，竭力实行杜鲁门所谓"公平施政"（Fair Deal），但1947年组成的第八十届国会是自1928年以来第一次共和党在参、众两院都成为多数党（众院中共和党占二四六席对民主党一八八席，参院共和党五十一席对民主党四十五席），从而国会成为保守主义堡垒（1947年共和党同时取得二十五个州长职位），使杜鲁门"公平施政"的纲领大多泡汤。杜鲁门本人在保守派一片"倒杜鲁门"声中很快于1952年的总统竞选中退出竞选，让位于共和党的艾

283

森豪威尔，从而迎来美国政治史上最黑暗的"麦卡锡"主义时代。

但是，就在第八十届国会正对罗斯福新政反攻倒算之时，老施于 1949 年发表了他著名的《我们怎么走过来的》（*Paths to the Present*），再度做出两个惊人预言，一是 1947 年开始的自由派退潮、保守派反攻大约会延续到 1962 年，二是再一波保守主义回潮大约会在 1978 年左右登场。（他同时指出这一推断的上下时间偏差最多为一至两年）。

正如我们现在知道的，老施的这两项预言同样无一不中：1961 年肯尼迪就职总统，是为本世纪美国历史上最激进的改革年代之开始，保守主义势力溃不成军；但同样，这一自由派激进运动在七十年代末日益衰落，终于迎来 1980 年里根"新保守主义革命"的出台。

小施莱辛格子承父业，在里根新保守主义最盛的八十年代初就连续发表《新保守主义能持久吗？》（"The New Conservatism：Will It Last？"）等文章，预言 1990 年前后将会有一"剧烈大变"，届时将会有类似 1933 年罗斯福推行新政和 1961 年肯尼迪发动"新边疆"运动的创新与改革之风。1992 年美国总统大选的结果果然又一次应验了小施的预言：克林顿为首的新一代民主党人以一个"变"（change）字为口号，终于击败执政十二年的共和党，赢得总统大选，导致里根新保守主义时代的终结。

1996 年 5 月

美国政治的周期

前文曾谈及美国史家施莱辛格父子能准确估计十几年后美国政治行情的神奇本事。其实，施家父子并无特异功能，他们所根据的只是美国政治的一个突出现象，这就是：美国政治具有某种周期循环性（参见 Arthur M.Schlesinger, Jr., *The Cycles of American History*, 1986）。只不过，这种周期循环的机制和原因是什么，各家解释各有不同，而对这种循环的周期长短的预测亦各有千秋。

美国政治的周期性循环现象最早大约是由美国大文豪爱默生（Emerson）在 1841 年一篇文章中提出来的。爱默生将这种循环概括为"保守与革新"的循环交替。爱默生看来，人类及其历史的本性就是这样有进有退，春天和夏天是改革派，秋天和冬天则做守旧派，甚至早晨是改革派，晚上即是保守派。用他的话说："革新是向前冲的动力，保守则使运动告一段落。"

但爱默生所言毕竟有些笼统，并非是对美国政治的具体分析，他更没有费神去研究这一循环在美国究竟多长时间来一次。五十多年后，有"19 世纪最有教养的美国人"之称的亚当斯（Henry Adams）在其名著《杰佛逊和麦迪逊当政时代的美国历史》一书中，则将循环说大大推进了一步。亚当斯认为，美国作为一个新建共和国，在一开始就显出一种周期循环性，而且他第一次给出了一个相当明确的周期：大约每十二年一次。亚当斯也不像爱默生那样把循环笼统概括为"保守与创新"的摆动，而是更具体地概括为"中央集权倾向"与"地方分权倾向"之间的摆荡。按照他的看法，从美国独立宣言（1776 年）到美国联邦宪法（1787 年）这第一个十二年是为中央集权，建立联邦政府的时期；但随后的十二年则是各州拒联邦政府、维护各州自治的时期；再后十二年则又是加强联邦中央政府的时期。

老施莱辛格正是在亚当斯研究的基础上将循环说再推进一步。他首先将周期循环定义为"保守主义与自由主义"的摆荡，同时将"保守主义"定义为关切少数人的权利（the rights of the few），将"自由主义"则定义为关切多数人的冤屈（the wrong of the many），因此前者强调秩序，节制民主，后者则扩大民主，力主变革。老施由此将从开国到本世纪上半叶的历史概括为十一次周期性循环，其中六个时期为自由派得势，五个时期则为保守派掌权。这十一次循环的平均周期为十六年半。其具体分法，前三次的周期老施大体照亚当斯分期，即十二年一次，随后第四次从1812 年战争直至 1829 年是为美国从农业社会转向工业社会的关键期。从那以后，所谓"保护少数人的权利"与"关切多数人的冤屈"这一摆荡就日益明显，老施的分法是：1829 至 1841：杰克逊群众民主化时代；1841 至 1861：奴隶主把持联邦政府时代；1861 至1869：废奴运动（内战）；1869 至 1901：保守派执政最久时代；1901至 1919：进步运动（Progressire Movement）时代；1919 至 1931：保守派共和党复旧时代；1931 至 1947：罗斯福"新政"时代。

1996 年 5 月 22 日

"焦虑的中间阶级"与九十年代美国政治

今年（1996年）美国总统大选的"初选"阶段，由于民主党内无人挑战克林顿，因此主要是看共和党内谁能赢得提名。从3月5日的"小星期二"参院共和党领袖多尔一口气赢得八个州的初选，到3月12日的"超级星期二"多尔再赢得七个州的初选后，局势已经基本明朗，即多尔在共和党内事实上已成无可挑战之势。但多尔为了在全美第一大州加利福尼亚及西海岸诸州造势，有意拖到3月26日晚上加州、内华达州和华盛顿州初选后才正式宣布他已赢得今年共和党总统提名人。至此，今年的初选阶段算是基本结束，因为两大主要政党的总统候选人都已实际确定（民主党的克林顿与共和党的多尔），只等夏天两党的代表大会正式加以确认。

但是，对于今年总统大选来说，目前最值得注意的或许既不是多尔在共和党内已经赢得初选，也不是克林顿在全国民意测验上继续大大领先多尔，而是甚多美国选民似乎既不满意多尔也不满意克林顿，既不喜欢共和党也不喜欢民主党。加利福尼亚初选当天，《华盛顿时报》一篇报道的标题就是"加利福尼亚对多尔和克林顿都无太大兴趣"。而较早前"超级星期二"结束后由哥伦比亚电视网（CBS）所进行的一项全国性民意调查表明，百分之四十的共和党选民和百分之四十六的民主党选民都表示希望能看到第三党候选人加入大选。

"焦虑的中间阶级"朝秦暮楚

美国选民对于两大传统政党的政治认同日益降低乃是九十年代美国政治的深刻危机所在。据《纽约时报》3月17日的一篇报道，今天约有三分之一的美国选民是所谓"独立选民"，即他们不再像传统美国人那样有相对稳定的政党认同和意识形态认同，而是对两大政党都日益缺乏信任，从而在政治态度上常常显得相当反复无常。这种状况使得今日美国政治具有一种相当难以预测的特点，也是为什么今年"初选"以来政治评论家和媒体的政治预测不断失误的主要原因所在。

事实上，正如观察家们普遍指出，1992年把民主党的克林顿送进白宫的选民，与1994年把共和党送进国会的选民，基本上是同一批选民，即今日美国所谓"焦虑的中间阶级"（the Anxious Middle）。这一中间阶级的所谓"中间性"，并不是传统经济定义下的"中产阶级"，而是如著名政治分析家狄欧尼（E.J.Dionne）所指出，乃在于他们的政治态度和立场，即他们既不是左派或自由派（民主党），也不是右派或保守派（共和党），而是在两者之间。中间阶级的"焦虑"首先来自于今日美国经济大转型时期所带来的高度不安全感，但这种焦虑同时又恰恰由于他们对民主党和共和党都感到无所适从而更为加剧。正是这种焦虑而无所适从的心态，使得九十年代以来美国的选民行为日益具有一种"病急乱投医"的非稳定性，亦即他们可以今天把你选上去，明天马上又背叛你，从而使九十年代美国政治表现出一种左右摇摆、大起大落的特征。

荡秋千式的九十年代美国政治

例如，1992年大选时克林顿本是以"变革"为口号而当选总统，从而一举结束白宫长期由共和党当家的格局。但是，当克林顿真正开始实行其改革后，选民们却渐渐倒向了反对克林顿改革的共和党，结果不但克林顿执政头两年的几乎所有改革方案都因越来越缺乏充分的民意支持而流产，而且最终在1994年底国会选举时选民几乎一面倒地支持共和党，从而又一举结束国会四十年来由民主党把持的局面。

但同样，正当共和党人踌躇满志，深信美国人民终于选择了他们执政从而大刀阔斧开始全面改革时，选民们却又渐渐倒向了抵制共和党改革的克林顿。结果在短短一年内国会共和党人几乎已完全失去了民意支持，而克林顿反而在所有民意调查中又占尽上风！

九十年代美国选民这种朝秦暮楚的政治态度与行为方式实际上预示，今年的总统大选过程将会充满非确定性。确切地说，今日美国政治的深层问题事实上是，在美国社会经济结构和选民结构都已发生深刻变化的九十年代，共和党和民主党这两大传统政党都面临相当深刻的党内认同危机和选民认同危机，亦即一方面，由于选民结构的变化，越来越多的选民深感无法确定究竟哪个政党最能代表自己的利益从而日益摇摆不定；而另一方面，面对选民结构的变化党内对于究竟哪些选民阶层应该是首要争取对象同样出现新的矛盾和分歧甚至难以达成共识。今年共和党的布坎南竟然高举劳动人民大旗，尖锐抨击华尔街，正是共和党内认同危机的突出表现。

简言之，由于美国社会经济结构的深刻变迁，今日美国民众与两大传统政党的关系已经发生了很大的变化。共和党和民主党这两大政党究竟代表什么样的理念和利益，都已到了需要重新界定的时候。今年的大选，正是对两大党如何凝聚党内共识从而重建新的选民基础的考验。

初选虽然结束，党内共识远未达成

但就目前来看，尽管初选已经结束，但无论共和党还是民主党，在今年大选上最终将形成什么样的党内共识和竞选纲领，都还远谈不上已经成形。

就共和党方面而言，今年初选过程中媒体大多都特别注意布坎南代表的共和党内所谓"社会保守派"对多尔的挑战，但我以为更应注意的实际是，在共和党的整个初选过程中，几乎所有的竞选人都刻意与众院的共和党激进"经济保守派"拉开距离，这自然是因为众院共和人的激进改革到今年年初已大失民心的缘故，但由此一来，共和党今年的初选过程也就显得与 1994 年的共和党革命缺乏有力的连续性，从而给人以共和党方向不明的感觉。尽管现在初选已经结束，多尔获党内提名已成定局，但事实上，多尔几个月竞选下来，即使投他票的共和党选民都纷纷抱怨多尔缺乏任何前瞻性的竞选纲领，无法激起美国民众的热情。布坎南更在整个初选过程中强烈抨击多尔和共和党当权派"一无理念，二无目标，三不知今日主要问题所在"，他所谓要为"共和党的灵魂"一直战斗到8月党代表大会，正是指今日共和党已失去了"灵魂"。而另一方面，众院中的不少激进派一向认为多尔太会妥协，没有原则。

　　共和党内能否形成共识目前将集中在能否产生一位各方面都能接受的副总统候选人。黑人将军鲍威尔坚拒出马事实上是有自知之明，因为他绝非共和党右翼能够接受。但共和党现在要找出一位能大振士气的副总统人选，似乎委实不易。

　　就民主党方面而言，尽管从一开始克林顿就无竞争对手，但事实上克林顿到现在尚未正式宣布竞选连任，更远未提出其今年寻求连任的竞选纲领，这诚然使克林顿本人显得游刃有余，但同时也就意味着民主党内不同派系的整合过程几乎尚未真正开始。

　　我们尚记得，克林顿任内头两年的所有改革之所以都失败，在很大程度上是由于在民主党内本身就未能得到足够支持。而在1994年共和党革命后，克林顿尽管最终挫败了众院激进共和党人的改革，但他自己的立场包括他在今年年初的最后"国情咨文"却也使许多民主党人怀疑他现在与共和党还有多少区别。克林顿目前事实上有两套竞选班子在为他准备竞选纲领，这两套班子在许多重大问题的主张上乃完全南辕北辙，现在尚难以断定最终克林顿会以哪套班子为主。克林顿迄今为止的竞选策略主要是尽可能拖延正式宣布竞选连任的日期，以便最充分地以"总统"而非"总统候选人"的身份不露声色地为自己造势。但相信4月上旬克林顿应宣布竞选连任，以正式发起民主党竞选总动员。

从现在起到8月党代表大会这几个月，将是多尔和克林顿全力整合党内各派系凝聚党内共识的时期。

1996年4月

美国大选日的由来

　　美国常被看成世界上最热衷选举活动的国家。如果把各级地方选举都算在内，据说全国每年要举行十五万次左右的选举。尤其总统大选的竞选活动几乎进行将近一年的时间（政治家们本身的准备时间当然更长）。

　　许多人因此常认为美国为选举尤其全国性大选简直劳民伤财，何苦来着。这种看法完全错误，因为事实上美国所有用掉的钱最值得、最不浪费的就是用在选举，尤其是全国大选上的钱！在美国这样一个幅员辽阔、居住分散、各种离心力极大的国家，如果没有在建国之初就制度性地坚持定期实行全国大选这样一种全国性政治机制，那就不可能形成国民的政治认同和政治凝聚力，美国这个国家很可能早就瓦解了。美国自建国以来即使在南北内战时期和参加两次世界大战时期都从未改期更不要说取消任何一次大选，可说定期选举不能随意更动（这将增加作弊的可能性）更不能取消实在已成一种民族习惯。

　　全国大选日子的设定问题由此也就并不是一件小事，它必须尽可能不要打乱百姓的日常生活，使他们能在最方便的日子来参与全国政治活动。我们现在不妨就了解一下目前美国法定大选日为什么定在 11 月而不是别的月份，同时也不是 11 月 1 日，而是颇有些复杂地定为"11月的第一个星期一以后的星期二"举行,这在当初事实上是国会很费了一番苦心才找出来的一个与民方便的日子。

美国宪法并未规定大选日,其原因究竟是当时费城制宪会议的疏忽还是别的什么原因,目前已无从考证。现在这个大选日是国会于1845年制定的。这里最重要的是1845年时美国还是一个完全的农业国,因此任何考虑都像我们老中国那样必须从农业季令出发。大选日定在11月的第一个理由就是到那时不仅夏收已经完成,而且夏粮的储存和销售也都应该已完成,因此是美国农夫们心情舒畅又有空闲的日子。这个时间同时不能晚于11月的上旬,因为当时选民需要走远道去投票地点投票,晚于11月美国很多地方的雨雪季节就到了,许多人不愿再出门。至于大选必须在星期二而不是星期一举行,则是因为当时多数人去投票站事实上要一天的路程,而星期天是上教堂做礼拜的日子,因此国会的算盘是选民可以在星期一出门,星期二到达投票地点投票。

最费解的自然是为什么不简单点是11月的第一个星期二,而要弄成"11月第一个星期一以后的星期二"这么复杂?其原因是,美国地方法院大多在每个月的1日开庭审案,如果11月第一个星期二正好是11月1日,那就会与地方法庭开庭日冲突,"11月第一个星期一后的星期二"就避开了这个冲突,由此美国大选日实际上总是落在11月2日与8日之间。

今日许多中国"精英"总以各种莫名其妙的理由说中国还无条件实行全国性选举,我从来听不懂他们的理由,只希望他们多点知识，了解那时美国远比今日中国落后仍照样选举。韦伯常说一国政治落后不是其民众落后而是其精英落后，信哉！

11 月 4 日

美国总统交接班制的弊病

美国总统从当选到正式就职，中间有长长的十个星期（当选总统通常在 11 月初揭晓，但必须等到第二年元月 20 日才能入主白宫）。这样的制度安排在世界上实在是独一无二的。在英国，当上一届政府让位给下一届政府时，新首相几乎立即就入主唐宁街十号首相府。在加拿大，新总理照例应在大选后的十四天内宣誓就职。即使在办事最拖拉的法国，1981 年德斯坦让位给新总统密特朗这样的大换班也只用了十一天时间。与这些国家相比，美国总统从当选到就职需要两个半月之久，确实是有点不可思议。

但是，就美国自身而言，即使这两个半月也已经是大大缩短了的，是用一条宪法修正案——1933 年的第二十条修正案——才换来的重大改革成果（美国两百年历史一共才通过了二十六条修正案）。在此之前，美国总统宣誓就职的时间不是现在的元月 20 日，而是 3 月 4 日，亦即一个总统从当选到就职的时间不是现在的两个半月，而是整整四个月。之所以会如此，盖因为美利坚合众国最初是一个极为松散的联邦。在当时的交通、通讯条件下，光是各州确认，核对选举结果就颇费时日，而从某些州去华盛顿甚至需费时一周以上。在所有这些条件制约下，为尽可能避免差错，才采取了四个月间隔期这一制度。

然而四个月间隔期的弊病乃是不言而喻的，因为这四个月无论如何给人一种权力真空的感觉。美国前总统伍德罗·威尔逊（1913—1921年在位）或许是最早对这一制度深感不安的人之一（原因之一当然是因为威尔逊在位时正值第一次世界大战）。1916年威尔逊竞选连任时，隐约感觉自己有可能会被竞选对手休福士击败，因此在大选揭晓前写了一封信给他的国务卿兰辛。信中说，如果休福士竞选胜利而他落败，休福士要四个月后才能执政，而他自己在这四个月中则因为大选落败已不再具有人民认可的总统这一道德基础。由此出现的局面是：在这四个月中，休福士尚无法律的认可代表人民，而他则缺乏道德的基础代表美国人民。威尔逊说，这种状况简直是灾难性的，因此他决定，一旦休福士当选，他立即任命休福士为国务卿，然后他与副总统一齐辞职，以便休福士能够直接继任总统。

1916年大选的实际结果是威尔逊再次当选，因此威尔逊的方案未能实行。但这当然并不表示问题本身就不存在了。1933年的第二十条宪法修正案决定将这一间隔期缩短到十个星期，自然是一个进步，但在现代发达的通讯联络条件，这十个星期无疑仍是太长，因此这个问题在美国政界和宪法学界一直是个争议问题。参议员佩尔和马希斯在几年前提出的宪法修正案动议（The Pell & Mathias Amendment）主张总统和副总统应在11月20日而不是元月20日宣誓就职，而新选国会则应在11月15日而非现在的元月3日开始工作。这一修正案建议在1984年4月参院司法委员会宪法分组听证时，颇得到好评。但是佩尔和马希斯修正案最终是否会通过，或更正确地说，这一修正案是否真正合适，不能不让人有几分怀疑。如果说目前的两个半月间隔期太长的话，那么佩尔和马希斯方案给出的时间（约两周）只怕是太短了。因为美国总统交接班时间之所以会这么长，除了种种技术性原因外，更有其体制和结构上的更深刻原因，这就是美国是总统制，而非议会制。

在西欧和英国等议会制下，政府交接的过程之所以会比美国的总统制相对简单，是因为首先新政府接班后的人事任命是相对有限的，并不牵涉全部人马大换班的问题。而美国总统的上台与下台，则是"一朝天子一朝臣"的格局，新总统上台后将重新任命大约八千五百名联邦政府官员，其中约三百名高级职位一般要由总统本人亲自圈定，这显然不是在短短几天内能决定的。其次，更重要的是，在议会制下，内阁成员按法律规定乃是从议会成员中挑选组成的，因此通常在大选前"影子内阁"早已组成，换班自然也就可以很快。美国的情况则完全不同，政府各部门首脑按法律就不能是参众两院成员，与执政党亦无直接关系，而完全是由总统个人挑选和任命（经参院批准）。换言之，在议会制下，内阁组成多半是在大选前就已经以政党为基础充分酝酿、谈判、妥协，而基本上搭好班子了，而在美国只是大选揭晓后才由当选总统个人任命工作班子开始进行甄选工作。后者所需的时间自然比前者要长得多。佩尔和马希斯方案似乎多少忽视了议会制和总统制的这种深刻差异。

但尽管这样，目前美国这种总统从当选到就职需时两个半月的体制无疑仍然太长。尤其在 1963 年通过"总统交接班法案"（The Presidental Transition ACT）以后，这一交接过程的弊病更多。"总统交接班法案"的原意是试图使总统职务交接过程制度化，但其结果则是使这一交接过程更官僚化，更劳民伤财。在这一法案通过时，交接工作的人马相当精悍而人员甚少，而整个交接过程的财政支出是由竞选得胜的政党的全国委员会支付，一方面并不动用纳税人的钱，另一方面更使政党能有效参与这一政府更替过程。但在"总统交接班法案"后，新任总统可以有两百万美元的公费支出来进行交接工作，还允许再从私人筹款中再募一百万或更多，而执政党本身则被排挤出这一交接班过程。里根1980—1981年接替卡特时，接班工作班子的人数多达一千五百人，整整占领一幢十层楼的联邦办公大楼，不能不说是劳民伤财。

美国总统的单项否决权

美国宪政安排号称三权分立，但实际上美国总统一直在不断蚕食原本属于国会的宪法权力。克林顿最近在星期二（1996年4月9日）签署而成为美国法律的所谓"单项否决权法"（line-item veto），事实上是一项不折不扣的变相宪法修正案，因为新法案赋予总统的这一权力，乃直接违背联邦宪法设计的权力构架。

根据美国联邦宪法的设计，美国总统对于联邦众议院提交的拨款或征税法案只有两个选择，即他或者全部批准，或者全部否决，但无权对法案中的任何单项条款进行选择性否决。这一宪政设计的基本理念是：国家如何用钱的权力是国会立法权力的核心所在，总统只有执行或不执行的权力，但不得以任何其他手段干预国会决定如何用钱的立法过程。

美国南北战争时期，南方分裂主义者通过的南方邦联宪法曾规定，邦联总统对众议院通过的拨款法案有权进行选择性批准或否决，亦即在同一法案中总统可以批准他同意的条款而同时否决他不喜欢的条款。南方邦联宪法对总统权力的这一设计，是与美国联邦宪法的设计背道而驰的。

克林顿最近签署的所谓"单项否决权法"，事实上正是实现了由南方邦联宪法最早提出的总统权力设计，亦即今后美国总统对联邦众议院提出的拨款或征税法案，可以有选择性地否决其中某些单项条款（或减少其拨款数目），但同时批准这一法案的整体。

说来滑稽的是，美国总统中最早提出这一"单项否决权"的，正是南北战争时期的联邦军总司令，战后成为美国第十八任总统（连任两届）的格兰特（Ulysses S.Grant）。换言之，格兰特虽然粉碎了南方邦联的分裂企图，却试图仿效南方邦联宪法的这一设计来修正美国联邦宪法，以扩大他自己的总统权力。本世纪从罗斯福以来的历届美国总统都力图通过这一法案，以扩大总统在国家如何用钱问题上的发言权，但都因国会强烈抵制而难以成功。克林顿在其任内终于将其签署为美国法律，并将签署这一法案的四支笔分送四位未遂其愿的前总统（福特、卡特、里根、布什），其沾沾自喜之情自然可以想见！

不过克林顿本人在这一届任内将同样无法行使这一新权力，因为当国会的民主党人动议将这一法案在签署日起即生效时，立即被共和党以259票对159票否决。根据克林顿与国会共和党人目前达成的妥协，这项新法律将延至1997年1月1日即今年总统大选结束以后再生效，法案的有效期为八年，即到2005年再视是否延长。但我们可以很肯定地说，由于这项法案实际上无异于一条宪法修正案，因此它几乎必然会被上诉到联邦最高法院裁决是否违宪，如果最高法院最后判定其违宪，则这一法案仍只能流产。

1996 年 4 月

联邦调查局

联邦调查局(F.B.I.)在美国政治生活中的定位一向有些暧昧。按理而言，一个宪政民主国家本不应允许存在专以本国公民为对象的秘密调查机构，因为如公民涉嫌从事非法活动而需被调查，应由司法部门按正当司法程序进行。但联邦调查局虽在名义上受美国司法部领导，实际上却一向自行其是，尤其在当年曾连任该局局长近五十年之久的胡佛（直至其1972年去世）时代，美国政界人物包括肯尼迪在内无不对之怀有惧心，因为胡佛掌握每个人的一切材料。一般都认为，胡佛之所以能不可思议地执掌这一机构长达半世纪而未被任何一位新上台总统撤换，绝不是因为每个总统都信任他，而是因为没有一个总统惹得起他。

联邦调查局与白宫的关系更是错综复杂。一方面，正如曾多年任联邦调查局与白宫之间联络官的德勒其（Cartha De Loach）在其回忆录中所指出，他所供职过的所有总统，从罗斯福一直到尼克松，无一不以尼克松的方式来利用联邦调查局，即力图使之成为自己的私家侦探。例如在尼克松之前，约翰逊总统在1964年即让联邦调查局在黑人民权领袖马丁·路德·金的旅馆房间安置窃听器。同样，1992年总统大选期间，布什政府也是通过联邦调查局取得克林顿学生时代曾去过莫斯科等材料而欲不利于克林顿。但另一方面，尼克松在"水门事件"中之所以会终于身败名裂，恰恰也是由于当时联邦调查局来了一个反戈一击，指控尼克松试图控制该局对"水门事件"的调查过程。

1996年美国总统大选前夕，白宫收存联邦调查局关于共和党人秘密档案一事的曝光就曾使当时正在争取连任的克林顿政府处于极端尴尬的地位。尽管克林顿当时发誓此事纯粹是由于官僚作业过程的混乱所导致，绝非是利用联邦调查局来整政敌的黑材料，但参、众两院的共和党要人都将此事比作"水门事件"，亦即暗示克林顿的白宫在利用联邦调查局搞特务政治。大多数美国人也都认为，白宫收存联邦调查局关于四百多位共和党人的秘密档案，即使一切都像白宫所声称的那样清白，最低程度也已暴露出联邦调查局行事不循正当程序，对事关公民政治前途的档案材料视同儿戏的作风。

有鉴于"水门事件"而于1974年通过的"隐私权法案"（Privacy Act）在保护公民不受秘密调查方面作了一些努力。但从目前来看该法案实漏洞多多，因为根据该法案，只要联邦政府的任何部门需要，联邦调查局都可以向之提供档案材料。这次华裔科学家李文和被长期秘密调查而完全置于任何司法程序之外就是一例。

1999年5月6日

303

克林顿与中情局

许多人或许还记得，四年前克林顿竞选美国总统时，曾被其政敌们挖出来一条差点置他于死地的骇人黑材料，即他在1969年还是英国牛津大学访问学者时曾悄悄搭火车去过莫斯科！这条材料加上克林顿在越战时有反战倾向并拒服兵役，已足以给人造成这样的印象：这家伙说得轻点是思想左倾，到红色首都去朝圣，说得严重点则谁知道他这个花花公子是否已被克格勃用什么美人计拉下了水。

今年总统大选以来克林顿在四年前的几乎所有丑闻自然又都被共和党再炒一遍。但奇怪的是唯独这条新闻似再未被人提出。最近看到《华盛顿邮报》记者卡门的一篇文章，方恍然大悟，原来克林顿在这个问题上已获平反昭雪，证明是一起冤假错案。根据历史学家毛利斯（Roger Morris）的近著《夫妻档掌权》（*Partners in Power*），克林顿在牛津期间原来是拿钱为中央情报局服务的便衣特务，专门负责为中情局收集时在牛津及伦敦的美国人的反战动向！如此说来，则克林顿去莫斯科时本是中央情报局的特工，不但没有里通外国之嫌，而且是为国效劳，出生入死，简直说得上有深入虎穴之勇！

这个毛利斯倒不是什么下三烂小报的三流记者，而是颇有名头的正经史家，较早前所著的尼克松传记曾甚得各界好评。因

304

此尽管他在其新著披露这条消息时仅说是根据数位不愿曝光的前中央情报局官员所述，不信者却也不好找他麻烦，指控他凭空捏造。大抵这些专门研究美国当代政治的学者和记者个个都有一身上穷碧落下黄泉的挖材料功夫，总能说出一个又一个令人目瞪口呆的内幕故事。

　　毛利斯所言是真是假暂且不论，我们要问的倒是这条消息对克林顿今年竞选连任到底是有利还是不利？首先应该说好像是有利一面更多，因为它似乎可以证明共和党人数年来所塑造的克林顿形象大多都是诬蔑不实之词，应予推倒。例如，克林顿看来从来就不像共和党攻击的那样"曾经思想左倾过"，甚至他可能也从来就没有真正"反对越战"过，因为，很可能所有这些都只是秘密工作的需要，即伪装激进学生罢了；同理，说克林顿"对国家缺乏忠诚，拒服兵役"看来也不那么有说服力了，因为人家明明是忠心耿耿的"美国爱国者"，为国家从事过秘密地下工作呢！总之，克林顿可以被说成是最传统、最地道意义上的"美国好孩子"，从来没有受过异端思想的影响。在许多美国人怅然怀念"五十年代意识形态多么纯粹"的今日美国，克林顿的这一新形象，大概是可以进入"政治一贯正确，意识形态没有问题"的名单了。

　　然则好事亦可能变坏事也。卡门在他那篇文章中就挖苦地说，联想到最近正受国会调查的克林顿下属涉嫌动用联邦调查局整政敌的黑材料事件，加上至今扑朔迷离的"白水案""佛斯特自杀案"这一系列与克林顿有关的案子，人们只怕免不了要说：原来克林顿这家伙是"中情局出身"，怪不得总是鬼鬼祟祟，尽干见不得人的勾当！碰巧克林顿本人最近正下令调查中情局在危地马拉策划暗杀和绑架这类肮脏事，套上中情局这顶帽子似乎毕竟不是什么体面的事。

但话说回来，中情局出身可以当美国总统应是没有问题的，布什当总统前不就是中央情报局局长吗？

1996 年 6 月 29 日于芝加哥

美国式"六一儿童节"

还记得小时候每过了"五一"劳动节后就开始盼 6 月 1 日的来临，因为"六一"是所谓"国际儿童节"。从中国到了美国后才逐渐开始知道，我们从小就耳熟能详的许多所谓"国际"节日，例如三八国际妇女节、五一国际劳动节，以及六一国际儿童节，其实都只是半个国际即原社会主义国家的共同节日，而在美国这些国家，这类节日是人们闻所未闻的。

但今年 6 月 1 日的美国却不同寻常，不知是出于巧合还是什么其他原因，总之这一天突然破天荒地也成了美国的全国儿童节。在全美"保卫儿童基金会"（the Children's Defense Fund）的号召下，二十万童子大军从全美各地齐集首都华盛顿，举行了声势浩大的"为了儿童"（Stand for Children）游行集会，一时成为当天美国的一大新闻。

只是美国的儿童节毕竟是美国式的，与我小时候经历过的儿童节实在迥异其趣。在社会主义国家，每到"六一"，孩子们在欢天喜地穿上新衣服之余通常会被耳提面命地告知，由于党和政府的关怀，"祖国的花朵们"生活得越来越好，而且还会明年更比今年好。但前天的美国儿童节则正好相反，因为整个集会的宗旨实际就是要向全社会传达一个信息：由于政府和社会都对儿童漠不关心，美国儿童的处境正越来越惨，而且会明年更比今年

307

惨。例如根据当天公布的比较数据，美国儿童的贫困率达到百分之二十六，是所有发达国家中最高的，而更令人毛骨悚然的是，据说美国每两个小时就有一个儿童被无辜枪杀，等等。

说来令人扫兴，前天的美国儿童节与其说是儿童的节日，不如说是大人们的游戏，是大人们"以儿童的名义"所进行的政治活动。诚然，集会的组织者一再声称这次游行集会是非政治、非党派的活动，许多参加者也是真心诚意关心儿童，只是今天美国哪有非政治的集会？事实上组织这次活动的全美"保卫儿童基金会"正是民主党阵营中最有活动能力的组织之一，基金会的前主席正是现在的美国第一夫人希拉里，而基金会的创始人和这次活动的主要发起人爱得曼（Marian Wright Edelman）更一向有"华盛顿最有权势的女人"之称。说穿了，这次"为了儿童"集会实际是"为了克林顿连任"的集会罢了。由此也就不奇怪，在共和党方面看来，整个集会无非是"以儿童的名义"为"福利国家"招魂而已。

但美国今日要说有"儿童"问题，实际只怕是无论共和党还是民主党都束手无策的问题，也是任何政治都解决不了的问题，这就是儿童在美国人口中的比例越来越低，从六十年代的百分之三十六降到目前的百分之二十六。不管你相信不相信，今日美国三分之二的家庭是没有一个孩子的家庭。无怪乎"社会"对儿童漠不关心了！

不闻丑闻何其难

普林斯顿高等研究所的名教授沃尔泽（Michael Walzer）最近发表一篇短文，颇引起许多识字看报人的共鸣，因为这篇文章一开头就说，这年头如何读报纸已经成了令人头疼的问题。

谁说不是呢？在日复一日连篇累牍地报道毫无新意的克林顿丑闻过程中，美国的媒体似乎已经日益堕落到认为"只有丑闻才是新闻"，"没有丑闻就没有新闻"，以致到最后"丑闻湮没新闻"的地步。在这种"丑闻新闻主义"笼罩下，要不闻丑闻实际已只有不问新闻。我周围的美国朋友现在几乎全都已经到了对这丑闻报道不能再多听一个字的生理极限，许多人甚至开始实行"四不主义"，即不看电视、不听电台、不读报纸、不看杂志。朋友间聊天吃饭更是绝对不能有一个字提及这桩事，否则人人会觉得你太煞风景。沃尔泽的文章引起大家的共鸣，正是因为他说他发现自己现在成了"国内流放者"（an internal emigre），因为他现在绝对不能看任何电视，不能听任何有新闻的电台。

但识字的人不读报毕竟难受。沃尔泽教授因此介绍他自己近来读报纸的经验说，他现在每天拿到报纸，首先看讣告版，看看有没有什么他自己认识或知道的人死了，然后看一眼中东那要命的地方是否又爆发了战争或恐怖事件。如果天下还算太平，他开始慢悠悠地读体育版，尤其对他自己喜欢的棒球这样一个字一个字从头读到尾。最后则浏览一下国际版，随后就戛然而止。关键的关键是，主要版面即美国政治版绝对不能看一个字。

沃尔泽的这种反应在美国知识界中可谓相当典型。不过在中文世界，情况却似乎不同。许多人不但不觉得丑闻报道泛滥成灾严重挤压其他重大新闻，反而认为中文媒体也应该亦步亦趋地紧跟美国的丑闻报道，否则就是没有达到"国际先进水平"！例如某些大陆旅美学者即指责说，当全世界媒体都紧跟美国媒体天天大炒丑闻时，只有"中国的媒体却视若罔睹，充耳不闻"。

所幸今日国内读者已非吴下阿蒙。最近不少国内读者就老实不客气地反驳这些旅美学者是胡说八道。因为事实上中国媒体对克林顿丑闻有大量报道，问题只在于中国读者对小克丑闻并没有美国读者那么大的兴趣，更没有人像这些旅美学者那样以为美国的头号新闻就必须也是中国的头号新闻。确实，亚洲经济衰退，香港金融动荡，内地又洪水滔天，哪一个不比性丑闻更重要？

我有时候不免想到，幸好现在在美国当婊子和贩毒品是非法的，否则一定会有很多中国知识分子义正词严地追问"为什么只有在中国不能合法地贩毒当婊子？"

废除选举团制？

写本文时，美国大选尚未揭晓。但从目前看，今年的大选有可能出现美国宪政史上历来头疼但实际很少发生的情况，即"民众投票"（popular vote）与"选举团投票"（electoral vote）不一致，从而导致赢得民意选票的人由于未能赢得选举团选票而仍然落选。具体而言，目前小布什极可能在民意选举中胜出，但最终当总统的可能仍然是戈尔，因为戈尔在选举团选票上似乎有明显优势。如果这种情况真的发生，美国朝野要求废除"选举团制"的呼声必然再度高涨。

美国的"选举团制"（Electoral College）在世界上独一无二，其理据一向单薄，因此历来饱受非议。早在1829年，第七届总统杰克逊在其第一次就职演讲中就指出这个制度不符合民主原则，应予废除，以后废除此制的呼吁络绎不绝。1977年卡特总统提出废除"选举团制"的宪法修正案，当时支持废除此制的包括共和党两位前总统尼克松和福特，以及参议院两党大佬如民主党的肯尼迪和共和党的多尔（Bob Dole）等；美国最有势力的主要民间团体如美国律师协会、美国商会、美国劳联—产联、美国女性选民联盟等也都支持，民意调查也表明几乎所有美国选民都支持废除"选举团制"。

但美国修宪程序极为繁复，加上"选举团制"真正否决民意选举的情况很少发生（卡特提案认为发生过三次，即 1824 年、1876 年和 1888 年的大选，但一般都认为只有 1888 年一次），因此这项宪法修正案后来不了了之。但如果今年布什真的因为这个制度当不成总统，则修宪的要求必然会被再度提出。要废除"选举团制"的理由几乎是无法反驳的，即它不符合"一人一票"（one person, one vote）的基本民主原则。事实上最高法院 1963 年确认"一人一票"是唯一选举原则时已经明确指出"选举团制"的选举方式早已过时。

但实际情况远非那么简单。如果废除此制度的宪法修正案真正推动，其最后结果很可能是失败的。其原因并不在"选举团制"本身，而在于许多政治家都担心，废除这个制度很可能会动摇美国的两党制。换言之，"选举团制"最不利于任何第三党候选人，美国历史上每次第三党赢得百分之二十以上民众选票时，其选举团票大多为零票，最多百分之二。这当然使美国选民认定第三党永远不可能真正赢。一旦"选举团制"真正废除，选民心态将大大有利于"第三党"的发展，这是轮流执政的两大党都绝不愿意看到的。

2000 年 11 月 7 日

再说选举团制

本栏上周曾预言,如果这次美国大选出现"民众投票"与"选举团投票"不一致的情况,美国朝野要求废除"选举团制"的呼声必然再度高涨。现在果然,这种情况不但发生,而且使得全世界都觉得选举团制太不民主,美国第一夫人希拉里甚至扬言,她当参议员后要提出的第一项议案就是废除选举团制。

但任何事情都有利有弊。现在大家都说选举团制不好,我反而想谈谈这个制度的好处,特别是它对今后中国政治的可能启示。

选举团制的最大弊端,上周已经指出是不符合"一人一票"的民主原则。但如果完全按照一人一票原则,却同样会有新的甚至更大的弊端,这就是不利于少数族裔。举例而言,目前犹太人占全美人口百分之三,但在纽约则占百分之十四,如果完全按全国一人一票,则犹太选民影响力必然大为削弱;但在选举团制度下,纽约是兵家必争之地,而任何人要拿下纽约,必须得到占百分之十四的犹太人支持。换言之,犹太选民只要足以影响纽约一州,就足以影响全国政治。如果大家不喜欢犹太人,则这种情况同样适用于西班牙族裔(集中于加州、德州、佛罗里达),而且实际上同样适用于美国亚裔和华裔,亦即如果他们今后积极从政,只要集中于无人敢忽视的加州,就有可能影响美国的全国政治。

选举团制对黑人究竟有利还是有弊，一向争论不休。但学者基本都同意，选举团制有利于高度集中于大州的少数族裔。

我们现在设想中国今后迟早要走上民主选举的道路，少数民族将是一个极大的问题。他们人口极少，但我们知道新疆、宁夏、西藏、内蒙古、广西等都是少数民族自治区，如果实行某种意义上的选举团制度，就会大大有利于高度集中于这些地区的少数民族，而如果只按一人一票，对他们就很不利。这同样适用于香港、澳门，以及台湾。例如香港六百万人口只占全中国人口千分之五，但如果以选举团制度投票，则可以占百分之三以上（暂以全国三十个省区算），这情况是大不一样的。顺便指出，美国并不是按人头分配选举团票的，例如加州平均五十七万人才有一张票，有些州平均十六万人就有一张。

以上当然只是就原则而言，因为选举团制只是美式总统制的安排，如果采用欧洲式议会制，情况完全不同。但不管怎样，今后中国如果实行民主大选，如何兼顾"一人一票"的原则与地区自治的原则，无疑将是首要问题。

2000 年 11 月 13 日

并非间接选举

这次美国大选把大家都搞糊涂了，尤其是所谓"选举团制"，使得许多人认为美国总统是间接选举产生。邵善波先生更在《明报》发表《美国大选为查良镛平反》，重提当年制定基本法时，查良镛曾强调美国总统是间接选举产生而引起的争议，认为这次美国大选突出了美国总统是间接选举，因此"为查先生平反了一次冤案"。

但邵先生这个说法其实是不能成立的。因为美国的选举团制并不是间接选举，而仍然是一种直接选举。

所谓直接或间接选举的不同，是在于权力的来源不同，亦即由谁授权你当官，从而你当选后对谁负责。两种选举方式的不同，主要看是否有一个"中间权力机构"来选举。例如美国宪法的最初设计是，联邦众议员是直接选举产生，联邦参议员则是间接选举产生。试问二者选举方式的差异何在？很简单：众议员是由各州"民众"直接选举产生，参议员则由各州"议会"选举产生。因此众议员和参议员的权力来源即权力基础不同，他们当选后的责任对象也不同——众议员的权力直接来自于本州选民，直接对本州选民负责，并不依赖也不受制于"州议会"；参议员的权力则来自于州议会，因此依赖并且受制于"州议会"。

但以后美国宪法第十七条修正案规定，联邦参议员同样由民众直接选举产生，不再由"州议会"选举。因此现在美国的众议员和参议员都是由各州选民直接选举产生，因而都直接对本州选民负责，并不依赖于更不受制于各州议会这一"中间权力机构"。

美国总统制设计的最根本考虑，是要确保美国总统的权力绝不依赖和受制于任何"中间权力机构"。因此总统不是由联邦众议院或参议院来选举，更不是由各州议会来选举，而须由美国民众直接选举产生。所谓"选举团"，并不是任何一级权力机构，因为选举完后"选举团"就立即自行解散，当选总统并不需要对已经不存在的"选举团"负责。同时，选举团投票人的组成是由每次选民投票后的结果来决定，并非由任何一级权力机构任意指定。正因为如此，选举团制并不妨碍美国总统的权力基础仍然是直接来自于美国选民，而非受制于任何"中间权力机构"。

美国选举团因此完全不同于中国香港的八百人选举委员会，因为后者不但包办选举特首，而且与特首一样任期五年，更不要说这八百人并非由香港市民普选产生，而是指定由工商金融界二百人、专业界二百人、大小官员二百人等"贵人"组成。他们又经商又从政，好辛苦。

2000 年 11 月 21 日

美国总统的内阁任命

美国总统提名自己的内阁人选，按程序上讲需要经过美国参议院的听证确认。但按照美国的官场文化，参议院对总统特别是新任总统的首要原则是要有足够的"敬重"（deference），尤其对总统提名的内阁人选，通常的理解是总统有权要他自己的人，因此，除非有非常确实的丑闻或其他重大原因，参议院否决总统内阁人选提名的情况事实上极少发生。

据《新共和周刊》不久前查阅美国官方的"参议院历史记录办公室"（the Senate Historical Office）材料，发现在小布什组阁之前，美国历史上被提名为内阁人选的共七百一十六人，其中只有九人被参议院否决，另有九人自己退出。从记录中还可以看出，当新总统上台第一次组阁时，参议院否决总统提名人选的情况更是绝无仅有，在这种时候如果提名人选难以被接受，通常都会采取在参议院正式听证之前就由被提名人自己退出的方式来解决，就像这次小布什第一次提名的劳工部长自己退出一样。这是因为如果新总统第一次组阁，就被参议院直接否决内阁人选，等于是由参议院公开表示对总统判断力的根本怀疑，这对新总统的颜面和威信挫伤太大，因此双方都需要竭力避免。

历史上美国新总统第一次组阁就被参议院否决其内阁人选提名的一共只有一次（其他被否决的都是总统更换内阁人选时发

生），正是小布什的老爹老布什，他在 1989 年上台组阁时提名的国防部长人选 John Tower 由于个人品行问题被参议院认为不适合担当这一要职而加以否决，这对于老布什当时来说自然是非常难堪之事。与此相比，小布什这次的运气似乎要好得多，他这次提名司法部长人选 John Achcroft 实在很有点冒天下之大不韪，因为此兄是公认的极右派中的极右派，提名他当司法部长，对最温和的自由派都是一种挑衅行为，因此几乎所有自由派媒体都大声疾呼参议院否决他，但最后参议院还是以五十八票对四十二票通过了他的任命，虽然反对票是历史最高，但对新总统小布什毕竟还是保住了颜面。

美国这种尽可能对总统保持"敬重"的官场文化，对维护其基本制度的正当性和稳定性实有重大作用。因为总统这个官位处于整个政治制度的枢纽，如果对这个官位本身的基本尊严不能维护，受损伤的绝不只是总统本身，而且必然会有损整个政治制度的正当性。我们以此反观最近菲律宾和印度尼西亚等地发生的情况，自然会觉得那里出问题的绝不仅仅是被迫下台的总统，而是整个政治制度本身，因为如果一个在位总统可以像一条狗一样被任意呼来唤去，另一个堂而皇之宣誓就任的新总统又有什么尊严可言？

2001 年 2 月 5 日

副总统这差事

这次美国大选，切尼（Dick Cheney）居然愿意给小布什当副总统搭档，多少有点出人意料。十多年前，小布什的老爹老布什还在副总统位置上苦熬的时候，他的副总统新闻发言人葛尔德（Victor Gold）和切尼的老婆琳尼（Lynne Cheney）就曾合写过一个专供华盛顿官场逗乐的政治小说，尽拿副总统这个职位开心，说副总统这差事唯一要准备的就是随时去参加外国元首的葬礼，最冷的时候去冰岛，最热的时候去赤道，等到熬到要当总统时，却心脏病发作一命呜呼。

葛尔德和琳尼所言其实不算夸张。事实上福特总统的副总统洛克菲勒（Nelson Rockefeller）在被问及他当副总统都干些什么时，就不无自嘲地回答说"葬礼是我去，地震是我去"（I go to funerals，I go to earthquakes）。

美国官场上的副总统这个职位一向都被揶揄嘲弄，被称为"四轮马车的第五只轮子"（the fifth wheel to a coach），意即纯粹多余。老罗斯福总统曾直截了当地说，副总统是个"全然不知所谓的官位"（an utterly anomalous office），根本应该取消，因为在任何其他国家都找不到与美国副总统对应的职位。小罗斯福总统则说副总统是"工业浪费"（industrial waste）的典型例子，因为副总统到底是干什么的从来都不清不楚。杜鲁门和艾森豪威尔当总统时，则重申副总统不是行政部门的一部分，因为根据宪法，总统的权力不能被任何人分享。事实上从前当副总统并没有资格住进白宫，其办公室历来都在国会山。现在副总统住进白宫是从卡特和里根时代才开始，因为这两人都是外省乡巴佬，都找一个老华盛顿的人当副总统，因此把副总统请进了白宫请教官场礼数。

当副总统的人往往都不乏自嘲，因为当副总统尴尬。历史上第一位美国副总统亚当斯说，美国副总统是"人类有史以来想得出来的最无足轻重的官位"（the most insignificant office ever the invention of man contrived or his imagination conceived）。威尔逊总统的副总统马歇尔（Thomas R.Marshall）则说，"副总统的唯一工作是每天早晨按响白宫的门铃，询问总统大人龙体安否"（The only business of the vice-president is to ring the White House bell every morning and ask what is the state of health of the president）。他说如果不去请安不知道干什么，去请安又让人怀疑他是否只盼总统暴死，他好继位。肯尼迪的副总统约翰逊更说当副总统免不了被人看成最盼总统早死的人，因此他每次去见肯尼迪总统，都觉得自己像只该死的报丧乌鸦在肯尼迪肩上盘旋（I felt like a goddamn raven, hovering over his shoulder）。

2000 年 8 月 6 日

太平洋

艾奇逊演讲五十年

　　整整五十年前的 1950 年 1 月，当时的美国国务卿艾奇逊（Dean G Acheson）曾在美国"全国新闻俱乐部"发表了他的著名演讲"亚洲的危机：对美国政策的检查"（Crisis in Asia：An Examination of United States Policy）。这个演讲的目的是在中华人民共和国成立以后的形势下勾勒出美国对整个亚洲地区的基本政策，并在这一基本政策框架下审视美国对共产中国的近期和长期政策。而艾奇逊的最基本论点今天看来实在有趣之极，因为他认为美国在亚洲的最大希望乃在于亚洲和中国的民族主义，在他看来亚洲和中国的民族主义将是共产主义的最大敌人。

　　艾奇逊在演讲中认为，20 世纪亚洲的最强大力量就是民族主义，这种民族主义的主要目标则是两个，即摆脱外来统治和摆脱贫困（freedom from foreign domination and freedom from poverty）。他认为这两个目标是美国历来支持的，却与共产主义必然冲突，因为所谓"共产主义"在他看来实际是"俄国帝国主义"的工具。他指出俄国当时已经取得了中国的外蒙古，而且必然会进一步对中国的内蒙古和新疆有所企图，从而引发中国民族主义的反弹。

　　艾奇逊由此提出了美国对中国的长期政策应该立足于打中

国民族主义这张牌来对抗共产主义。该演讲因此有这样的名言：

> 中国人民对外来统治的完全正当的怒气、怒火和仇恨必
> 然会发展，我们美国必须避免把中国人的这种怒气、怒火和
> 仇视从俄国人身上转移到我们美国人身上来。如果我们把它
> 们转到我们头上来，那就愚蠢透了。
>
> 我们美国因此必须采取我们历来采取的立场，这就
> 是：任何人侵犯了中国的领土和主权完整就是中国的敌人，
> 并且违背我们美国的利益（anyone who violates the integrity
> of China is the enemy of China and is acting contrary to our
> interests）。

艾奇逊发表这个演讲的时候，毛泽东正在莫斯科进行谈判。艾奇逊同时着手的另一件事因此更有趣：他以绝密电报指示美国驻法国大使，要这位大使散布一个流言，称在中苏秘密谈判中，苏方已经向中国提出诸多主权要求，虽然中苏即将公开发表的联合公报将是平等友好条约，但实际上还有许多秘密条约，其中中国向苏联出卖了中国主权。这个电报对如何散布这个流言的具体方式都设想得非常具体，指出巴黎是最适于散布这个流言的地方，而消息来源则应该来自捷克首都布拉格；并特别指示，为了这个流言可信，散布这个流言时中国领导人的名字拼法要用俄文，而不要用英文，电报中甚至附去毛泽东等人的俄文拼法。最后并确定散布方式为由《纽约时报》驻巴黎记者报道，见报后由"美国之音"等扩散。

五十年过去了。中国人自然仍然认为"任何人侵犯了中国的领土和主权完整就是中国的敌人"，但美国人今天是否仍然认为"任何人侵犯了中国的领土和主权完整就是违背美国的利益"？

2000 年 1 月 10 日

自作多情的帝国主义者

十多年前，美国的中国问题专家汤姆逊（James C.Thomson, Jr.）及其同事曾发表颇有影响的《自作多情的帝国主义者：美国在东亚的经验》（*Sentimental Imperialists : the American Experience in East Asia*，1981）。汤姆逊的父亲曾是中国传教士，他本人因此在中国度过其童年，后又入哈佛大学师从费正清研究中国和东亚，毕业后曾多年任美国国务院和白宫的东亚事务顾问，因此对中国和东亚算得上有相当的了解。他说他写这本书的目的，是因为痛感美国人对中国和东亚实在太无知，而这种无知的根源在他看来植根于美国人历来有一种"以天下为己任"的文化心态，从而往往意识不到自己是帝国主义，更不明白为什么自己会被别人看成帝国主义，因为美国人总是相信自己在东亚的一切行为，从早年占领菲律宾到后来出兵越南等等，都是出于高尚的道德动机要帮助东亚国家。这种自以为是去拯救他人却被看成帝国主义的状况，在汤姆逊看来使美国人常常可笑地成为"自作多情的帝国主义者"。

但如果美国人颇爱"自作多情"的话，中国人对美国又何尝不是更加"自作多情"呢？汤姆逊这本书出版两年后，美国著名外交史家杭特（Michael Hunt）发表了《美中"特殊关系"的神话形成》（*The Making of a Special Relationship : the United States and China to 1914—1983*），该书通常被认为是八十年代美国学界研究美中关系的最佳著作，因为此书特别指出，中美关系的最大障碍之一，恰恰在于中美双方都自作多情地认为两国之间历来有一种"特殊关系"。例如中国方面似乎总是认为美国对中国有特殊的兴趣，而且对中国有特殊的感情（特殊的爱或特殊的恨），而美国方面则也认为美国对中国历来特别关照，尽过特别的保护责任，因此对中国负有特殊的使命。

在杭特看来，这种"特殊关系神话"使中美双方都受害莫浅，因为这种神话只能造成双方的误解而不是理解。就中国方面而言，往往正因为它对美国有"特殊"期待，一旦失望，狂热的亲美情绪可以立即转化为狂暴的反美浪潮。同样，美国方面常常觉得自己有理由对中国特别愤怒，恰恰也是因为它认为自己有权利"特别希望"中国这样那样。

杭特以翔实史料指出，所谓"美中特殊关系"其实只是虚构出来的神话，从来不是现实，因为美国从来没有"无私"地帮助或保护过中国，因此美国不必以"恩人"自居期待中国"报恩"，而中国就更不必自作多情，期待美国对中国有什么"特殊关系"。

1999 年 12 月 6 日

美丽的帝国主义

前文谈及美国的中国专家汤姆逊的《自作多情的帝国主义者》，因此又想起另一个美国人不久前写的也是专谈中美关系的一本书，书名是《美丽的帝国主义者》（*Beautiful Imperialist*，1991）。

此书作者 David Shambaugh 算是近年美国研究中国问题的新秀，出版了这本书以后曾任《中国季刊》（*China Quarterly*）的主编。这本《美丽的帝国主义者》是他的博士论文，据说下了十年的功夫。不过我颇相信这个书名"美丽的帝国主义者"大概是他初学中文时就已经想到的。因为我们可以猜想，这位先生最初学中文时一定大为惊讶地发现，中文中"美国"两个字的意思原来是"美丽的国家"，依此类推，则中文中的"美帝"或"美帝国主义"则也就是"美丽的帝国主义"的意思。

不管怎样，这位先生写这本书实际是想弄清楚一个问题：如果中文中"美帝"意味着"美丽的帝国主义"，那么中国人说"美帝"时的重心到底是落在"美丽的"上，还是落在"帝国主义"上？换言之，中国人眼里的"美国"到底更多地是一个"美丽的"国家，还是更多地是一个"帝国主义的"国家？这本书的副标题是"中国看美国：1972—1990"（*China Perceives America*：1972—1990），着重研究作者所谓中国的"美国通"（America Watchers）从尼克

328

松访华后一直到 1990 年对美国的看法。他的结论是，中国大陆即使最了解美国，甚至最"亲美"的人对美国也仍然心怀偏见，亦即尽管他们了解美国之"美"，他们仍然首先都认定美国是"头号帝国主义"。他因此认为中国人不可能对美国真正友好。

可以想见，国内的许多朋友如果读到这本书，心里一定会非常怏怏，觉得很受委屈。他们一定认为这位美国人还是不了解中国，因此看不出中国人的"亲美"其实是如何地情真意切，发自肺腑。他们一定很希望有机会告诉这位美国人，自从七十年代末以来，中国人不但早已把"帝国主义"这类字眼扔到垃圾箱去了，而且从心底里认为"美国"是美丽的、美好的、美妙的、美满的，简直就是美轮美奂；如果中国人觉得美国还有那么一点"美中不足"，那就是对中国还不太友好；如果美国能和中国缔结"美满姻缘"，那么美国就是"十全十美之国"了。

更有高明者一定会认为这位美国人归根结底还是中文没有学好，不然他就会明白，"美帝"的"帝"字也就是"上帝"之"帝"，因此今天中国人所谓"美帝"者，其实说的是"美丽的上帝"啊！假如他明白这一点，说不定他这本书的书名就会改为"美丽的上帝：中国看美国"。

1999 年 12 月 12 日

老 朋 友

中国外交从周恩来时代开始一向都喜欢搞私人关系，常常给不少外国政要送上一顶"中国人民老朋友"的桂冠。布什的老爹老布什近年来就一直戴有这样一顶桂冠，而他也常常以此标榜，说自己是中美关系最早最主要的政策设计者之一。

老布什第一次与中国人作"朋友"应该是在三十年前，即中国恢复联合国席位时，当时老布什正是美国驻联合国大使。当中国终于进入联合国时，布什写道："坐在这个联合国美国大使席上看着中国大使入座，我不仅感到如坐针毡，而且禁不住有恶心感。"

老布什第二次与中国人作"朋友"，则当然是在 1974 年了，那年他被福特总统任命为首任美国驻北京联络处主任，从而成为他日后自诩中国问题专家的主要资本。但实际上，在老布什驻北京的十三个月任期内，他并不是美国与北京打交道的真正代表。因为在老布什临去北京前，福特总统曾根据当时国务卿基辛格的要求，专门召见老布什，明确指示中美关系问题由基辛格一手操持，因此老布什去京后不要与毛泽东、周恩来等中国最高领导人直接打交道，以免打乱基辛格的工作。因此老布什到京后，只通过中国外交部转达了福特对毛、周的问候，而并未受毛、周等的亲自接见。美国媒体因此挖苦说，这实际是要老布什自己告诉中国领导人，他并不是美国政府对华的真正主脑人物。

只是在老布什到北京一个月后，基辛格到京（1974年底），老布什才第一次有机会见到中国的高层领导人，他自己后来也写到，这次会见才使他"有了一个难得的机会多少了解一些中美关系的最新发展"。但事实上他后来发现，中美外交的最主要交往实际上并不在北京，而是在华盛顿，亦即在基辛格与中国驻美联络处主任黄镇之间进行。因此老布什到京五个月不到，就千方百计想调回华盛顿（后于1975年底回美任中央情报局局长）。

老布什这次驻京十三个月，自然对中国特别有感情，特别是对中国的烤鸭。不管怎样，从此以后他有了"中国人民老朋友"和"美国首席中国问题专家"的身份。1978年12月15日，美国总统卡特通过全美电视宣布他决定与中国建立正式外交关系时，"老朋友"当晚即对卡特政府进行强烈抨击，随后又在《华盛顿邮报》发表文章，题为"我们与北京的交易：全盘蚀本，毫无进账"（Our Deal with Peking : All Cost, No Benefit），指责卡特政府对北京过分软弱，作了过多让步。

现在"老朋友"的儿子当了美国总统，据说中国派了一个"老朋友"的老朋友去当驻美大使。老朋友对老朋友，应该会有很多机会切磋如何作朋友。

2001年1月29日

331

克林顿论中国

美国总统克林顿的一个过人之处在于他常常能把本对他不利的因素反转为对他有利的因素。美中关系本是克林顿外交政策中处理得最一塌糊涂的地方，但克林顿及其助手们在大选年却倒过来把这一问题说成了克林顿善于从错误中学习的一个最突出例子，以说明克林顿在外交上如何已经迅速从外行变成了老手！

《纽约时报》不久前曾以七篇系列长文的篇幅探讨克林顿执政以来在内政外交各方面的得失并展望其如获第二届执政机会将会如何施政。在评克林顿外交政策的专文中，该报披露了克林顿在接受该报专访时对其外交政策的自我检讨，其中最主要的一条就是坦率承认他上台之初并未能充分理解美国与中国关系的高度复杂性而为此付出了代价。

克林顿在这次访谈中首先以一副落落大方的姿态承认自己最初确实错误地认为，在中国问题上的最好政策是以威胁取消中国的最惠国贸易地位来迫使中国就范，但他强调说他在进入白宫后就逐渐认识到这种与中国打交道的方式显然是不正确的，因为取消贸易特惠将不但不能使中国就范，而且只能使美国陷入"制造新冷战的局面"，甚至有形成与中国"世代积怨"（a very long-term fissure）的危险。

克林顿因此振振有词地说，人们现在应该都已看到他目前的中国政策与他当年竞选时的主张已完全不同，因为他现在认为，美国在许多方面都仍有相当的余地以一种"非常正面的方式"来影响中国，以使中国成为美国在 21 世纪的"一个建设性伙伴"（a constructive partner）！

克林顿的这番自我解嘲诚然会被共和党人当作笑柄，视为典型的打肿脸充胖子。但平心而论，克林顿在中国问题上的这一心路历程又何尝不是美国上下对中国态度的共同历程？美国国会今年在多年来首次以压倒多数支持克林顿延长中国最惠国地位的决定，而不久前全美州长联席会议更通过提案主张无条件给予中国永久最惠国地位，都表明克林顿在中国政策上的立场转换事实上与美国朝野各界对中国的普遍心态转变完全相平行！美国高层人士近来在各种场合一再表示，美国在中国政策方面已经形成了新的基本共识，也正是指此而言。例如在不久前《中国时报》主办的"两岸关系与亚太局势"国际研讨会上，美国前国防部助理部长傅立民就直言不讳地说："美国国内最近已经渐渐有了共识，那就是体认到中国的力量正逐日上升。"前总统卡特的国家安全顾问布热津斯基在同一研讨会上亦指出，美国现在认为"中国已经是一个区域强国，而且有潜力成为世界强权。美国应该尊重中国作为一个大国的国际地位"。

在应《纽约时报》要求展望 21 世纪国际格局时，克林顿把中国的崛起列为第一位的问题来强调，说他认为 21 世纪最重大的问题之一是看中国将如何界定其强大，亦即中国是把"强大"首先理解为一种自我内部发展的能力，还是一种威迫他国的力量。

但我们认为克林顿这话说得未免缺乏国际关系理论的常识，

因为事实上任何国家一旦"强大"都必然具有"内外双修"的效果。换言之，一国只要"强大"必然具有对他国的威迫力量，只不过这种威迫力量并不必然意味着要侵略他国，却必然意味他国不敢轻举妄动。就目前而言，我们并不担心中国今后会不知道"强大"意味着什么，而只觉得中国现在仍然太缺乏足够的威迫力量，不然的话小日本在钓鱼岛敢那么猖狂吗？反过来，如果美国没有威迫他国的足够力量，小日本在美国面前会那么低三下四吗？

1996 年 9 月 9 日于芝加哥

不太平的太平洋

最近澳大利亚总理霍华德表示，澳大利亚应该成为美国在亚洲的代理，并声称澳大利亚将加强军事力量以在亚洲寻求新的定位。许多观察家将此称为"霍华德主义"，认为是澳大利亚外交政策的重大变化。

但其实澳大利亚对外政策的变化又岂是从现在才开始？早在1996年，美国国务卿、国防部长和参谋长联席会议主席就不同寻常地联袂访问澳大利亚，与澳大利亚达成一系列加强军事和防务合作的协定，并发表了名为"美澳21世纪战略性伙伴关系"的联合声明。这是继当年4月克林顿访问日本奠定新的美日安保体制以后，美国在后冷战时代完成的最重大战略部署之一。随着美澳关系被提升到前所未有的高度（美国国务卿在那次访澳时特别宣布，华盛顿废除澳大利亚人需申请签证的规定），美国可以说已初步达成其在亚太地区的基本战略布局构想，这就是以澳大利亚和日本为太平洋的南北战略两翼，与美国遥相构成包抄整个太平洋的三角安全架构，从而极为有效地形成对亚太地区的高度战略控制。用当时美国国防部长佩里的话说："日本是美国的北锚，澳大利亚是美国的南锚。"从美国的观点看，只要"双锚"扎实，美国在21世纪对太平洋的控制权就很难被挑战，美国力图使亚太世纪成为又一个美国世纪的最高战略也就有了坚实后盾。

就澳大利亚方面而言，前工党政府从八十年代执政以来所主张（特别是 1991 年基廷主导工党政府后所加速推动）的所谓"融入亚洲"政策实际上已在很大程度上被淡化甚至放弃。目前的澳大利亚政府更强调的不是"澳大利亚是亚洲的一部分"，而是更传统的所谓"澳大利亚是西方一分子"。在地区安全方面的主张，目前的澳大利亚政府亦不像从前工党政府那样强调与印度尼西亚等亚太地区国家建立双边安全保障关系和地区安全架构，而是一再强调要重新加强与美国的传统军事结盟关系，多次表示愿意向美国提供军事基地，并要求美国在澳预先储备军事装备等等，其理由是亚太地区存在安全方面的潜在挑战，以及本地区各国的高度军事化。霍华德的新言论无非是对澳大利亚这一走向的进一步确认而已。无怪乎美国方面近年一再要说："美澳联盟从没有像今天这么牢固。"

美国对亚太地区目前这种招招抢攻，步步争先的态势，无非突出了，随着世界经贸重心转至亚太地区，全球战略重心正在逐渐从北大西洋转至太平洋。21 世纪的太平洋只怕会越来越不那么"太平"。

海之日

自从今年 4 月日本与美国签订新的日美安全合作条约后，日本国内的国粹主义、极端右翼主义，以及复活军国主义的势力明显日益抬头。右翼团体在钓鱼列岛再次制造事端，而日本首相桥本龙太郎竟斗胆以公职身份到靖国神社去凭吊战犯，各种右翼传媒更大肆煽风点火，宣扬所谓战后第五十一年将是战后日本新纪元的开始。

日本这一试图以战后第五十一年作为日本新纪元开端的野心，或许最赤裸裸地表现在日本政府正式宣布从今年起恢复 7 月 20 日为日本国的"海之日"。所谓"海之日"本是日本战前的最重要军国主义纪念日之一，最初是以纪念明治天皇在 1876 年的出海巡幸为名来激励日本海军的军国主义意识，太平洋战争时日本海军成功偷袭珍珠港重创美国海军后，日本军国主义者更把它作为纪念日本海军拥有赫赫战果的一个最重要纪念日。总之，7 月 20 日的"海之日"乃不可分割地与日本战前向海洋进军实现海外扩张的军国主义历史相联系。也因此，"二战"结束日本战败后，这个纪念日就被作为宣扬军国主义的纪念日而被明令废止。但在五十年后的今天，日本政府竟然借口日本国内有二百多个团体和一千万人以上签名请愿要恢复"海之日"，从而公然让它再度成为日本的国定纪念日。我们不能不认为，这事实上是日本企图"重建海上秩序"的野心正在再度膨胀的明证！

　　日本要重新向海洋进军"重建海上秩序"，一个最现成的借口就是大肆散布所谓"中国威胁论"。最近日本媒体尤其利用中国几位年轻论者出版的《中国可以说不》一书大作文章，以加强"中国威胁论"的宣传。大报《产经新闻》不惜以接连数日的篇幅连续译载该书中有关日本的论述，并邀请日本右翼行动派代表人物，《日本能够说不》的作者石原慎太郎作评论，指称该书证明了中国要搞霸权主义。但所谓欲加之罪，何患无辞。即使没有这本书，日本也早已在一再散布"中国威胁论"。例如今年较早时在吉隆坡举行的"泛亚21世纪研讨会"上，日本一些人就大谈中国将成为亚洲最大的威胁，并宣传只有日美军事同盟是亚洲安全保障的基础等等。这一次，石原慎太郎以其曾任过日本国会议员，还担任过内阁秘书长、运输大臣、环境厅长官等内阁要职的身份居然用日本侵华时对中国的称呼"支那"来称呼中国并对中国进行泼妇骂街式的攻击，尤为可笑的是，石原竟然连基本的历史事实都不顾，说什么中国在现代搞霸权主义是从中日甲午战争开始的，因为按照他的说法，当时满清政府派出的北洋水师的"定远号"和"镇远号"这两艘战舰是"以当时世界上最强大的战舰来威胁日本"，按此说法，从甲午海战到卢沟桥事变不是日本侵略中国，倒是中国侵略日本了！

　　如果"定远号"和"镇远号"这两艘战舰真如石原慎太郎所说是"当时世界上最强大的战舰"，20世纪的历史倒是真要重写了。石原慎太郎的这种胡说八道只能表明日本到现在不但没有与罪恶的过去决裂，反而一再篡改史实，编造谎言，以为日本军国主义复活制造舆论。1995年日本的军费已达五百亿美元，成为仅次于美国的世界第二军事开支大国；目前日本的军事技术和装备水平也仅次于美国，有些技术甚至超过美国，事实上从1985年到1993年，日本的军事预算增加了将近百分之三十，我们不能不问，日本如此扩军，究竟所为何来？

21世纪的亚洲和太平洋只怕很难太平！最大的威胁或许仍然来自本世纪已作孽多端的日本！

1996年8月27日于芝加哥

美国、中国、东南亚

在全面断绝与越南的一切正式外交关系整整二十年之后，美国总统克林顿于 6 月 11 日作出了与越南复交、关系全面正常化的决定。

就美国方面而言，这一决定的最直接影响，诚然是在其对美国国内政治方面。越战是美国历史上自南北战争以来的最大民族创伤，其所造成的美国民族的内部分裂至今仍远未弥合。就克林顿本人而言，他在六十年代的反战立场以及逃服兵役一事，曾使他在 1992 年的大选中差点被淘汰出局。因此，选择在明年大选之前与越南建交以宣布揭过历史的一页，将有助于克林顿在明年的连任竞选中将不利因素转为有利因素。从目前美国民众有百分之六十一的人支持克林顿这一决定来看，克林顿在这一问题上得分似可肯定，相反，参院共和党领袖多尔等人在这一问题上的反对立场则多少给人"落后于时代"之感。

但美越复交对美国国内政治的影响似不宜加以夸大，因为越战以来美国国内政治的深刻变化，是由于国内一系列矛盾并发的结果，战争本身只不过是这些矛盾得以宣泄和激化的导火线及聚焦点。单纯与越南复交，对于弥合美国民族创伤的作用可说是微乎其微，它既不会使任何矛盾缓和，也谈不上激化什么矛盾，即使在明年的总统大选中，越南问题也不会是争论焦点。

贸易自然是另一重要考虑。但在短时期内，克林顿这一决定并不会导致美越双边贸易立即大幅增长。自去年1月克林顿解除对越南的长达十九年的贸易禁运以来，美国对越贸易的途径已经打通，下一步的关键问题是在越南能不能够取得美国所谓"最惠国待遇"，在此之前，美越双边贸易的大幅增长是不可能的。但越南要取得最惠国待遇还有相当长的路要走，这将首先取决于目前据称还有二千多名美军战俘和失踪人员这一问题的解决。在此一问题有实质性进展之前，国会的共和党绝不可能让越南轻易取得最惠国待遇。

我以为，美国决定与越南复交的真正着眼点和长远意图或应理解为美国在亚太地区重作战略部署方面已迈出重要一步。就最直接的意义上，美越复交的一个基本战略考虑是在提升越南在东南亚的地位，以遏制中国在该地区的影响。就更宽泛的意义上讲，借着与越南复交，美国正在全力重返东南亚，以扩大其在整个亚太地区的发言权，最终实现其"亚太世纪仍是美国世纪"的战略构想。

我们当能记得，在中美建交以前，东南亚地区曾长期是美国的战略基地，越南战争说到底是为确保这一战略基地而进行的战争。越战失败后，美国在东南亚的影响骤减，但在当时，美国在东南亚的损失由于与中国建交而获得极大补偿，东南亚对于美国的战略重要性也由于中美建交合抗苏联而大为减低（美苏在亚洲的较量无形中在当时转为中苏围绕越南、柬埔寨等问题的较量）。但今天形势已完全不同，苏联已经解体，亚太地区则在迅速崛起，而中国更已隐隐有与美国分庭抗礼之势。所有这些，都必然促使美国重新考虑东南亚的战略地位。

美国目前对东南亚局势的基本分析，或可由前国务卿基辛格的一番讲话看出。基辛格认为，东南亚目前的基本战略格局以中、越关系为中轴，东南亚国家可基本以此划分，即那些对越南更有戒心的国家较亲中国，而对中国戒心更重的国家则亲越南。换言之，越南是中国在东南亚的最大对手。从这种角度去看，美国今天与越南之复交，几乎是在重演当年与中国建交以制衡苏联的同样把戏，只不过这次中国成了其假想敌。白宫选择在中美关系低潮的时刻宣布与越南复交，不啻是给北京方面一个强烈信号，用共和党参议员麦凯恩（John McCain）的话说，就是要让北京明白，中国并不是亚洲的唯一牌手。

参议员麦凯恩在这次美越复交的最终达成上是一个关键人物。一般认为，没有他的大力推动，克林顿将难以断然走出这一步。这首先因为麦凯恩是共和党的大将，他的支持使克林顿具有了超党派政策的外衣，同时麦凯恩本人曾是越战时期的战俘，最有资格在这一问题上发言。但对于本文的目的而言，更值得注意的是麦凯恩与美国军方特别是海军的深厚渊源。麦凯恩出身于美国海军世家，其父亲即为越战时期美国在亚太地区的最高指挥官，第七舰队司令麦凯恩上将。他本人同样毕业于美国海军学院并在海军服役达二十三年之久（其中五年半在越南战俘营度过），目前则是参院军备委员会的资深成员，向以在国防问题上的鹰派立场著称。这次当被问及他为何如此卖力促成美越复交时，这位当年曾在越南战俘营中吃足苦头的参议员直截了当回答，他既不喜欢越南人也不信任越南人，但要紧的是从美国的安全体系考虑，扶持越南崛起将大有助于遏制中国成为亚太地区霸主。麦凯恩的这一立场在相当程度上可以说反映了美国军方特别是海军的战略观点（此次五角大楼证实军方内部无异议支持克林顿的决定）。

美国决心重返东南亚的意图可进一步由国务卿克里斯托弗本月底将启程访问东南亚并出席东南亚国家协盟年会一事上看出。克里斯托弗的访问事实上使他成为二十五年来访问越南的第一位美国国务卿，而在同一时刻，越南则将成为目前由六国（新、马、泰、菲、印尼与文莱）组成的东盟的第七位正式成员。东南亚地区战略格局的这些微妙变化今后对这一地区以及整个亚太地区而言究竟是福是祸，目前只能说是极大的未知数。

1995 年 7 月 14 日于芝加哥

请克林顿当菲律宾总统

无巧不巧，美国新总统宣誓就任时，菲律宾突然也出了个新总统宣誓就职，热闹得几乎抢了美国总统的风头。美国这个新总统一路血战，脱了三层皮才杀到华盛顿，菲律宾这个新总统是怎么冒出来的，我们却眼花缭乱，看也看不清楚，反正既不像革命，也不是民主，有点像宫廷政变，又有点像军事政变，还有点像街头暴动，好在既不需要大选，倒也没有流血，无非乱纷纷你方唱罢我登场。

菲律宾这么折腾来折腾去，还不如把刚刚卸任的美国总统克林顿请去当菲律宾总统算了（据说现在这新总统从前在美国和克林顿是同学）。反正菲律宾谁上台，背后总要有美国人的支持，美国人不喜欢的人上不了台，即使上了台也坐不稳。说起来美国和菲律宾的关系最是不同一般，因为美国历史上以军事方式占领并直接委派总督统治的殖民地就是菲律宾，而且美国派驻菲律宾的总督之一塔夫特（William Howard Taft），后来回国后就当了美国总统（1909—1912 年在位）。现在如果反过来，让克林顿在卸任美国总统后转去当菲律宾总统，应该也不算太委屈他。

塔夫特在美国总统史上属于早被美国人遗忘的那种总统。这也难怪，他的前任是老罗斯福总统，他的继任是威尔逊总统，夹在这两个雄才大略、青史留名的总统之间，他不平庸也得变平庸。不过据说他在任菲律宾总督期间是颇有好名的，其原因之一是美国最初派驻菲律宾的总督都是军事总督，主要责任是镇压菲律宾人要求独立的起义，后来老罗斯福总统在1902年废除在菲律宾的军事总督制，实行民事总督制，塔夫特就是派驻菲律宾的第一任民事总督。上任后宣布实行大赦，发展经济，对改进菲律宾的卫生、教育和交通颇有贡献。现在菲律宾的经济一塌糊涂，克林顿搞经济最有一套，菲律宾如果把他请去，可以大有作为。

当年美国占领菲律宾（1898），是美国走向海上帝国和世界强权的第一步，也是海军上校马汉那两本轰动一时的名著《海上实力对历史的影响》（1890）以及《美国的海权利益》（1897）发生巨大影响的最直接结果。当时在美国国会反对美国把菲律宾变成自己殖民地的议员们，现在看来很有先见之明，因为他们那时警告美国人说，如果美国占领菲律宾、向西太平洋扩张，必然会与日本发生战争，而美、日战争后中国必然崛起，并且中国将会与俄国结盟，与美国在西太平洋对抗。所有这些预言不但在20世纪全部一一实现，而且看来仍然将影响21世纪的历史。小布什就职，中国和俄国都不发贺电，似乎预示了21世纪的太平洋将如何地不太平。

2001年1月23日

台湾民主能否克服
"台独意识形态"？

台湾民主的成就

大约一个月前，笔者在香港大学举行的台湾问题研讨会上作结束词时曾认为，这次台湾大选如果国民党下台，民进党上台，将意味台湾民主达到相当的成熟。这里所谓"民主的成熟"，是指出现政党轮换时，各派都能够接受民主选举的结果，而不会寻求用选举以外的手段（例如暗杀或兵变）来改变选举结果。从台湾大选的实际结果来看，尽管选举出现各种买票、造票以及伪造民调结果、蓄意误导选民等严重弊端，但就台湾选民和政党都能接受大选结果而言，台湾的民主可以说达到了相当的成熟。任何对台湾民主从早期"党外"运动反抗国民党威权体制的悲情史稍有了解的人，都会对台湾民主的今天感到由衷的激动。

台湾民主的扭曲

但在民进党终于取得执政后，我以为今日已绝对需要重点检讨台湾民主的扭曲面。我这里指的是台湾民主由于事实上与"台湾族群民族主义"构成共生关系，因此具有一种内生性、结构性的自我扭曲品格。因为这种共生关系使得台湾的民主进程呈现一种不断人为制造"他者"作为敌人的过程，从而在推进民主的同时往往又萎缩了台湾民主的内外包含力。

这个作为敌人的"他者"，在早期相当正当地是指"国民党威权体制"；但到九十年代初期即台湾所谓"统独之争"时，却逐渐成为所谓"不义的外省人"，因此所谓"外省人与本省人"之争成为当时台湾最基本最激烈的矛盾；而自九十年代中期以来，李登辉主政的杰作就是有意识地把"统独之争"转化成台湾所谓"国家认同"问题，由此必须制造一个新的、更大的"他者"，这就是所谓"可恶的中国人"。由于一个巨大的中国大陆被制造成了台湾的"他者"，现在外省人与本省人一样据说都成了"台湾人"，而"台湾人"之为"台湾人"就在于他们不是"中国人"。由此，本来是台湾内部的"外省人与本省人"之争，现在被外化成了所谓"台湾人与中国人"的冲突。

以制造外在的"他者"来凝聚和强化"我族意识"，本是古今中外的普遍现象。例如英格兰和苏格兰联合后能够形成"大不列颠人"的我族意识，史家早已指出是他们自觉以法国为最大的"他者"并在一百三十年间不断向法国开战的结果。由此，平实而言，如果李登辉等把中国大陆制造成台湾的最大"他者"，能达到在台湾内部化解族群纷争、造就族群融合的结果，那么至少也算有所得，只不过可能代价太大。但真正的问题在于，李登辉实际只是徒然把两岸关系推向了战争边缘，同时却并未真正造成台湾内部的族群融合。

事实上台湾民间学者早在 1993 年《岛屿边缘》第八期就推出《假台湾人专辑》，专门批判所谓"台湾人论述"的虚假性。从那时起到现在，如果李登辉真的已经抟成了族群融合的"台湾人"，那就绝不可能出现宋楚瑜一打出"新台湾人"的旗号，竟然能一呼百应的局面；可以说，拥护宋楚瑜的"新台湾人"恰恰在于他们觉得自己没有被纳入李登辉的"台湾人"范围。如果台湾的族群纷争早已化解，那也就绝不可能出现国民党主席成为"民进党地下主席"这种不可思议的怪现象；如果说李登辉早期排挤国民党大佬还可以解释为排除民主障碍，那么从赵少康、王建宣等到宋楚瑜被排挤出国民党，就绝不可能再作这种解释。所有这些被排挤的人都是外省人，这大概就是李登辉族群政策在国民党内的具体体现。

台湾反对党运动的变质过程

如果说国民党体制内的李登辉在党内实行的不是包容性的民主改革，而是狭隘的族群倾轧，那么更可悲的是台湾反对党运动同样走上几乎和李登辉完全平行的路线。台湾岛内对这些问题早有大量讨论，任何人只要稍加留意这些讨论，就不难理出不至于太歪曲的基本线索。

简单而言，台湾民主运动本起源于所谓的"党外"反对运动，但这个运动从一开始就具有"本土化"和"民主化"两种路线，到八十年代中这两条路线的分歧已经逐步明朗化为前者要把台湾民主引向"台独"，后者则强烈反对"台独"。1983年台湾自由派政治学前辈胡佛在《中国论坛》上的访谈中已经忧心忡忡地指出，台湾的认同"必须在前提上肯定中华民族的整体尊荣感，因为这是认同上最高的象征，在性质上它应是高于一切利益至上的"；胡佛当时就指出，"台独"必然引向两岸战争，因此他再三强调，台湾人"必须将中国大陆列入我们认同的对象，因为只有在这种认同的共识之上，将来中国统一的问题才能以和平的方式获得解决"。

但此后没有多久，由侯德健1984年出走大陆而引发了台湾反对党运动内部"台湾意识还是中国意识"的大辩论。在这次辩论后，"台独"主张者不仅主导了台湾的民主走向，而且事实上独霸了台湾民主的资源，因为他们已经把台湾民主等同于台湾"独立"，由此，反对台湾"独立"就成了反对台湾民主。在民进党成立后特别是通过"台独党纲"后，民进党事实上已经无法容纳从前并肩作战的许多民主战友，也无法吸纳无数反对"台独"但强烈主张民主的台湾人，否则今天绝不至于只有百分之三十九选民支持。

所谓"台独"，不仅是要在政治上和中国切断关系，而且更强调要在思想、情感、文化和教育上全面彻底地清除所谓"中国因素"。代表民进党竞选上届"总统"的彭明敏对此说得最清楚：

> 这种"中国"因素好像一种强烈毒素，多年以来，侵蚀了台湾社会每一脉管，腐烂了政治、教育、文化、政策以及国民生活的每一部分。……台湾民主能否落实推展，台湾人

民能否生存发展，全系于为政者和人民能否以理智和良知将"中国情结"彻底扬弃，完全认同台湾。（彭明敏，《回顾与展望》，1994）

"台独意识形态"作为岛内政治高压政策

李登辉主政以来与民进党日益构成共谋关系，其共同基础正是上引彭明敏的"台独"理念。由此形成执政党与反对党联手，从彭明敏所说的"政治、教育、文化、政策以及国民生活的每一部分"全力铲除"中国情结"。这种共谋关系突出体现为九十年代中期以来双方联手打造所谓"国家认同意识"上。初看起来，他们大谈"大和解""四族共和"，似乎在全力化解族群矛盾，但实际上，他们是以推动"国家认同"来强行推动"台独认同"，这种做法的厉害之处就在于把岛内所有反对"台独"的人置于"失语症"。因为现在的问题变成了，如果你认同中国，那就是不认同台湾；如果你认为自己是中国人，那就是否认自己是台湾人。由民进党《族群与文化政策白皮书》撰稿人张茂桂主编的《族群关系与国家认同》（1993）认为：将"中华民国"易名为"台湾共和国是一种为建立族群尊严……而进行的一场正名努力"；该书一位作者由此把"外省籍民众"看作问题族群，因为"许多外省籍民众心目中的祖国"不是台湾，而是中国，甚至不仅是历史文化的中国，而就是"中华人民共和国"！在这样强烈的指控下，谁还敢说自己认同"中国"？

台湾人当然都认同台湾。但李登辉和民进党所说的"台湾"，乃是与"历史文化的中国"没有任何关系的台湾，而他们所说的"台湾人"，首先指的就是"不是中国人"。这种强行以"台独意识形态"来规范所谓台湾的"国家认同"的结果，就是一方面把原本对台湾从无偏见的十二亿中国大陆人都变成台湾的"他者"，反过来又以这人为制造出来的"他者"作为台湾人的共同敌人，从而形成了对岛内反对"台独"声音的政治意识形态高压氛围，因为现在的问题成了"台湾对抗中国""台湾人反抗中国人"的冲突。台湾人能不站在台湾一边吗？

大家都是中国人，中国人不打中国人

台湾政治大学选举研究中心的一个研究表明，高达百分之七十点五的台湾人认为台湾人和大陆人都是"中国人"。我以为，两岸关系其实有一个非常简单的解决办法，就是陈水扁和李远哲在就职前明确说一句话："台湾人、香港人、大陆人，都是中国人。中国人不打中国人。"换言之，以"大家都是中国人，中国人不打中国人"作为两岸最低共识，避免战争，但其前提当然是"台湾人是中国人"。我担心，陈水扁不会说这句话。那么李远哲呢，他是否可以为天下苍生着想，大声说一句："我是台湾人，但也是中国人"？

2000 年 3 月 23 日

假如中国今天也大选

日前应台湾猫头鹰出版社之约，为台湾版的托克维尔《民主在美国》写了一篇导言。但文章传过去后那边了无回音，想来大概因为大选白热化，台湾人已经都无心上班。这也难怪，这次台湾大选如此扣人心弦，连我们这些外人都不能无动于衷。我本想周末"两耳不闻窗外事，一心只读圣贤书"，结果还是有太多的电话进来，谈的全是台湾。

但我老实说对大多数朋友以及媒体最关心的两岸问题实在已经有点厌烦，因为我自己感叹最深的是，中国大陆何时能走向全民大选？四年前我曾发表《公民个体为本，统一宪政立国》，主张对中国大陆政治改革的讨论应该集中在全国人大直选这一问题。但文章发表后，无论新右派还是新左派都不以为然，有朋友更批评我主张"人大直选"就是主张"直接民主"。这种批评当然是牛头不对马嘴，因为直接选举正是间接民主的最普遍方式，而不是什么直接民主。但我后来也懒得再回应，因为我想从根本上他们大概是对的，中国走向人大直选大概至少还要五十年，甚至一百年。

但最近却又有另一种更加牛头不对马嘴的论调变得非常流行，认为如果大陆像台湾一样走向民主，则两岸就可以达成统一了。我实在不明白怎么会有这么多人连常识都没有。不妨让我们假定，中国大陆今天也举行充分的全民直选，两岸关系会如何？我敢断定两岸关系甚至会更紧张。因为任何想要在中国的民主大选中胜出的政党或个人，必然都会在台湾问题上表现强硬立场以争取选票。诚然，也有人会主张大陆单方面宣布放弃武力，但这样的人或政党必然像台湾的许信良和李敖一样，最多得到百分之零点几的选票。

认为中国走向民主就可以解决两岸问题的看法，实际上等于认为，民主后的中国就会同意台湾"独立"，或以为大陆民主化就会使"台独"问题自动消失。这当然是痴人说梦，不知所云。不妨问问陈水扁或李远哲，是否中国走向民主，他们就会认同台湾是中国的一部分？就会同意台湾不是一个主权独立的国家？就会主张台湾应该以一个省的名义参加全中国的民主大选？

笔者曾多次指出，两岸统一与中国民主化是截然不同的两个问题，因为两岸问题的根本症结是台湾"独立"的问题，而不是大陆民主的问题。如果用民主来解决两岸问题，则必然出现十二亿人投票主张台湾是中国的一个省，台湾怎么办？

2000 年 3 月 20 日

宪政民主与两岸问题

从前的《苏联宪法》曾规定，苏联的各加盟共和国有所谓"退出权"（right to secede），即退出苏联的权利（《苏联宪法》第七十二条）。与此相反，美国宪法则断然否定美国任何一州有退出美国联邦的权利。美国最高法院在"德克萨斯州诉怀特"（Texas v White）一案（1869年）明确裁定德克萨斯州要求退出美国联邦为"非宪"（unconstitutional），即是一例。

苏东欧解体后，西方宪法学家大多都建议东欧各国在制定新宪法时不应再像旧苏联宪法那样包括所谓"退出权"。其理由如美国著名宪法学家尚斯丁（Cass Sunstein）所指出，宪法的理念与退出权是矛盾的，因为宪法的基本理念就是要使任何争执能在一个基本构架内和平解决，但退出权恰以根本否定这一基本构架本身为前提。换言之，一部包括"退出权"的宪法无异于一部随时可以被废除的宪法。正因为如此，一个成熟的宪政民主国家的宪法通常不承认有所谓"退出权"，即不承认国内任何一个部分有退出国家的权利。

近年来一直有许多热心人从解决两岸统一问题的善良愿望出发，非常热烈地讨论为两岸之间制定一部共同宪法的可能，而其基本思路则无非是设想首先将整个中国国家结构从单一国家制改变为联邦或邦联，有些人甚至主张这个未来的联邦的任何一个部分都应该有"退出权"。但是这类讨论显然没有考虑西方宪法学界对这些问题的深思熟虑的论证。进一步而言，西方宪法学界主流基本认为，宪政民主通常只有在政治共同体的外延已经确定的情况下才有可能，这是因为政治共同体的外延问题本身无法靠民主原则来解决。反过来，一旦问题涉及的是政治共同体的外延问题，那么问题本身就必然已经超出了宪政的范围，超出了民主的范围。也因此，如果政治共同体的外延问题尚无法解决，一般不宜匆忙制宪，制也无用，因为在这种情况下宪政民主事实上没有可能，一切都只能推迟等待外延问题解决以后才有真正的可能。

目前两岸之间显然不存在制定一部共同宪法的可能，也因此，单纯从解决两岸统一问题出发就设想首先将整个中国国家结构改变为联邦或邦联，乃是有欠深思、非常轻率的想法。因为其结果只能适得其反，亦即不但无助两岸的统一，反有可能引发中国的其他外延问题，从而大大推迟中国走向民主的历史进程。我们绝没有理由先把中国推入到巴尔干状态再来设想中国民主的可能，恰恰相反，为了中国的民主，必须杜绝任何使中国巴尔干化的可能。

两岸统一问题与中国走向宪政民主乃是两个层次完全不同的问题，把两者混淆起来而大谈联邦或邦联实际上既无助于中国的统一，更不利于中国的民主。

2000 年 1 月 17 日

王者不治夷狄

美国保守派喉舌《每周正言》(*Weekly Standard*) 最近一期的编辑部文章赫然题为"国耻"(A National Humiliation)，强烈抨击美国总统布什对中国有所惧怕，在处理美国侦察机事件时表现得对中国太软弱，从而使美国蒙受"国耻"，在世界面前丢了美国人的"面子"。

从前西方研究中国的人常常说中国人的一大毛病是太爱"面子"，现在看来这话恐怕要另说了。至少美国人似乎比中国人还要爱"面子"。对此美国人大概一定会愤怒地争辩说，我们美国人爱面子是跟你们中国人学的，都是因为你们太爱面子，弄得我们也不能不爱面子。

还有那"国耻"，从前也是以为只有中国人最喜欢念叨的。西方近年来有很多学者专门研究中国人的"国耻感"传统。据说最早是从春秋战国时代越王勾践的"卧薪尝胆，不忘国耻"就开始了，再下来最有名的大概是宋代抗金时岳飞老母竟然在儿子背上刺字，也是要岳飞不忘国耻的意思。

现在看来这"国耻文化"也传到了美国，而且青出于蓝。中国好像还没有对美国怎么样，美国人竟然已经大叫起"国耻"来了。不过想想也是，本来美国人气壮如牛，好像已经要出兵打到中国来的样子，突然不知怎么开始说起 regret，现在连 sorry 都用出来了，岂不是一个"国耻"接着一个"国耻"？如果再接下去说 apology，只怕许多美国人要激愤得学着中国人大唱"靖康耻，犹未雪，臣子恨，何时灭"来了。

对此中国人实在应该向美国人"道歉"，竟然把要面子还不忘国耻这样的坏文化输出给美国。不过中国人到底该用哪个英文词，regret，sorry，还是 apology？我想大概是 regret 合适点，因为中国这种文化输出是无心之过，事实上中国的祖宗成法一向是反对文化输出的。美国人一定不会相信中国人历来反对文化输出，这是因为他们对中国旧书读得少了点，不然的话他们自然知道中国人对此是有一套理论的，叫作"王者不治夷狄"。

中国宋朝大文人苏东坡有篇文章的题目就叫"王者不治夷狄论"。按苏东坡的考证，这理论是孔子作《春秋》时就定下的。何休注《春秋》就已经说，孔子有一句话的意思是说："王者不治夷狄。录戎来者不拒，去者不追也。"苏东坡得出结论说，孔夫子教导中国人说："夷狄不可以中国之治治也。比若禽兽然，求其大治，必至于大乱。先王知其然，是故以不治治之。"

这理论用到现在的事情来，也就是说本来美国飞机来了就来了，去了就去了，不必深究也。惜乎中国人现在已经全盘西化，不再用祖宗成法，也跟着美国人学 regret，sorry，还有 apology 的用法。这都是美国文化输出到中国来的结果，因此看来还是美国人应该向中国人道歉。至于到底用 regret，sorry，还是 apology，美国人自己掂量着办吧。反正这年头美国人怎么行事，中国人也

357

怎么行事就是了。

美国学中国，中国学美国，亦所谓礼尚往来也。

2001 年 4 月 9 日

美国的右翼亲中派

正当中国人普遍认为美国右翼鹰派开始主导对中国的强硬政策时，美国右翼鹰派本身却不断哀叹中国势力已经渗透美国，甚至渗透共和党保守派核心，以致美国无法再形成当年以"反共意识形态"为基调的强硬反中国共识。

自从布什上台以来，美国一些右翼内部网页就不断开始"揭发"共和党内的亲中势力。最近的矛头颇集中在两件事上，一是指责美国右翼最有影响的"传统基金会"（Heritage Foundation）已经"变质"；二是质疑现任劳工部长赵小兰及其老公，共和党参议员兼参院外贸委主席麦康乃（Mitch McConnell）与中国有特殊关系，包括赵小兰父亲与江泽民个人关系密切，甚至怀疑赵氏家族企业提供给麦康乃的竞选经费来自中国官方等等。所有这些最后终于由著名报人揪底细（John Judis）公开撰文"揭露"。

"传统基金会"本由美国极右派创建于1973年，其最初宗旨主要是为美国保守主义的国内政策提供理论基础和政治纲领，而在外交政策上则历来被看成代表鹰派立场，包括在八十年代批判当时的里根总统放弃了台湾。基金会的"亚洲研究中心"建立于八十年代初，其资金来源多来自于台湾地区、韩国以及日本（据基金会的官方史家 Lee Edwards 统计基金会十年内从亚洲获得一千三百万美元），这些捐款人在当时大多都有共同的"反共反中"立场。

但揪底细"揭发",自从九十年代以来,"传统基金会"的许多捐款人都因为与中国有密切投资利益而改变了立场。其中亚洲的捐款人大多都开始强调与中国的经贸关系而不再强调"反共",同时美国的大户捐款人同样开始卷入与中国的经贸关系而改变了其传统的"反共反中"立场。

例如"传统基金会"的最大捐款人之一是"斯塔基金会"(Starr Foundation),每年捐款十万美元以上;"斯塔基金会"是由美国保险业大公司"美国国际集团"(American International Group)设立,这个集团与蒋介石国民党的关系可追溯至三十年代,因此其最初捐款动机是出于"亲台反共"的立场。但九十年代初,经前国务卿基辛格介绍,该集团成为进入中国的第一家西方保险业大公司,集团主席并兼"斯塔基金会"总裁的葛林伯格(Maurice Greenberg)据说开始强烈要求"传统基金会"改变其对中国的传统鹰派意识形态立场,而着重强调对中国的经贸关系。

"传统基金会"1998年聘请赵小兰为基金会主席,当时同时聘请著名鹰派、研究中国军事的费舍(Richard Fisher)任其"亚洲研究中心"主任。但几个月后费舍突然被解雇,美国鹰派普遍认为这是因为费舍不断强调"中国军事威胁论"的鹰派立场已经不符合"变质"的基金会立场,许多人更直指是赵小兰亲自插手解雇费舍。不过"传统基金会"显然在解雇费舍的同时给了他相当可观的报酬并签有相关法律协议,以致费舍本人至今闭口不谈被解雇的原因,也是妙极。

2001 年 5 月 14 日

鹰派变鸽派

上周谈及美国鹰派最近频频"揭发"共和党内的亲中派，其中主要矛头之一是质疑现任劳工部长赵小兰及其老公，共和党参议员兼参院外贸委主席麦康乃与中国关系非同一般。

赵小兰的第一个嫌疑自然是据说她老爹与江泽民是从前交通大学的同学。虽然赵家在1949年后去了台湾，但美国鹰派指出，自从李登辉上台以后，赵家由于是外省人而并不认同"台独"，已经将家族的造船生意撤出了台湾，转移到了加入赵小兰母亲家族的香港财团，亦即以香港为基地而面向大陆市场。鹰派的消息来源同时指出，早在江泽民还是上海市委书记时，赵小兰父亲就已经通过江取得在上海造船的合同，自此以后两人以老同学关系来往非常密切。

鹰派认为，赵家的基本立场与香港商界的基本立场一样，都属于所谓"大中华经济圈"的视野，这种立场必然使他们都基本认同"一个中国"的立场，而受家族背景影响的赵小兰也不例外。

按照这种分析，赵小兰在1997年加入被认为亲中的"美中关系全国委员会"，并在同年率领"传统基金会"代表团到香港出席香港回归中国的典礼，以及"传统基金会"在香港开设办事处等等，就都被看成赵小兰亲中立场的表现。鹰派尤其指责"传统基金会"在香港的办事处不与李柱铭打交道,却与董特首来往密切,说董特首两次访问美国,都由"传统基金会"在华盛顿为其开宴会,似乎这也是赵小兰和"传统基金会"的一条罪状。

美国鹰派更大的不满,则是认为共和党参议员麦康乃原本在中国问题上是追随美国鹰派首领霍尔姆斯参议员的,但自从与赵氏家族联姻后,却从鹰派变成了目前共和党内的鸽派代表。例如在1997年香港回归时,麦康乃接受采访时认为,今后中国内地将越来越像香港,而不是香港越来越像从前的内地,并说"一个新的中国已经在发展中"(a new China is already developing),尽管仍有许多问题不尽如人意,"但大量正面性事情在出现,尤其在经济方面"(but a lot of good things are happening,particularly on the economic side)。这在鹰派看来简直已经和中国官方的说法差不多。

鹰派更严重的指控,则实际是怀疑麦康乃竞选经费来源背后是否有中国因素。鹰派认为,从1989年开始,赵氏家族及其华人关系网基本成为提供麦康乃竞选经费的主要支柱,但他们发现,赵氏家族生意的主要股东是谁都无法查证(据说都在不透露股东来源的利比利亚注册),这自然使鹰派怀疑大股东是否就是中国官方。同时,肯塔基州的大学以麦康乃命名的"麦康乃政治领袖研究中心",其经费来源同样是由于该州法律保护,不必透露经费来源,而使鹰派怀疑是由中国提供,因为此中心所有派出访问学者只去中国。更使鹰派愤怒的是,该中心邀请中国驻美大使李肇星演讲,李肇星则抓住机会大批法轮功,而麦康乃和赵小兰坐在下面毫无反应!

美国鹰派对所谓"亲中派"的穷追猛打，虽然未必能够吓得人们不敢和中国做生意，却足以使得任何人不敢说中国半句好话。

2001 年 5 月 21 日

从克林顿到小布什

自从小布什成为美国总统以后，中国人似乎就开始格外怀念起美国的上一任总统克林顿来了。按中国人的看法，克林顿对中国"真不错"，小布什则对中国实在"太不好"。不过中国人现在还有一个最后的美好愿望，即希望小布什最终会像克林顿一样，虽然刚上台时对中国"不好"，但以后就会改邪归正，成为中国人民的又一个"老朋友"。

这种中国式的美好愿望实在应该一劳永逸地抛弃。无论克林顿还是布什，都根本没有对中国好还是不好的问题，而只有必须确保美国利益的问题。美国外交政策和国际战略的连续性从来不会因为两党政治的交替而随便改变，更不会因为白宫易主就朝三暮四。从克林顿到小布什，虽然看上去一个笑容满面，另一个张牙舞爪，但他们对美国在新世纪应该采取的基本战略目标事实上看法完全一致，这就是认为随着世界经贸重心日益转至亚太地区，美国的全球战略重心必须逐渐从北大西洋转移到太平洋。这种转移需要相当的时间，无数的步骤，但从克林顿时代开始，美国在亚太地区早已采取步步争先、招招抢攻的态势。

美国在克林顿时代完成的最重大战略部署，是分别与日本和澳大利亚签订了新的美日安保条约，以及新的美澳安保条约（所谓"美澳 21 世纪战略性伙伴关系"）。这两个条约实际上已经使美国初步达成其在亚太地区的基本战略布局构想，这就是以澳大利亚和日本为太平洋的南北战略两翼，与美国遥相构成包抄整个太平洋的三角安全架构，从而极为有效地形成对亚太地区的高度战略控制。用当时的美国国防部长佩里的话说："日本是美国的北锚，澳大利亚是美国的南锚。"从美国的立场看，只要"双锚"扎实，美国在21世纪对太平洋的控制权就很难被挑战。

新的美日安保条约事实上必然导致日本修改其"和平宪法"，因为如果不修改"和平宪法"，新的美日安保条约将是一纸空文。而在澳大利亚方面，新的美澳安保条约更把美国和澳大利亚的关系提到前所未有的高度，1996年美国竟不同寻常地派国务卿、国防部长和参谋长联席会议主席同时访问澳大利亚，并在访问时由美国国务卿特别宣布，澳大利亚人今后赴美不需签证。这种"特殊亲善"态势有力地促使澳大利亚放弃其从八十年代开始强调"澳大利亚是亚洲一分子"的主张，而重新走回大力强调"澳大利亚是西方一分子"的传统白人至上主义，澳大利亚总理霍华德更肉麻地立即公开表示，澳大利亚应该成为美国在亚洲的代理。

从克林顿到布什，美国的最高战略目标并未改弦易辙，而是一以贯之，这就是以坚实的武力基础作后盾确保所谓"亚太世纪"成为又一个"美国世纪"。

2001年5月7日

中国与美国

《纽约时报》4月15日的社论题为"中国与美国"。总的来看这篇社论的基调是严肃的而非轻佻的，对中美关系的态度大体也是理智务实而非意气用事，值得中国人一读。

这篇文章认为，今后美国与中国的关系就其复杂性而言，可能超过美国以往与任何国家的关系，因此特别需要谨慎处理。在分析了美国与中国目前的力量对比后，该文特别强调，尽管美国目前在经济、军事及制度各方面都对中国处于优势，"但如果美国以为可以压倒或孤立中国那将犯致命性的错误"（But America will make a fateful mistake if it tries to overpower or isolate China）。

该文认为，尽管历史和政治因素有可能促使中美两国日益走向敌对，但美国和中国并非必然成为敌人，而取决于两国如何处理既无法避免冲突同时又必须寻求合作的关系。文章认为美国固然必须维护它在东亚的利益，但"没有必要威胁中国的主权"，而应该"以一种健康的心态尊重中国的独立"（a healthy respect for China's independence）。

由此出发，该文对于中美两国政府最近在中美军机相撞事件上的处理基本持同时肯定的态度，认为布什政府后来的慎重应对表现了能够尊重中国人的敏感（The administration's measured response showed respect for Chinese sensitivities），同时认为中国方面对事件的处理也表明"江泽民是政治家而非意识形态斗士"（Mr. Jiang acted as a statesman, not an ideological combatant）。

笔者以为，《纽约时报》社论的这些说法基本上是比较平实的，中国人也应该以一种更平实的态度来看中美最近的冲突以及两国之间的长远关系。在中国政府宣布释放美国机组以后，中国民间的反应似乎多认为中国政府太软弱，这种反应虽然可以理解，但有些议论认为这次是美国全赢而中国全输，似乎亦未免太长他人之志气而灭自己之威风。

平心而论，这次事件中国政府的处理虽然可圈可点，但美国政府对中国前倨后恭，态度日益软化而不断寻求妥协之道，则是美国人自己以及全世界都看得清清楚楚的。布什等人在美国机组返美后又表现得牛气一点，说实话部分地也是为了在美国人面前挽回一点面子，部分地则是为了在下一轮谈判中抢点主动权，并非就表明他们真的觉得这次大占上风。事实上美国国会和民众反应越强烈，恰恰越表明他们感觉到某种挫折感。

21世纪的国际政治已经日益清楚地将以美国和中国为主角，对此中国人应该感到自豪，同时也更需要有如履薄冰、如临深渊的谨慎稳重。中美之间的张力今后将是常态，双方寻求妥协避免进一步的冲突也将是常态，中国需要以"策略性的强硬"来维护自己的利益，但绝不需要"为强硬而强硬"的心态。这里或可套用《纽约时报》的用语，"如果中国以为可以压倒或孤立美国，那将犯致命性的错误"。

2001 年 4 月 16 日

世界大同

自由主义与民族主义

伯林曾多次指出，西方启蒙运动的两大后裔，即自由主义与社会主义，都极大地低估了民族主义的重要性和永久性，因为两者都把民族主义看成必然衰落并将最终消失的一时历史现象。其原因在于，自由主义和社会主义都把国际主义或世界公民主义（cosmopolitanism）看成历史进步的目标，从而把民族认同看成必须被克服的东西。

伯林在自由主义思想界中的不同凡响之处在于，他秉承维柯与赫尔德的传统，一贯批判世界公民主义或国际主义乃空洞乌托邦，一贯强调"族群归属"（belonging）与个人自由同为最基本的终极价值。在其自传性的《我生活的三个组成部分》（"The Three Strands in My Life", 1979）中，伯林将其观点集中表述如下：

> 尽管我对个人自由的长期辩护，但我从来没有被诱惑到像有些人那样，以这种个人自由为名而否定自己从属于某一特定的民族、社群、文化、传统、语言……在我看来，这种对自然纽带的拒绝诚然崇高却误入歧途。当人们抱怨孤独时，他们的意思就是说没有人理解他们在说什么，因为被理解意味着分享一种共同的历史，共同的情感，共同的语言，共同的想法，以及亲密交流的可能，简言之，分享共同的生活方式。

这是人的一种基本需要，否认这种需要乃是危险的谬误。

事实上，伯林在其第一部著作《马克思》（1939）中即已深刻指出，马克思之所以走向以"人类解放"为目标的共产主义，其重要原因之一在于马克思不能接受自己生为犹太人这一在欧洲历来被鄙视的族群，而他对自己族群即犹太民族的自卑感使他认为只有解放全人类才能解放犹太人，亦即只有犹太人和所有其他族群都不再存在，所有人都只是"人类一员"才有可能。与此相反，伯林自从早年移民到英国以后虽然社会地位不断升高并被看成英国上流社会的宠儿，但终其一生，伯林一直强调"我不是英国人，我是一个俄罗斯的犹太人"。对伯林而言，维护自己的族群尊严乃是维护他自己个人尊严的基础。

遗憾的是，今天一些自称自由主义者的中国人实际仍是马克思的徒子徒孙，例如有些人极其矫揉造作地认为中国自由主义的最大敌人就是中国民族主义，从而荒谬地把民族主义简单地等同于"排外主义"；有些人则根本否认近代中国人争取中华民族成为"自由民族"的正当性，似乎近代中国人应该自愿接受被殖民才是康庄大道。

我想这些人实在不配谈论自由主义，也不配谈论民族主义，因为他们实在连什么是个人尊严和民族尊严都还不懂。

伯林的一生

用了两个晚上的时间，读完了刚刚出炉的《伯林的一生》（*Isaiah Berlin : A Life*），感觉上略略有些失望。作者伊格奈惕夫（Michael Ignatieff）颇有文名，但此书只能说 fine，谈不上精彩。

由于伯林一直拒绝写自传，因此他十年前同意伊格奈惕夫写这本传记使许多人都翘首以待。岂料伯林说定这本传记不能在他生前出版，而且他自己绝不看一个字，因此一直到本月他去世一周年才面市。

伯林的传记难写之处在于它必须既要写得轻，又要写得重。所谓轻是因为伯林一生春风得意，活得极其轻松潇洒。他不喜欢教书，不喜欢做什么 research，甚至也不喜欢写文章，更不愿意写书（除了他第一本著作《马克思》以外，严格说来伯林只有文章没有书），他最喜欢的是社交和聊天。人们通常都说思考是孤独的，伯林恰恰相反，坚称只有在人群中聊天才能思考。他总是说自己根本就非常肤浅，言下之意何尝不是说其他人未免故作深沉；别人问他什么是人生的意义，他说他从来不问这个问题，因为一问人生的意义，人生就没有意义了。

但如果这就是伯林的全部面相，那么他的传记只要笔调轻松多添逸闻也就足矣。难的是，在外表的潇洒和嘲世之下，伯林的内心世界恰恰充满了矛盾和冲突。伯林的自由主义以强调"人生价值多样却相互冲突难以调和"为基本出发点，正是因为他自己对鱼与熊掌不可兼得的困境有太深的体验。例如"二战"时期英国外交政策与犹太复国运动尖锐冲突，他作为英国外交官员必须忠于英国国家利益，但作为一个犹太人，他一向认为犹太人只有建立自己的国家才能使犹太人获得人的尊严从而历来支持犹太复国运动。他力图调和自己的这两种忠诚，但最后终于无法调和，将英国绝密外交决策告诉了犹太复国运动，导致英国外交政策的重挫。我们可以想见当时的他是如何"天人交战"，难以安宁。

伯林一生最强调两个基本价值，一是个人自由，二是"族群归属感"（sense of belonging），这两个价值本身就相互冲突，而且在伯林个人生活中表现得实实在在。以色列建国后伯林最景仰的魏兹曼当选开国总统，要求伯林放弃英国立即去以色列共商建国大计，伯林却一方面深知自己绝不可能放弃牛津生涯，另一方面又痛感有背弃族群之嫌的内疚。这一紧张只是由于魏兹曼不久就去世才缓解。

伊格奈惕夫总的来说是力图笔调明快而又以伯林的内心冲突为全书基本线索，但除了谈伯林与阿赫玛托娃的恋情这章外，全书写得似略嫌平淡。

1998 年 11 月 20 日凌晨二点

民族主义还是爱国主义

在西方人今日的日常用语中，"爱国主义"（patriotism）一般来说常用作褒义词，而"民族主义"（nationalism）则多半用作贬义词。英国政治学家米讷格（Kenneth Minogue）在其《民族主义》（1967）中因此曾试图对"爱国主义"和"民族主义"作出一种学理上的区分。他认为二者的区别在于，爱国主义是热爱本国的现实状况（loving one's country as it is），因此主要表现为抵抗外来侵略以捍卫现实存在的祖国；反之，民族主义则是致力于实现祖国尚未达到的理想目标（ideal of one's country that is yet to be realized）。

米氏因此认为民族主义问题较多，因为民族主义的这种祖国观在他看来实际是把祖国看成有待唤醒的"睡美人"，而为了唤醒美人，自然首先要问是谁使得美人沉睡不醒。这在米氏看来就意味着民族主义常常表现为首先要寻找阻碍祖国实现其理想目标的"内外敌人"。例如德国民族主义认为阻碍德国兴盛的敌人内是犹太人，外则是英法俄等列强，因此只有对内清除犹太人，对外战胜列强才能实现德国的理想。

但米氏这种英国教授的区分在许多美国人听来却实在不那么受用，因为美国人一向喜欢标榜"美国是一个理念"，而不仅仅是其现实，美国人更强调他们注重的是未来而不是现在。美国新保守主义的教父克利斯多（Irving Kristol）因此反其道而行之，从八十年代开始一直大力强调美国提倡的是民族主义，而不是爱国主义。他的定义更为简明，认为爱国主义来源于热爱本民族的过去（love of the nation's past），而民族主义则是寄希望于本民族的未来及其独一无二的伟大性（hope for the nation's future, distinctive greatness）。

由此出发，美国自然要提倡民族主义而不是爱国主义，因为在克利斯多和无数美国人看来美国对人类的未来负有使命。克利斯多的一段名言因此常常被看成美国外交政策的最明确界定：

美国外交政策的目标绝不是一种鼠目寸光的国家安全（national security），而是要在民族宿命（national destiny）的含义上来界定，这就是作为一个世界强权的民族利益（the national interest of a world power）。

换言之，美国的民族利益就是全世界全人类的利益。

我们或许只能说，大英帝国日落西山，只求保守现状，因此好谈"爱国主义"，而美利坚帝国仍雄心勃勃，自然不能满足于狭隘的爱国主义，而必须提倡胸怀全球的民族主义。

从"世界大同"到民族国家

史学泰斗梅尼克（Freidrich Meinecke，1862—1954）在第一次世界大战结束后曾发表举世闻名的巨著《近世西方的国家至上理念》（*Idee der Staatsrason in der nereren Geschichte*）。该书目的旨在澄清一个问题：西方列强中到底谁是"国家至上主义"（Staatsrason）的始作俑者？谁又是其最彻底的信奉者？

梅尼克的答案是："国家至上主义"乃是近世西方各国的集体创造。作为一种观念，它首先由意大利人（马基雅维利）提出，而作为一种实践，则由法国人黎塞留（Richelieu）首次将其发挥得淋漓尽致；但作为一种信念，则没有人比英国人更成功地把它化成了全民族的集体无意识，从而形成了每个英国人都会脱口而出的著名英国格言："吾国说对就是对，吾国说错就是错。"（right or wrong？ my country!）梅尼克指出，英国人的这种信念不仅使它成为"国家至上主义"的最彻底信奉者，而且使它总是首先指责别人的"国家至上主义"，因为英国人的"国家至上主义"已经是一种集体无意识状态，根本不可能对此有自我意识了。也是如此，在1899年海牙会议上，只有英国元帅费舍会如此赤裸裸地直言：我只知道一条原理：强权就是公理（Might is Right）。

梅尼克著此书时美国尚未成为世界帝国。但今天美国自然比英国更加有过之无不及地将"国家至上主义"化成了美国人的集体无意识，因为绝大多数美国人的最基本信念其实就是："美国说对就是对，美国说错就是错。"事实上马基雅维利早就指出，造就最强大国家的首要条件不在于造枪炮，而在于能够造就其国民的最强信仰，即深信吾国认为对的一定对，吾国认为错的一定错。

梅尼克此书诚然有为德国辩护的企图，因为他认为德国是欧洲各国中最后接受"国家至上主义"的民族。但他作为一代史学大师并没有任意歪曲史实，而是以坚实历史根据提出其看法的，即：近代早期的德国曾经是欧洲最具有"世界大同"理想而鄙视民族国家理念的民族。我们只要回想席勒的"欢乐颂"以及贝多芬第九交响曲那种直上云霄的"世界大同"高歌，就不难了解这一点。事实上，梅尼克在"一战"前发表的成名作《从世界大同到民族国家》(*Weltburgertum und Nationalstaat*，1907)，就是详细分析德意志民族如何从一心向往"世界大同"的超理想主义而逐渐转向接受"民族国家至上"的政治现实主义的历史过程。他的《近世西方的国家至上理念》实际上是要进一步指出，从启蒙时代的普世大同理想变为"民族国家至上"，乃是近代西方的共同历史过程。

在又一个世纪之交的今天，我们真的是在倒转这一过程，从民族国家走向"世界大同"吗？西方左派史家霍布斯邦之流要人们相信这一点，美国政府和北约更彻底，它们用轰炸机要全世界相信：它们可以炸掉所有民族国家，最后炸出一个"世界大同"！

哈贝马斯的"新论"

《明报》刊出张翠容的《哈贝马斯的主战论》,从批判的立场介绍了哈氏为北约发动战争辩护的近作《从人民权利到世界公民权利》。《明报》约我对哈氏论点作回应,我想不如在此略启话头,详细的评论容待来日。

首先可以指出,哈贝马斯近来的言论并非他在科索沃战争爆发后的一时心血来潮,而是贯穿了他近十年来的基本思考。确切地说,哈氏在冷战以后思考的中心问题是"欧洲统一"的问题,其基本主张首见于 1992 年的《公民权与民族认同:对欧洲未来的一些思考》,以及《人权与人民主权:自由主义与共和主义的不同版本》(1994),《欧洲民族国家:其成就与局限——论主权与公民权的过去与未来》(1996)等。其基本论述其实非常简单,这就是他主张"国家"与"民族"必须彻底分离,因为他认为"国家"形成的是"法律共同体",代表普遍主义,而"民族"形成的是"文化共同体",只具有特殊性。他力主欧洲各民族应该组成一个"超民族的"(supranational)统一国家,并以统一宪政为基础凝聚他所谓"泛欧宪政爱国主义"(European constitutional patriotism)作为欧洲人的"共同政治文化",超越欧洲各民族的"特殊民族文化",后者应该围绕前者形成"交叠共识"(overlapping consensus)。换言之,欧洲人应该首先把自己看成欧洲人,其次才是德国人、法国人、英国人。哈贝马斯因此大力批判雷蒙·阿宏（Raymond Aron），因为后者直至 1974 年仍然认为这种"泛欧意识"绝不可能。

哈贝马斯的这些主张如果仅仅限制在欧洲范围内，本不失为一种看法。但我需要立即指出，哈氏的基本理论构架决定了他至多只能谈及"欧洲公民"，而绝不应该奢谈"世界公民"，因为他的全部理论乃以一个"统一宪政国家"为基本前提；如果欧洲各民族组成一个统一宪政国家至少理论上可以想象，全世界各民族组成一个统一国家则超越人类的可能，因此哈氏新论并不足以构成一种新的国际关系理论。

令人觉得可笑的只是哈贝马斯现在显然认为，为了实现这个欧洲统一的目标可以不惜进行战争。须知哈氏几十年来的全部理论构建是致力于证明人类可以用理性的讨论和平地解决所有纷争，到头来却公开主张用武力来达成欧洲统一，岂非极大的自我讽刺？

统一欧洲的蓝图

德国总理施罗德在 4 月 29 日发表了德国政府对欧洲共同体未来统一政治构架的基本蓝图。这个蓝图大体以目前的德国宪法为样板，设计了一个以联邦制为基础、但由单一政府和最高议会统一领导的欧洲统一政治实体。德国政府的这个蓝图发表后，法国方面反应相当积极，法国总统希拉克颇带激情地说："现在再不赋予欧洲共同体一部统一宪法，更待何时？"

如果德国和法国取得共识而使这份蓝图得到实行，则欧洲共同体不但到明年将会有统一货币，而且将在五年内开始走向建构一个具有统一政府和统一议会的强大政治共同体。

欧盟现在的政治构架过分松散，虽然已经有一个统一的"欧洲议会"（European Parliament），但这个议会尚不具有实质权力，尤其是没有财权。目前的基本决策机构是"欧洲部长会议"（the Council of Ministers），以及官僚执行机构"欧洲事务委员会"（European Commission）。施罗德的方案是将目前的"欧洲部长会议"扩大成为"参议院"，同时使目前的"欧洲议会"成为具有实权特别是控制财政拨款的"下议院"，并由这个"下议院"直接选举"欧洲事务委员会"的总理，亦即将目前的"欧洲事务委员会"变为事实上的欧洲统一政府。在这一架构下，欧洲各国在欧盟内部的地位将类似目前美国的各州或目前德国的各邦一样，一方面有相当高的自主权,同时却服从统一的中央政府及其法令。假以时日,一个类似美国那样从较松散的联邦演变成统一国家的欧洲统一国家并非完全不可能。

事实上,自从 1957 年签订罗马条约以来,欧盟的基本走向是相当清楚的,即从经济合作走向统一市场,从统一市场走向统一货币;同时从各主权国家的条约关系走向统一的欧洲议会及其行政机构,尤其重要的是,从各主权国家自行其是的法律走向建立统一的欧洲人权法庭(European Court of Human Rights),这实际上已经相当于欧洲最高法院,因为它有权否决欧洲各国最高法院的法律裁定。在这种基础上,进一步寻求达成一部共同宪法并造就统一欧洲政治共同体,自然是相当多欧洲政治家的梦想。

诚然,蓝图只是蓝图,欧洲统一国家即使可能,也有相当漫长的道路要走。欧洲统一的最大资源,或许在于欧洲人对欧洲共同历史文化遗产的共识。在这方面,欧洲知识分子事实上早已在努力打造"统一欧洲意识",其中最突出的例子就是由欧洲五大出版社通力合作出版的"欧洲的形成系列丛书"(The Making of Europe),丛书由法国名史家勒高夫(Le Goff)任总主编,其中每一本书都扣紧"多元统一的欧洲"这一基本主题,例如《欧洲的起源》《欧洲的城市》《欧洲的革命》,以及《欧洲史上的家庭》《欧洲史上的大学》《欧洲史上的法律》,等等,不但作者均为一时之选,而且每本书都同时用英、德、法、意及西班牙五大欧洲语言出版,真是令人叹为观止。

2001 年 5 月 28 日

没有身份的亚洲

较早前曾读孙歌的《什么是亚洲》等文，是近年来难得一见的好文章。不过也很坦白地讲，我读完以后反而更加觉得不知道"什么是亚洲"。日本人梅棹忠夫说，当他在巴基斯坦听到当地知识分子说"我们都是亚洲人"的时候，他感到十分吃惊，因为他认为天下根本不存在所谓的"亚洲"，所谓"亚洲人"到底有什么共同身份性呢？老实说我对梅棹的说法深有同感，假如一个印度人或日本人对我套近乎地说什么"你我都是亚洲人"的话，我只能觉得不知所谓，因为我根本不认为我这个中国人与他们印度人或日本人有什么"身份认同"关系。

最近报载二十五个所谓"亚洲国家"在中国海南岛的博鳌成立"博鳌亚洲论坛"，要"呼唤新亚洲意识"，不能不让我们再次想起梅棹的这个问题。确实，到底什么是亚洲呢？所谓亚洲人又有什么规定性呢？参加博鳌亚洲论坛的首先包括澳大利亚，澳洲人认为自己是亚洲人吗？他们明明认为自己是欧洲人，即使欧洲可能不大愿意承认澳大利亚属欧洲，澳大利亚人也要硬挤进去做欧洲人，绝不会愿意说他们要做亚洲人，不要做欧洲人。进一步言之，美国也自称是亚太国家，是不是美国人也是亚洲人了呢？

还有日本，好像应该是没有问题的"亚洲"国家了？更错了！我们都应该记得日本名人福泽谕吉 1885 年发表的《脱亚论》，都应该记得日本在近代崛起的自我意识就是要"脱亚入欧",即自觉地不要做亚洲国家,而要做欧洲国家。上面提到的梅棹忠夫从五十年代以来的基本主张甚至比福泽谕吉还要进一步,亦即认为"亚洲"根本就是一个虚构,因此日本本来就不存在"脱亚"的问题,因为日本历来就不是什么"亚洲国家",而是与欧洲文明同属他所谓"第一地域"文明,其他如中国、俄国、印度、土耳其则都是"第二地域"文明。

诚然,日本在崛起以后也颇有人大力提倡"亚洲一体论",可是这种"亚洲一体论"后来与日本皇军的"大东亚共荣圈"难分难解,我们这些日本以外的"亚洲人"都已经领教过了,是否还想领教呢?

所谓"亚洲",其实并没有任何内在的自我规定性,而只不过是相对于"欧洲"的一个说法。这个说法的唯一意义,孙中山1924年在日本发表"大亚细亚主义"的演讲已经说了,他说:"我们讲大亚细亚主义,究竟要解决什么问题呢?就是为亚洲受痛苦的民族要怎么样才可以抵抗欧洲强盛民族的问题。简而言之,就是要为被压迫的民族来打抱不平的问题。"

现在马来西亚首相马哈蒂尔每天说的不过是在重复孙中山的这个意思。可是由谁来为亚洲国家抱这个不平呢?马来西亚吗?只怕谁都只觉得是笑话。中国吗?那只怕先吓跑了大多数"亚洲国家"!岂不闻自命"亚洲领袖"的李光耀不去博鳌会议,却特别对西方媒体说,亚洲的最大危险就是中国太大,必须要美国人到亚洲来平衡?

2001 年 3 月 5 日

自由主义与轰炸

还在北约轰炸中国驻南使馆以前,哈佛大学保守主义政治哲学家贝尔科维奇(Peter Berkowitz)就曾发表《自由主义与科索沃》一文。他本人虽然赞成出兵,却强烈质疑美军采用高空高速轰炸机狂轰滥炸的合法性。因为他认为,这种轰炸方式无非是为了避免美机被击落,但同时却必然造成大量南国平民的伤亡。这实际表明,美国方面为了确保任何一个美国士兵的生命而可以不顾无数南国平民的死活,从而使美国完全丧失了自己出兵的道德根据。因为美国出兵的唯一根据是所有人都应享有同等的人权,因此美国有权出兵维护美国以外的人类的人权,但当美国用兵时,却又明确地把美国的一条人命置于别人的整个社群存活之上,这当然只能表明美国人的道德自相矛盾。

美国和西方的深层道德败坏

贝尔科维奇著有《品德与现代自由主义的生成》(*Virtue and the Making of Modern Liberalism*),主张自由主义不应该放弃要求人具有高尚品德。他的这篇文章则实际上是批评今天的美国人已经没有"高尚的品德"(noble virtues),因为美国人不敢以牺牲自己的生命来维护美国人标榜的道德原则，却不惜牺牲无数他国平民的生命来标榜自己维护人权。我们不妨说，美国对南国的野蛮轰炸说到底反映了美国社会的深层"道德败坏"（corruption of morals）。

正是在这里，我以为必须强调，在中国驻南使馆被美国野蛮轰炸以及中国记者与平民惨遭屠杀以后，中国学生和中国民众的大规模抗议运动并不是什么不分青红皂白地"反美反西方"，恰恰相反，中国人反的是美国的战争机器，反的是美国政府"强权即公理"的霸权外交，反的是美国媒体堕落为美国战争宣传部，反的是美国和西方的"道德败坏"！

美国媒体现在大肆渲染中国爆发了大规模的"反美反西方"运动，力图在美国和西方民众中造成一种印象，似乎中国学生和中国民众现在都走上了反人权、反自由、反民主的道路。中国人中的一些败类也跟着鹦鹉学舌，宣称中国学生和民众都是被中国政府所利用来反对西方的自由民主人权。这是极端可耻的宣传，因为事实上中国学生和中国民众绝不是在反人权、反自由、反民主，恰恰相反，今天中国人不能容忍的是：美国和西方日益以人权的名义滥杀无辜，以自由的名义奴役他人，以民主的名义施行暴政！

中国学生和民众的大规模抗议运动因此有必要提升到更高的道德基础上来认识。今天的中国人要理直气壮地强调：人权、自由、民主、平等，并不是美国和西方的专利品，恰恰相反，中国人有充分的道德根据从自由主义的高度来挑战美国和西方的虚伪道德，因为中国人的反战意识事实上恰好突出了晚近自由主义理论的一个核心问题，这就是：自由主义与战争的关系。

罗尔斯论轰炸

将近四年前，即广岛轰炸五十周年时，美国自由主义政治哲学泰斗罗尔斯曾发表《广岛五十年》，认为美国当年对广岛核轰炸乃"罪恶滔天"。当时美国知识界和舆论界曾经为此发生一场大辩论，结果是社会各界压倒性地反对为核轰炸作辩护，迫使美国联邦邮政总署收回发行纪念所谓"核胜利"五十周年的纪念邮票。

罗尔斯的文章特别批判了在战争问题上的两种虚无主义论点。一种是认为战争就是下地狱，因此任何事都可以干；另一种则是认为战争中人人都有罪，因此无人有权指责他人。这两种虚无主义论点在罗尔斯看来都适足瓦解文明社会的全部基础，因为在他看来文明社会的全部根基即在于：在任何情况下都必须作出道德的权衡，即什么是可以作的，什么是不可以作的。

罗尔斯所要提出的中心问题因此就是：一个自认为是自由民主的国家在战争中所必须遵守的正义原则和道德约束是什么？他特别强调，不但广岛、长崎的两次核轰炸，而且在此之前美军对东京等城市的轰炸，都是极大的罪恶，因为它们逾越了一个民主国家在战争中所应遵循的正义原则和道德约束，亦即逾越了战争不应以平民为目标这一最基本的道德约束，反而肆无忌惮地大规模轰炸人口高度密集的都市。

轰炸城市就是野兽行为

罗尔斯和其他许多学者当时都特别指出，美国之所以会作出在广岛投掷原子弹这一疯狂行为，其前提是一种新的战争观在此以前已经形成，这就是轰炸城市、轰炸平民已经成了战争的常态。尽管在 1939 年美国尚未正式参战时，罗斯福曾呼吁欧洲各国避免轰炸平民居住区这种野蛮行径，但后来盟军包括美国都日益把轰炸城市当成了最基本的战争方式，从而造成事实上无法区分士兵与平民、军事目标与非军事目标，这就是所谓"全面战争"（totalwar），亦即把敌对国全体居民作为战争对象来对待。这里特别需要一提"二战"后期盟军方面三次大规模的城市轰炸。

首先是 1943 年的汉堡大轰炸。汉堡是当时德国第二大城市，人口约一百五十万。当年 7 月 25 日英国皇家空军出动七百二十八架飞机以炸弹和燃烧弹混合大规模轰炸，全城顿成炼狱；两天后英国再出动七百八十七架飞机以同样方式再炸，事实上已无异于屠城，以致英国著名军事理论家哈特（B.L Hart）当时就尖锐指出："如果文明的捍卫者们只能把自己的胜利建筑在以最野蛮、最原始的方式去赢得战争，那岂非文明本身的极大讽刺？"

其次则是 1945 年英美空军联合轰炸不设防的非军事城市德累斯顿——欧洲巴洛克艺术及建筑名城。当年 2 月 13 日先是英国空军七百九十六架飞机连续两次轰炸，第二天则美国空军三百十一架 B-17 轰炸机再炸，德城夷为一片废墟，其惨状使丘吉尔本人都觉触目惊心，从而有其名言："我们都成了野兽了吗？

我们是否炸得太过分了？"（Are we beasts？ Are we taking this too far？）

但德累斯顿轰炸无非表明：轰炸城市已经被全面合理化、合法化，从此以后平民与军人、城市与战场的区分已经荡然无存。因此毫不奇怪，德城轰炸后不到一个月，1945 年 3 月 9 日凌晨，美国就对人口密集的东京发动了更恐怖的大轰炸，结果一次就炸死八万三千多人。随后，日本所有大中城市均成为美军轰炸目标，只留下两个城市即广岛与京都——其原因恰恰在于美国已经内定这两个城市用作原子弹轰炸之用！

轰炸城市必然道德虚伪

我们知道，盟军在"二战"中是正义的一方，但尽管如此，罗尔斯等都强调，从汉堡、德累斯顿，到东京，再到广岛的轰炸仍然是极大的罪行，不能在道德上被辩护，因为这种把轰炸平民和中心城市合理化的行为事实上无异于蓄意谋杀平民。而且正因为如此，轰炸者必然要采取一种自欺欺人的态度，极力回避他们本来必须正视的重大伦理问题，亦即一方面轰炸者非常清楚地知道轰炸城市必然造成对平民的屠杀，但另一方面他们却又力图不仅要使别人相信，甚至也要自己相信，这种轰炸不会涉及平民，这就必然使自己日益陷入极端的道德虚伪。

决定使用原子弹的美国总统杜鲁门在这方面正是一个典型例子。正如斯坦福大学国际关系中心主任伯恩斯坦（Barton

Bernstein）在一篇著名研究中指出的，杜鲁门一方面在自己的日记中详细记下了有关原子弹功能的各种细节并惊叹这是人类有史以来最恐怖的武器，足以毁灭人类，但同时他却在日记中说"我已批准使用原子弹用于摧毁军事目标，而非用来对付妇女儿童"。伯恩斯坦教授对此评论说，杜鲁门在这里完全是在自我欺骗（self-deception），因为他太清楚广岛核轰炸将导致大批妇女儿童死亡，这对于他自己在意识层面是不能接受的，因此他必须使自己相信他下达的命令不是针对妇女儿童，而是以纯粹军事目标为对象；由此一来，妇女儿童大量死于原子弹对他似乎也就变得心安理得了。

是可忍，孰不可忍

笔者个人觉得不可思议的是，在上述大辩论后不到四年的今天，美国政府竟然纠集北约十几个国家肆无忌惮地对人口密集的中心城市贝尔格莱德进行迄今已经将近两个月的轰炸。而且在轰炸了中国使馆、屠杀了中国记者和平民以后，美国从克林顿以下竟然没有人有任何犯罪感和道德忏悔意识，竟然没有人有勇气承认这是不折不扣的野蛮行为。

现在美国媒体更反过来把一桶污水倒到中国学生和中国民众头上，诬蔑中国人的所有行为都只能证明他们是极权国家的产物，是以民族主义对抗自由民主人权云云。而更令人难以置信的是，中国人里还有一类人物随着西方媒体的旋律翩翩起舞，作出种种丑态，唱起一种新的"凡是歌"，歌词大意无非是：凡是西方说的就要照办，凡是西方做的就要紧跟。他们以为所有中国人都应该像他们一样，努力做一个好奴才！

　　然而，西方媒体任意欺瞒天下的时代已经终结。今天的中国人知道，他们是在堂堂正正地维护自己的尊严和所有平民的尊严！中国人反对的不是美国也不是西方，而是反对美国和西方以自由的名义奴役他人，反对美国和西方以民主的名义施行暴政，反对美国和西方以人权的名义滥杀无辜！

1999 年 5 月 14 日

人权、种族、原子弹

四年前广岛核轰炸五十周年时，自由主义政治哲学家罗尔斯曾发表文章指出，广岛、长崎原子弹轰炸的悲剧之所以会发生，说到底仍在美国总统杜鲁门等对人权缺乏充分的尊重，尤其对敌对国平民的人权。他特别指出杜鲁门在广岛、长崎轰炸后为自己辩护时曾多次说过的话，即：日本人乃是畜牲，你与畜牲打交道，就得把它当成畜牲。

这里一个极为敏感的问题是原子弹轰炸与种族歧视的关系。历来都有很多人怀疑，如果原子弹在德国战败以前就试制成功，盟军方面会否毫无顾忌地立刻将之用于欧洲战场？晚近以来众多研究者都倾向于认为，如果用于欧洲战场，盟军方面的决策一定会慎重得多。《纽约客》杂志四年前为纪念广岛五十周年所出专刊中登出的塞尔的长文即指出，尽管人人厌恶纳粹，但英美人并不怀疑仍有很多正派的值得尊重的德国人。日本就不同了，对当时的英美人来说，根本不存在日本人还有好人这一说。塞尔引用"二战"时著名战时记者佩尔（Ernie Pyle）当时的话来说明此点：

在欧洲我们感觉我们的敌人不管如何令人毛骨悚然，不寒而栗，但他们仍然是人。然而在亚洲战场我立刻发现，日本人被我们看成就像不是人而是某种令人厌恶之极的东西，就像许多人看到蟑螂耗子那种感觉。

目前对此一问题研究最详尽的或首推伯克利教授高木（Ronald Takaki）的专著《广岛：为什么美国要扔原子弹》（1995）。该书着重指出，美国对亚洲人的憎恨由来久之。例如早在1911年6月12日的一封信中，年轻的杜鲁门即对他后来的妻子这么写道：

> 我相信一个人只要不是黑鬼或中国佬（Chinaman），那么他就能够与其他人一样好，一样诚实与正派。威廉叔叔曾言，上帝用灰尘造就白人，用泥造就黑鬼，然后就扔掉了剩下的东西，这些剩下的东西后来就变成了中国佬。他确实恨中国人与日本人，我也如此。我猜想这就叫种族偏见。但我确实强烈认为，黑鬼就应该在非洲，黄种人则应待在亚洲，白人则应该在欧洲与美国。

青年杜鲁门在这里流露出来的对所谓"中国佬"即亚洲人的极端蔑视，与其在广岛轰炸后所谓"日本人乃是畜牲"的说法无疑有其一脉相承性，这种种族歧视为他同时代的许多人所共有无疑也是事实。问题只在于，不管美国使用原子弹如何缺乏正当性，也不管当时种族歧视的偏见有多大，所有这些都并不能减轻日本在"二战"时的滔天罪行。相反，我们更需要指出的倒是Ian Burama所指出的一个事实：广岛轰炸的死难者中有相当大数量的朝鲜奴工，而这些惨死者至今未被日本官方列入死难者名单（参见 Ian Burama，*The Wages of Guilt*）。

"末世论"与"启示论"

冷战结束以来，西方关于国际关系的主流论述先有福山的"历史终结论"，后则有亨廷顿（Huntington）的"文明冲突论"。

一般来说，非西方国家都对福山理论大有好感，而对亨廷顿的论点却非常愤怒。这自然不难理解，因为福山给出的是花好月圆的美好前景，特别符合今天人人都想成为西方一分子的普遍心理，尤其对俄国、东欧这些国家的知识分子来说，"历史终结论"实际意味着，"美国梦"也就是本国的梦、世界的梦。事实上福山本人相当直言不讳："历史终结论"无非就是用"美国主义"取代共产主义。与此相比，亨廷顿从批判福山的"历史终结论"到提出"文明冲突论"，则大有拒人于千里之外的味道。

然而，可以毫不夸张地讲，今日西方的主流仍然是亨廷顿以传统"实力政治论"（Realism）为基础的"文明冲突论"，而非福山的"历史终结论"。这不仅是因为今日国际关系理论的各种新说例如所谓"制度主义"等尚远不足以真正挑战"实力政治"论，而且更因为，"实力政治"论事实上乃深植于基督教西方的基本世界观。

美国"实力政治"外交理论由著名基督教神学家尼布尔从基督神学立场一力奠定，实深刻反映基督教西方对"尘世"的一种根深蒂固的观念，即：尘世永远有魔鬼撒旦。如果说"历史终结论"事实上是把基督教的"末世论"（eschatology）不合法地从天国挪到了尘世，从而过于性急地宣告人类已统一于西方极乐世界，那么"实力政治"论则执着于充满危机意识的基督教"启示论"（apocalypse），因而坚称：一个撒旦降服了，另一个撒旦必然会出现。由此而言，亨廷顿的"文明冲突论"不仅只是实力政治的国际战略分析，而且几乎是基督教西方在冷战结束后唯一顺理成章的必然结论。诚如基督教史权威佩格尔（Elaine Pagels）在其最新力作《撒旦的起源》（The origin of Satan）中所指出，一部基督教的历史就是不断寻找魔鬼撒旦，亦即不断寻找敌人，不断制造敌人的历史。

史家汤因比曾经指出，20 世纪并不是共产主义与资本主义相对抗的时代，也不是伊斯兰与西方相对峙的时代，而是西方与东方相遭遇的时代。从长远的观点看，我们或许可以认为，所谓共产主义只是东西方真正遭遇前的一个插曲，亦即一个夹在东西方之间的民族（俄罗斯）耽搁了一下东西方文明的遭遇。下一世纪或许将是东西方真正面对面的开始。这不是说谁愿意文明冲突，而是说，只有心怀文明冲突的警惧之心，方有可能争取文明不冲突的可能。

历史终结十年

十年前，美籍日人福山（Francis Fukuyama）以短短一篇《历史的终结？》一举成名。该文标题以问号作结，表明作者当时还只是试探性地提出一个问题。三年后福山发表大作《历史的终结与小人的世界》（*The End of History and the Last Man*，1992），不但"历史的终结"后去掉了问号，而且点明了"历史终结"后的结果，即人类世界将成为"小人的世界"。

中文世界目前多把福山这里的 the Last Man 译为"最后的人"，虽然并无不可，却无法点出这所谓"最后的人"究竟是什么样的"人"。其实"最后的人"已经不是人，而是低于人的动物，即"人的动物化"（animalization of man）。这个概念本是尼采提出，对应于"超人"（Superman）而言，我因此建议将这个词译为"小人"（其实"超人"不妨译成"大人"）。按照尼采的看法，上帝死后，西方人已经不可能再像从前那样做人，而必须努力自我超越成为"超人"才可能成为"人"，不然就只能成为"小人"，亦即像牛羊那样只知吃草，而不再有人之为人的人生目标。小人世界因此意味人不再是人，而已经与猪狗牛马无异，令人想起柏拉图早就说过的所谓"猪猡共和国"。

福山此书的奇特之处就在于，他把黑格尔和马克思的历史乐观主义（历史的终结）与斯宾格勒和尼采的文化悲观主义（小人世界）揉在一起,全书因此贯穿一种根本的自相矛盾。一方面,该书似乎洋溢着一种高调的乐观主义即"西方的胜利",但另一方面书中又不断透出斯宾格勒"西方的没落"和尼采"小人世界"的阴暗悲观,因为"西方的胜利"最终带来的似乎只是"人类的退化",即"人的动物化"。这种矛盾我以为只有一种解释,可称之为"文化人的虚荣",亦即文化人总要认为自己与众不同。换言之,福山虽然认为整个人类世界都在走向"小人世界",可是他自己却自然不屑于成为"小人"。他自己必须是"大人",是"超人",福山因此声称他要把西方民主的哲学基础从庸俗的英国洛克哲学移到更深刻的德国哲学基础,好像这么一来,人类就还有可能避免走向"小人世界"。

中文世界对福山此书多有评论,但评论者似乎都没有真正读过此书,因为评论者似乎并不知道,福山此书的全部论证乃建立在他自己生造的两个希腊文概念上,即 *megalothymia* 和 *isothymia*,或可译为"大忿"与"小忿"。历史之所以可以终结,乃是因为"小忿"最后战胜"大忿"的结果。

"美国世纪"六十年

　　周末阳光明媚，应该天下太平。未料打开报纸却看到美国人和英国人又轰炸巴格达的新闻。心里叹口气，想想那里的人命苦，周末竟成了末日。我们实在应该庆幸自己还好生活在香港，不至于早晨还未醒来就稀里糊涂地被美国炮弹炸死在被窝里。不过美国人打仗一定是为了全人类的人权民主正义和平，我们因此亦不必同情那里炸死的平民，反正他们活在萨达姆统治下本来就痛不欲生，还不如死在美国炮弹下早点解脱。

　　这年头文明昌盛，科技发达，打仗既不需要宣战，甚至都不必出兵，只需按一下按钮，真正是"谈笑间樯橹灰飞烟灭"也。不过凡事总有个理由，为什么美国人偏偏要在这个周末动枪动炮，读了半天报纸还是不明白。放下报纸，才突然想起来，这个周末是"美国世纪"提出六十周年啊！美国人想必是要向全世界发炮提醒大家记住这个纪念日。

　　惜乎美国人的这个心思显然连法国人德国人都不了解，只有英国人最理解。这当然不奇怪，因为"美国世纪"的兴起正意味英国的衰落，英国人因此比任何人都更清楚，英国如果还想勉强混充世界强权，只有首先作好美国的马前卒。我因此怀疑这次只怕又是英国人提醒美国人的，因为大多数美国人肯定早就忘了周末正好是"美国世纪"六十周年。

"美国世纪"这个说法最早见于1941年2月17日的《时代》杂志,该期编辑部手记由《时代》老板卢斯亲自撰写,第一次提出:"20世纪必将在相当程度上成为一个美国世纪"(the twentieth century must be to a significant degree an American century)。该文最有名的两段话如下:

> 当此美国决定性地进入世界舞台之时,我们需要最大多数的国人都来追求和实现美国成为一个世界强权的目标,这一世界强权是地道美国式的,这一世界强权的目标将激励我们雄心勃勃地去生活、去工作、去战斗。……
>
> 正是这种精神召唤着我们所有的人,召唤我们每一个美国人都以自己的最大能力、都在自己最大的可能范围去创造第一个伟大的美国世纪。

卢斯这篇文章的直接目的是呼吁美国参加第二次世界大战,但其赤裸裸的"帝国梦"论调在当时却颇引起许多美国人的不安。其中最感不安的人之一是当时的美国副总统华莱士(Henry A.Wallace,1888—1965),他在美国参战后纠正卢斯的说法,提出下一个百年应该成为"普通人的世纪"(the Century of the Common Man)。

六十年过去了。卢斯的"美国世纪"现在家喻户晓,华莱士的"普通人的世纪"则早已成为只有历史学家才感兴趣的考古材料,可参Norman Markowitz的《"人民世纪"的兴起与衰落:华莱士与美国自由主义》(*The Rise and Fall of the People's Century:*

Henry Wallace and American Liberalism，1973)，以及 Graham White and John Maze 的《华莱士对新世界秩序的追求》(*Henry A. Wallace: His Search For A New World Order*，1995)。

2001 年 2 月 18 日

乱世将临

冷战结束后的这十年堪称预言家的时代。如果说最初几年的流行预言是以福山式"历史终结"的乐观主义为主流，那么晚近以来，悲观主义的预言家们似乎明显开始占上风。美国著名保守派评论家卡普兰（Robert D.Kaplan）最近出版的《乱世将临：打碎后冷战时代的美梦》(*The Coming Anarchy: Shattering the Dreams of the Post-Cold War*) 是这种悲观主义预言的代表作。该书的基本预言是：21 世纪并不像人们梦想的那样在走向太平盛世，而是在走向乱世；真正代表人类前景的不是美国化，而是非洲化，包括美国本身在内都难逃非洲化的结局！

卡普兰从前本是美国老牌的温和保守派杂志《大西洋月刊》的国际记者。柏林墙倒塌的时候他正好在科索沃，目睹当地塞尔维亚人与阿尔巴尼亚人的冲突。他说他当天就告诉自己和朋友：真正预示未来的并不是柏林发生的事，而是科索沃发生的事。几年后以色列总理拉宾和巴勒斯坦领袖阿拉法特在美国白宫握手言和时，卡普兰却正飞往非洲的马里，因为他非常自信地认为，真正的新闻并不在白宫，而在远离白宫的那些不毛之地。不管怎样，有一点任何人都不能不佩服卡普兰：哪里有天灾人祸他就去哪里。这十年来他去的尽是那些无法无天的地方：索马里、卢旺达、阿富汗、刚果、巴尔干。

1994 年卡普兰在《大西洋月刊》发表惊世长文《乱世将临》，一举成名。该文在时间上紧接亨廷顿当时在《外交事务》上发表的《文明的冲突》，两篇文章同被看成对福山"历史终结论"的强劲反驳。卡普兰的文章主要以西非洲的现实状况为实例而提出他的中心论点：今天世界上绝大多数地区的根本问题并不是民主不发达，而是无法建立有效的公共权威。他将这些地区的基本现实概括为"中央政府逐渐消亡，部落和地区领地制兴起"（the withering away of central governments, the rise of tribal and regional domains），其结果则是"疾病四处蔓延，内战无休无止"！

此文当时影响极大，连总统克林顿都说读后觉得毛骨悚然，说卡普兰让人觉得未来世界简直像美国警匪片中马路强盗统治世界的景象。自那以后，卡普兰的文章就成为美国政界和舆论界的"必读"，例如目前竞选总统的小布什就说卡普兰的文章在他阅读的 top list 上。

卡普兰最惊世骇俗的论点是他认为，非洲的这种无政府状态同样在西方发生：非洲是军阀割据，西方则在走向"高科技封建割据"（High-tech feudalism）。

2000 年 7 月 17 日

开端与终结

据说我们现在刚刚过了旧千年的终结，站在新千年的开端。可是这句话是什么意思呢？

唯一的意思其实是说，我们既不生活在开端，也没有生活在终结，而是生活在"中间"，一个过渡的中间期，即上一个千年和下一个千年的"中间"。事实上我们可以发现几乎所有关于新千年的谈论都不能不以"一千年以前如何如何"开始，否则就有点不知道如何谈这个到来的新千年，而大谈所谓"一千年以前如何如何"其实又必然地是在谈"再过一千年以后会如何如何"，否则谈论"一千年以前如何如何"也就有点不知所云。

最近尤其有趣的是中国人和美国人的谈论方式惊人地相似。中国人说，一千年前中国处在世界文明的顶峰，一千年后的今天落后了，言下之意当然是说再过一千年中国又将处在世界文明的顶峰。美国许多报纸的说法与中国人的说法只有一点点不同，也说一千年前中国人处在世界顶峰，一千年后中国已经衰落，现在是美国处在世界顶峰，再过一千年美国会像中国一样衰落吗？有些美国人说不可避免，有些美国人则说绝对不会，因为美国不是中国（《华尔街日报》说差别在于中国人当时没有征服世界之心，所以日益自我萎缩，今日美国人则有征服世界的决心，因此绝不会步中国后尘云云）。

人类之所以好谈开端与终结，其实唯一的原因恰恰就在于人类既不生活在开端，也不生活在终结，而总是生活在"中间"。唯其生活在中间，他才觉得似乎必须找到一个开端，否则好像就不知道自己在哪里，同样的道理，他又觉得似乎必须想象一个终结，不然就不知道自己去向哪里。换言之，大谈开端与终结，恰恰是因为自己妾身未明，不知道今夕是何夕，不知道自己在哪里。而由于开端和终结总是任意选定的，昨日谈论一百年前如何如何，今天谈论一千年前如何如何，明天大概又谈五百年前如何如何，其实是越谈越糊涂，越谈越不知道我们从哪里来，又到哪里去。

　　我们没人能活一千年，因此千年的开端也好，千年的终结也好，到底有什么意思？根本就没有意思！开端是你的开端吗？终结是你的终结吗？开端与终结关你什么事？！

2000 年 1 月 3 日

龙年撞上千禧年

如果一个人每天同时读一份香港的中文报纸和一份美国的英文报纸，他一定会觉得中文报纸炒作"千禧年"的频率大大高于英文报纸使用 Millenium 这个词的次数，好像中国人对这千禧年的兴奋劲头比西方人还要大。

但无巧不巧，西方基督徒的这个所谓千禧年恰恰碰上我们中国异教徒的所谓龙年，于是乎就有些可笑的事情出来了。最可笑的是较早前《大公报》的一则报道，这报道说："千禧年即将来临，适逢是中国的龙年，香港特区政府以'龙腾盛世贺千禧'为名，将举办七项大型活动以庆祝这项举世瞩目的全球盛事。"

我说这报道有点可笑，因为无论是《大公报》也好，特区政府也好，似乎都不知道，从西方基督教的观点看，千禧年最忌讳的就是龙。千禧年必定是锁龙之年、无龙之年，如果是什么"龙腾盛世"，那就不得了了，因为那不是什么"贺"千禧，而是"冲"千禧、"抗"千禧，是魔鬼撒旦的胜利、千禧年的夭折，"龙腾盛世"实际就等于耶稣基督不能重返人世！

所谓千禧年按照基督教的说法是耶稣基督重新降临人世统治众生。这个重新降临的过程将如何发生，早由耶稣基督告诉了他的仆人约翰，又由约翰告诉所有基督徒必须牢记在心的（记不住就不能蒙主神恩了）。简单来说基督再次降临前，其众天使要与一条"红色巨龙"惊心动魄地大战一场，这龙按照约翰的说法就是那伊甸园里最早作恶的蛇，就是魔鬼，就是撒旦。因此大战的结局是一个天使拿着一条巨大的锁链和一把无底洞的钥匙从天而降，锁住红色巨龙把它关进无底洞中，据说要锁上一千年，于是这一千年是基督及其仆人们统治世界的千年。一千年以后，这巨龙会被再放出来，于是会继续作恶世界，直至最后被天火烧尽。

我怀疑现在恐怕连教皇保罗都说不清这即将来临的新千年到底是锁龙的千年，还是这龙已经被锁了千年后要放出来的千年。但不管怎样，这"龙"对我们中国异教徒来说是"吉祥"，对于西方基督徒实在是最凶险的象征。我想还好这"龙腾盛世贺千禧"还有什么"龙腾灯耀庆千禧"都是香港特区政府的发明，如果是中央政府的提法，只怕要引起西方舆论哗然，以为中国这"巨龙"存心要挑战西方基督教世界，不让耶稣基督重返人世统治众生了！

尘世还是上帝

尼采在其十九岁所拟的自传中已洞察天机地见出，西方思想传统的全部困扰乃纠缠于一个问题，即终极担当究竟是"尘世还是上帝"（the World or God）？尼采日后的全部思考实际均围绕此一问题展开，即如何将"上帝"概念从人间世界彻底驱逐出去，以真正奠定"尘世"及其"历史"的自足性。

但要驱逐"上帝"概念真是谈何容易。在尼采去世将近一百年后的今天，至少在西方，一部"尘世的历史"仍然时时被看成一部"救赎的历史"。所谓"历史终结"这一莫名其妙的概念不久前还流行一时，就说明了这一点。"历史终结"这一概念本深植于基督教传统的"末世论"概念（eschatology），但同时却与西方另一传统即希腊思想大相径庭，因为希腊的历史观乃视人类历史为"循环的"（cyclical），亦即尼采后来所谓"永恒轮回全不变"（eternal recurrence of the same）。西方文明的这两个传统乃根本冲突。基督教传统的"末世观"唯有首先克制希腊传统才有可能成立，因为如若人类历史是循环的，则"救赎"（redemption）的概念就无从谈起，"堕落"的概念更毫无意义。反过来，尼采一再强调"永恒轮回说"是他自己的"新异教主义"（neo-paganism）的全部核心，正是要彻头彻尾打掉基督教"创世—堕落—末世"的历史观。所谓"永恒轮回全不变"者，来时非"堕落"，去时

408

无"救赎"也，此身赤条条地来，此身赤条条地去就是。

但正如已故思想史名家洛维特（Lowith）在其《尘世的历史与救赎的历史》（*Weltgeschichte und Heilsgeschehen*）中指出，西方现代性的一个基本内在矛盾即在于，一方面，西方现代性的基本路向乃是叛离上帝、走向尘世，力图把以往归于天国的归还给人世，以此而言，现代西方本应循希腊传统的"循环史观"即走向尼采的"永恒轮回观"方能自相一致，因为西方现代性根本上是一种"现代异教主义"（Modern Paganism）；但现代西方又偷梁换柱将基督教的"末世论世俗化"（these cularization of eschatology），从而引出"历史进步"这一现代性的核心概念，然而正如康德在其《永久和平论》中第一个指出，"历史进步"这一概念不能不预设"历史终结"概念，即设想历史有一个"最终目的"，否则进步不进步无从衡量。

但在这新的世纪之交，要设想人类历史有一个"最终目的"只怕已经有点勉为其难，我因此宁愿相信，尼采的问题在 21 世纪将会变得更加无法回避：如果人类历史根本就没有任何"最终目的"，是否人类就没有理由生存下去？如果人类个体根本没有救赎的可能，是否这个体不如不活？尼采最初提出其"永恒轮回说"时因此这么问：如果让你再活一次还是这个活法，你愿不愿意？这意思是说，如果上帝死了，你还愿不愿意活下去？

这问题其实对中国人从来不是问题，因为中国人历史性地早已立足于"尘世"，浑不知"上帝"为何物。

409

英译《论语》与其他

晚近以来美国的大报小报、电台电视几乎都有点走火入魔般地大谈特谈中国。平地里突然冒出了一大群无师自通的"中国专家"。每谈及中国就指点江山、激扬文字、粪土当年基辛格。然观其内容，则大多是所谓以其昏昏使人昭昭之类，无非是说中国经济高速增长，因此中国军费不断增加，因此中国民族主义日益抬头，因此中美冲突不可避免，等等等等。这种以"大批量生产方式"（mass production）制造的新闻固然有极高的传播效率，但其千篇一律性则实在已让人有不胜其烦之苦。

在这种畸形的中国热氛围中，陡然读到耶鲁中国史教授史景迁（Jonathan Spence）在今年第六期的《纽约书评》（4月10日出版）上娓娓评点《论语》英译的文章，不禁给人以在闷热的夏天终于还能透一口气的轻松感。史文使我们想起美国毕竟还有一些真正的中国专家，毕竟还有一些对中国历史文化本身更感兴趣的读者，而《纽约书评》为史文所配的两幅古色古香的插图——1687年拉丁文版《论语》中所刻的孔子像，以及唐寅的一幅文人画，尤其使人不无怅然地想起了那个曾经与世无争、自成天下的老中国，而暂时忘却了目前这个已被卷进世界旋涡中的新中国。

然而，从史景迁教授的文章中，我们也能马上感到，几乎从利玛窦（1552—1610）等最早的天主教传教士企图把《论语》

等中国经典译介到西方世界开始，中国这古老文明对于许多西方人就成了一个"问题"。这问题就是如何才能把中国这异己的文明纳入到西方基督教世界的解释框架之中。我们可以从1691年第一个英文版孔子言行录（尚非是《论语》的译本）的书名本身看出这问题对于基督教世界的严重性。按当时的习惯，一本书通常都有一个长长的书名，这本英语世界第一本孔子言述集的全名是：《孔子的伦理：一个在我们基督徒的主和救星耶稣基督降生五百年以前就已达思想巅峰的中国哲学家，其教导至今仍为中国那个民族奉为最佳人生指南》（*The Morals of Confucius, A Chinese philosopher, who flourished above Five Hundred Years before Our Lord and Saviour Jesus Christ, Being one of the Choicest Pieces of Learning Remaining of that Nation*）。如果我们知道，当时基督教世界的通行历史教科书即柏叟（Bossuet）的《通史讲义》（1681）仍是恪守奥古斯丁历史神学的体系即从基督教《圣经》故事出发来讲全人类的"通史"（Universal History），那么我们也就不难想象上述这第一本孔子言论英译的书名对于大多数基督徒来说会是如何地震惊甚至愤怒：一个在基督降生五百年前已有自己成熟思想的哲学家，其学说不是歪门邪说还能是什么？！一个在《圣经》以外的民族，一个连基督教是何物都不知道的民族，不是野蛮民族还能是什么？！

利玛窦等人翻译《论语》的工作不可避免地引发天主教会内的激烈辩论，也就不足为奇了。教会的卫道士激烈指责利玛窦等人背叛了自己的基督教信仰，因为他们在翻译《论语》等中国典籍时竟然试图说明孔子的教导并不与基督教的教义相违背。而在卫道士看来，要坚持基督教信仰的纯洁性，那就必须首先强调孔子学说是"邪说"。史景迁教授不无感叹地指出，正是这种激烈的指责不但使得由利玛窦本人开始并由十七位各国传教士集体继续的拉丁文《论语》译本延搁了将近一百年才正式出版（1687），而且更使这个拉丁文版《论语》迟迟未能进一步翻译为西方现代语言。例如上述的第一个英文版《孔子的伦理》就并不是《论语》的翻译，而是由枯燥无味的八十段"格言"杂乱无章地构成，其中既没有孔子这个活生生的人出现，每句格言自然也没有任何上下文关系。其结果如史景迁所言，就是不会有任何人对孔子还有兴趣。我猜想日后黑格尔断言孔子只不过有些人生格言，多半就是因为他读到的只是这一类《孔子的伦理》！

《论语》真正开始被严肃地译为西方现代语言事实上已迟至1861年。这就是苏格兰传教士和汉学家李雅各（James Legge）在香港出版的第一个学术版译本，《论语》在西方现在的通行译名Analects也是由李雅各开创。以后各种不同版本的《论语》西语译本可以说全都是以李雅各的开创性工作为基础的。目前英语世界较常用的有威利（Arthur Waley）1938年译本，香港中文大学刘殿爵（D.C.Lau）1979年译本。较新的还有道森（Raymond Dawson）1993年译本。史景迁文章评论的则是比利时裔澳大利亚汉学家西蒙·莱斯（Simon Leys）的最新译本。诚如史景迁所指出，李雅各之后不断有《论语》新译出现，其原因之一就在于《论语》由于其言简意赅，因此任何再完善的译本也不可能充分传达其含义的丰富性。不同译本不但可以互相补充，而且不同时代不同背景的译者往往会在细微处突出不同的重点，从而丰富扩大对《论语》的理解和解释。莱斯最新译本的突出特点在于他明确地主张古为今用、"中为洋用"的原则，因为莱斯坚信孔子提出的许多问题事实上往往对现代和西方社会有"直接针对性"。这种立场不能不说是颇不寻常的。

但笔者必须坦白承认，我自己并不非常欣赏莱斯这种古为今用、中为洋用的翻译原则。这并不是说我不相信孔子学说有其现代意义和普遍意义，而是因为我相信这种现代意义和普遍意义不可能通过"直接性"地翻译为现代大众了解的语言就能凸显出来，而只有通过"间接性"的转换工作，亦即只有通过对历史文化脉络本身的艰苦诠释工作，才能逐渐将对历史文化的意识转化为现代意识的组成部分。换言之，古代思想的现代意义并非像冯友兰当年所谓"抽象继承法"那样似乎只有靠剥落其历史具体背景才能抽取，恰恰相反，我以为只有把文本更深入地置于历史具体脉络之中才可能从深层与现代相连接。也因此，我对钱穆先生和李泽厚教授等试图通过白语新译以使《论语》能"直接"进入现代中国人意识的努力虽然钦佩，但私心以为不可能成功。而就中西文化的沟通而言，我也不相信莱斯这种试图使《论语》"直接"为今所用、为洋所用的良好愿望就能使《论语》更吸引现代西方的一般读者。有时只怕是适得其反，因为这种译法不免会导致《论语》过分现代化甚至过分西方化的情况。例如莱斯将"三军可以夺帅也，匹夫不可夺志也"这句名言中的"志"译为"自由意志"（free will），这显然是把孔子太西方化了。相比而言，李雅各译"志"为"意志"（will）、威利译为"意见"（opinion）、刘殿爵译为"意图"（purpose），虽然都可圈可点，但似乎都比"自由意志"来得平实。

窃以为向西方读者译介《论语》的真正着眼点，并不在于要使西方读者觉得孔子思想如何贴切于当代西方处境，而是在于要吸引西方读者通过《论语》去逐渐地了解中国文明这个不同的历史文化世界。同样，《论语》对于现代中国读者的真正现代意义，在我看来也并不在于如何使其现代化，而在于如何使现代中国人能通过它去更多地了解并亲近《论语》本身所置身的那个古代历史文化世界及其无穷意蕴，否则是没有必要再读《论语》的（日人涩泽荣一所谓"《论语》加算盘"在我看来是纯粹多此一举！打算盘就打算盘，何必用《论语》装门面！）。总之，古典的真正现代意义，并不在于其对现代的直接有用性，而在于它们提供了沟通古与今、中与外的历史文化媒介。也因此，《纽约书评》那两幅古色古香的插图甚至比史景迁的文章本身更引起我的情思。只是，这种"躲进小楼成一统，管它冬夏与春秋"的片刻陶醉毕竟只能是片刻的自欺。《纽约书评》刚刚刊出史景迁文章，紧接着下一期赫然又是长篇评介《中美冲突的即将来临》。看来，孔老夫子那与世无争的中国终究还是招架不住"冲突意识"太强的西方。当着中国之日益被卷进世界旋涡时，这个古老的文明是否还能保有她自己的历史文化意识呢？我不禁有点忧郁地这么问。

1997 年 4 月

后　记

　　这本《将错就错》收录的是我近年来为报章杂志所写的一些专栏文字。"将错就错"是其中一篇的题目，现在用来作书名，无非是因为这本书里的所有文字，可以说都是将错就错的结果。从前以为专栏文章只是偶尔为之之事，哪里会想到现在堂而皇之地来出版这本专栏文字集！

　　钱谦益曾说过文人有"两穷"："手穷欠钱债多，腹穷欠文债多。手穷尚可延捱，东涂西抹。腹穷不可撑补，为之奈何？"周作人也加油添醋地大谈"作文难"，说一秀才与老婆斗嘴，老婆说：你们作文章不见得比我们女人生仔还难，秀才说："当然我们难，你们肚里是有的，我们是没有的。"这些从前都只当是笑话，唯当应承每周定期交一篇专栏时，方知区区千字文也能逼得人高叫"祝相公又不在家也"。我因此希望感谢许多报章杂志的编辑朋友，由于他／她们的耐性和错爱，我这生性极为懒惰的人才会有这里的这些文字。

　　古人云："立身之道与文章异，立身先须谨重，文章且须放荡。"可见，所谓"文如其人"这话其实是靠不住的。例如我的文字有时不免欠点忠厚，但我这个人其实内行醇谨，胸中自有泾渭。当然，信不信只好由你了。

2001 年 3 月于香港